인생뭐있니?

이 도서의 국립중앙도서관 출판시도서목록(CIP)은 e-CIP 홈페이지(www.nl.go.kr/cip.php)에서 이용하실 수 있습니다.
(CIP제어번호: CIP2016011073)

인생 뭐 있니?

전 MBC 뉴스데스크앵커
최일구 지음

인코그니타

이 책이 여러분의 삶 속에서 힘들고 지칠 때
빛을 밝혀주는 작은 촛불이 되고 희망과 위로가 되길 바랍니다

○ 차례 ————

● **3장** / 자존감 하나로 세상과 맞서라

장자에 유명한 우언이 있다.

"송나라 상인이 멋진 의관을 만들어 월나라로 팔러갔다. 그런데 월나라 사람들은 문신을 하고 머리를 짧게 깎고 있어서 의관이 필요 없었다."

여기서 송나라는 당송시대의 송나라가 아니라 주나라가 은나라를 멸하고 은나라의 제사를 지낼 수 있도록 만들어준 훨씬 전의 나라를 말한다. 그 먼 남방의 월나라에까지 가서 옷과 모자를 팔러간 송나라 상인은 결국 쫄딱 망했을 것이다.

이 짧은 우언은 장주가 어리석은 송나라 사람을 놀리자는 것보다 공자의 유가 사상과 예법이 모든 사람들에게 다 적용되는 것이 아니라는 점을 부각시킨 것이다. 오히려 유가의 인의예지가 인위적이라서 어떤 사람에게는 거추장스럽고 불편하거나 맞지 않는다는 말이다.

어느 날 작은 도시의 버스 터미널 앞에서 담배를 피우고 있었다. 허름한 옷차림에 상심한 표정의 사나이가 내게로 다가오더니 담배 한 개비를 달라고 했다. 주머니에서 담뱃갑을 꺼냈더니 딱 한 개비만 남아 있었다.

사나이가 너무 불쌍해보여 망설이지 않고 담배를 건네주고 라이터로 불까지 붙여줬다. 그러자 그는 눈물을 글썽인 채 울먹이며 말했다.

"왜 이렇게 세상 사는 게 힘든가요? 어떻게 살아야 합니까?"

사표를 내고 인생 이모작을 시작한 지 4년차인 나도 세상살이가 힘들다는 것을 알고 있기에 그에게 격려의 말을 건넸다.

"다른 방법이 있겠어요? 열심히 사셔야죠. 힘드시면 걸어보세요. 걷다보면 힘이 날 수 있거든요."

사내는 내게 고맙다는 말을 남기고 총총히 사라졌다. 이때였다. 나와 사내의 대화를 지켜보던 노점상 아주머니가 나를 불러세웠다.

"아저씨가 담배 한 개비 뺏겼네유. 저 사람 항상 저러면서 공짜 담배 피워유."

내가 베풀었던 친절과 덕담이 어줍기만했다. 장자에 등장하는 송나라 상인이 됐다.

이 책 〈인생뭐있니?〉가 그렇다. 지치고 힘들게 사는 사람들에게 격려와 덕담을 쓰다보니 민망하고 쑥스럽다. 나의 생각이 모두에게 맞지도 않을 것이다. 위로와 격려는 공감에서 시작된다. 그저 공감만 해줄 수 있다면 더없이 행복하겠다.

1
장

인생뭐있니?

66

돈을 빌리러 가는 것은 자유를 팔러 가는 것이다.

– 벤자민 프랭클린 –

99

1

회생과 파산 그리고 사표

　내가 연대보증한 채권자들이 연락도 없이 법원 판결문으로 급여와 퇴직금을 압류했다. 법으로 정한 최저 생계비 150만 원만 입금됐다. 아이들 학비는커녕 생활비도 안 됐다. 12월초 대선과 연말을 앞두고 전국은 들썩거렸지만 나에겐 그저 남의 일이었다. 암담한 미래에 치를 떨어야 했다. 이 무렵 오랜만에 선배로부터 전화가 걸려왔다.

　송창의 선배였다. 이름처럼 대한민국에서 창의력이 뛰어난 대 PD다. MBC예능국 PD로 입사해 〈뽀뽀뽀〉, 〈일요일 일요일 밤〉, 〈세친구〉를 성공적으로 이끌었다. 이후 MBC를 퇴사하고 tvN에서 제작본부장으로 있으며 〈막돼먹은 영애씨〉, 〈화성인 바이러스〉, 〈SNL코리아〉를 지휘하고 있었다. 교동초등학교와 청운중학교 선배이기도 했다. 일단 만나서 용건을 말하겠다고 했다. 궁금했다.

　"예능PD가 왜 나를 보자고 할까?"

　두꺼운 점퍼차림으로 약속장소인 일산의 한 카페를 찾았다. 잠시 후 송선배가 나타났다. 송선배는 의례적인 말 몇 마디를 나누고 커피잔을 내려 놓더니 자못 심각한 표정으로 내게 정년 퇴직까지 몇 년 남았느냐고 물었다. 5년쯤 남았다고 했다. 송선배는 파업 참여하면서 앵커도 그만뒀는데 파업이 끝나면 다시 앵커를 할 수 있을지 물었다. 그럴 일은 없을 것이고 할 생각도 없다고 했다. 그러자 송선배는 앵커를 안 하고 5년간 더 회사에 남아 있으면 대중으로부터 잊혀질 것이라며 아직 앵커 이미지가 조금 남아 있는 지금 인생을 바꿔보지 않겠냐고 제안했다. 나보고 사표를 쓰고 케이블 방송에 출연해보라는 것이었다. 〈SNL코리아〉와 〈최일구의 끝장토론〉 프로그램이라고 했다.

송선배의 말이 끝나기 무섭게 나는 손사래를 쳤다. 대선이 코앞이고 그 결과에 따라 파업의 승리 여부도 갈리게 돼 있다. 27년을 한 직장에만 근무했는데 이 나이에 어떻게 이직을 할 수 있겠느냐며 한마디로 거절했다. 그래도 나를 알아주는 송선배가 고마웠다. 더 이상 긴 대화가 필요 없어 헤어졌다. 악수를 하면서 송선배는 이 한마디를 던졌다.

"회사에 남아 평범한 아저씨로 살 것인지 말 것인지 잘 생각해봐."

"회사에 남아 평범한 아저씨로 살 것인지 말 것인지 잘 생각해봐."
마이크 타이슨에게 핵 펀치를 얻어맞은 듯했다. 예기치 않은 삶의 변수가 생긴 것이다. 그러나 며칠 뒤 깨끗이 잊었다. 어떻게든 직장에 남아 있으면 살아갈 수 있으리라는 기대감이 더 컸기 때문이다.

대선 결과는 파업 참여자들의 기대를 저버렸다. 새해가 밝았지만 파업 참여자들은 제자리로 돌아가지 못한 채 집단 교육을 받아야 했다. 사채 채권자들, 은행, 카드업체, 자동차 캐피탈 회사는 하루에도 수차례씩 빚 독촉 전화를 걸어왔다. 언제까지 안 갚으면 어떻게 하는지 두고보라거나 언제까지 안 갚으면 추심업체로 채권을 넘기겠다는 똑같은 내용이다. 지금은 돈이 없으니 기다려달라거나 미안하다는 답변밖에는 할 말이 없었다. 지인들에게 손을 벌려야 했다. 빚 독촉에서 조금이나마 벗어나기 위해 목돈을 빌려 채권자에게 송금해줘도 그들은 이자밖에 안 된다며 계속 빚갚기를 종용했다.

휴대폰 벨만 울리면 가슴이 쿵쿵댔다. 몸무게가 줄어들고 수저나 술잔을 들면 손이 덜덜 떨렸다. 수전증이었다. 귀에서는 '삐이' 소리가 들리는 이명현상이 생겼다. 아직까지도 이명현상에 시달리고 있다. 월세가 밀려 집주인의 독촉도 빈번했다. 할부 상환이 남아 있는 자동차는 캐피탈 업체가 가져가서 공매처분했지만 그래도 할부금은 빚으로 남았다.

하루는 삼성전자 임원이 된 이인용 선배가 고맙게도 후배들 격려해준다고 저녁을 샀다. 예닐곱 명이 즐겁게 소주잔을 기울였지만 나만 꿔다놓은 보릿자루처럼 앉아 있었다. 손이 떨리는 것을 억지로 참아가며 건배했다. 이 선배가 걱정스런 눈빛으로 나에게 "안 좋은 일이 있느냐?"고 물었다.

그저 몸 컨디션이 좋지 않다고 둘러대야 했다. 어쩌다가 내가 이런 지경에 빠지게 됐는지 한숨만 나왔다. 마이크 타이슨의 핵펀치에 두들겨 맞아 KO패 당하기 일보 직전의 상황까지 내몰렸다. 이제 방법은 법원에 회생 신청하는 것 말고는 없었다. 회생은 직장생활하면서도 가능했다. 회사나 주변에 알려질 것이 두려웠지만 어쩔 수 없었다. 수소문 끝에 〈법무법인 인의〉의 박경준 변호사와 안희철 사무국장을 만났다. 기나긴 여정의 동반자들이었다. 수많은 각종 서류를 준비해 결국 회생 신청을 해야 했다.

이런 가운데 또 변수가 찾아왔다. 파업과 정직 3개월이 끝난 뒤 교육 받는 동안 외부 특강을 다닌 것이 문제가 됐다. 인사위원회라는 것이 또 열렸고 다시 정직 3개월이 내려졌다. 이전 3개월까지 합치면 총 6개월의 정직이 되는 셈이다. 석 달간 또 한푼의 급여도 받지 못하게 된 것이다. 돈도 그렇지만 27년을 근속하고 쉰이 넘은 나이의 내가 이런 대접을 받는 것이 참을 수 없었다. 한꺼번에 회의감과 굴욕감, 모욕감이 밀려왔다. 안팎으로 마이크 타이슨의 스트레이트와 훅 펀치 세례로 결국 링에 쓰러졌다. 잊고 있었던 송선배가 떠올랐다. 이번엔 내가 송창의 선배를 찾아갔다.

며칠 뒤 오전에 노조 사무실로 찾아가 사표를 썼다. 영화 공공의 적에서 강력반 꼴통 형사 강철중이 사표를 쓰는 장면이 떠올랐다. 오랜 형사생활에 남은 것은 전셋집 하나밖에 없는 강철중이 형사생활에 회의감을 느끼며 반장에게 사표를 집어던졌다. 사표를 받은 강력계 반장은 살인사건을 해결하면 사표를 받아주겠다면서 사표를 휴지통에 던져버렸다. 그러나 내 사표는 몇 시간 뒤 바로 수리됐다.

사람을 시켜 사표를 10층 인사부에 전달했다. 사내에 소문이 삽시간에 퍼졌다. 동기와 후배들 10여 명이 1층 노조 사무실로 몰려왔다. 후배들은 한결같이 사표를 철회하라고 종용했다. 후배들에게 구구절절한 이야기를 해줄 수는 없는 노릇이었다. 몇 년 남지 않은 회사생활이지만 그 기간에 나에게도 꿈이 있었다. 보도국장이나 임원이 돼서 회사에서 제공하는 승용차로 출퇴근해보는 것이었다. 그러나 그 꿈은 이제 물거품으로 변했다.

회사를 나서며 사옥에 걸려 있는 로고를 쳐다봤다. MBC. 내 청춘과 중년의 혼이 담긴 로고다. 로고는 나에게 이렇게 말하고 있었다.

"잘가라, 최일구."

27년 영욕의 세월이다. 눈가가 촉촉해졌다. 내가 선택한 사표지만 그래도 이 현실이 믿겨지지 않았다. 운명이 이렇게 정해진 것인가 아니면 지금 내가 운명을 개척하는 것인가 도저히 감이 잡히지 않았다.

동기, 후배들과 이별 점심을 같이했다. 누군가가 인터넷에 기사가 떴다며 휴대폰을 보여줬다. 최일구 사표. 실시간 검색어로 등장했다. 나도 기자였지만 기사를 쓴 기자들이 야속했다. 나는 가슴이 타들어 가는 통증에 시달리고 있는데 기자들은 그 상처를 후벼파는 꼴이다. 퇴직금이 지급됐다. 절반은 채권자들이 법원 판결로 나눠갖고 절반은 그동안 지인들에게 빌린 돈을 갚고도 모자랐다. 채권자들이 가져간 퇴직금은 내가 갚아야 할 금액의 쥐꼬리만큼도 안 됐다. 아호를 공허(空虛)로 지었다.

tvN이다. MBC기자들도 치열하게 일하지만 tvN의 PD들은 더 치열하게 일하는 모습에 놀랐다. 〈택시〉라는 프로그램을 촬영했다. 사옥 중간층에 외부 테라스가 있고 대각선 맞은편으로 막바지 공사 중인 MBC가 보였다. 몇 년전 기공식을 할 때 와봤던 곳인데 어느새 우람한 건물로 우뚝 섰다. 사표를 내지 않았다면 저 건물 어딘가에 내 자리가 있었을 텐데 하는 아쉬움이 들었다. 건물 외벽 펼침막에 반가운 로고가 보였다. MBC. PD가 대본을 보여줬다. 테라스에서 MBC 건물을 바라본 자세를 취한 채 양손을 입에 대고 외치라는 것이다.

"봉춘아! 미안해 나도 어쩔 수 없잖아. 나도 어쩔 수 없는 프리인가봐. 봉춘아! 미안해. 인생 뭐 있니? 전세 아니면 월세지!"

회생은 결국 채권자들의 부동의로 거부됐다. 결국 파산 신청했다.

2

공황장애

　백발 도사의 아홉수 주사위는 나에겐 트라우마였다. 백발도사는 특히 마흔아홉수를 조심하라고 했다. 마흔아홉에 큰 교통사고를 당할 수도 있다며 조심해야 할 것이라고 경고했기 때문이다. 하지만 쉰줄에만 들면 드디어 '아홉수 인생'에서 해방된다고 했다. 백발도사의 이 말을 나는 항상 경계로 삼았다.

　50줄에 접어들면서 나는 쾌재를 불렀다. 드디어 아홉수의 족쇄를 풀어냈기 때문이다. 이제 인생의 탄탄대로가 열리는 듯했다. 그러나 도사의 예언은 틀렸다. 마흔아홉수를 넘기고도 몇 년이 지난 나이에 청춘을 함께한 직장에 사표를 내야 했다. 정규직에서 이제 비정규직 자영업자로 변했다. 이와 함께 나의 삶을 옥죈 것은 연대보증이었다. 인감도장을 찍을 때 만큼은 '설마'였다. 그러나 연대보증이 주 채무자와 똑같은 책임을 진다는 것이 현실화되면서 그동안 쌓아왔던 명예와 얼마 안 되는 재산마저도 송두리째 날려야 했다. 채권자들은 급여와 퇴직금을 압류했다. 빚 독촉전화가 수시로 걸려왔다. 가슴이 턱턱 막혀 왔다. 고3때 걸렸던 늑막염으로 비롯된 좌절과는 비교가 되지 않았다. 30년 전은 젊었었지만 30년 후인 지금은 늙었다. 회생과 파산 과정을 거치면서 법원에도 자주 다녔다. 법원에 가면 나는 '피고인석'에 앉는다. 사기혐의로 경찰서에서 조사도 받았다. 기자시절 취재하러 내 집처럼 드나들던 경찰서를 피고소인 자격으로 찾는다.

서툴고 어색하고 부조리해 보인다. 피고인석은 살인 사건의 범인들이나 앉아 있을 법한 곳인데 내가 왜 이 자리에 앉아 있어야 하는지 내가 어쩌다 이 지경에 이르렀는지 도무지 이해가 되지 않았다. 그러나 이것도 역시 내가 선택하고 자초한 나의 삶이다. 세상은 냉정한 곳이다. 지인들을 만나 소주를 한잔하게 되면 나의 이런 처지를 호소했다. 그러나 이런 일도 한두 번이다. 오랜만에 만나는 지인들도 역시 바쁘게 사는 사람들이다. 징징대는 친구는 나라도 만나기 싫은 법이다.

세상은 나 홀로 들판에 앉아 울고 있어도 누구하나 도와줄 수 없다는 사실을 깨달았다.

세상은 나 홀로 들판에 앉아 울고 있어도 누구하나 도와줄 수 없다는 사실을 깨달았다. 사람들이 인색하고 몰인정해서 그런 것이 아니다. 그들이 내 문제를 해결해 줄 수는 없기 때문이다. 결국 내 일을 해결할 사람은 나밖에 없다. 연대보증 액수는 내가 평생 어떤 일을 해도 감당해내기 어려운 거액이었다. 미래가 암울했다. 희망은 사라졌다. 한강으로 가야 할까? 생존이 당면과제로 다가왔다. 몇 달을 폐인처럼 술로 살았다. 고립된 채 생존을 모색하는 일만큼 어려운 일은 없다. 불면의 밤이 이어졌고 가슴이 터질 듯한 압박감에 시달렸다. 해저 심연에서 무시무시한 수압을 견디지 못해 쪼그라드는 잠수함 신세였다. 혈압이 160까지 치솟고 수전증까지 생기는 극심한 스트레스에 시달렸다. 이명현상도 생겼다. 삶의 의욕도 없고 이렇게 살다가는 숨이 막혀 죽을 것만 같았다. '공황장애'였다.

이지경까지 되자 모든 것이 부러워 보였다. 가족과 함께 즐겁게 외식하는 사람들이나 텔레비전 예능 프로그램에서 신나게 웃겨대는 연예인들이 부럽다. 산속에서 풍족하진 않지만 소박하게 사는 사람도 부럽다. 심지어 예쁘게 치장하고 주인과 산책길에 나선 반려견조차도 부럽게 보인다. 내가 좌절하면 온세상이 나를 적대시하는 것처럼 느껴진다. 사람들은 이래서 극단적인 선택을 하는가 싶다.

사람들이 자살하는 이유는 크게 세 가지라고 한다.

첫 번째가 고립감이다. 자신이 사회적으로 고립됐다고 느끼는 마음을 가질 때라고 한다. 두 번째는 주변 사람들에게 짐이 된다는 부담감이고, 세 번째는 죽음에 대한 두려움이 사라지는 경우라고 한다.

통계청 발표 자료를 보면 연령별 자살충동 이유 1위를 이렇게 분석했다. 10대는 학교성적, 20대는 취업의 어려움으로 인한 경제적 문제와 직장문제, 30대에서 50대에서도 경제적인 문제가 1위고 다음은 가정 불화다. 벤처 사업가로 성공과 실패를 거듭했던 지인은 살면서 여섯 번이나 마포대교에 갔다가 되돌아오곤 했다고 한다. 부도와 재기를 넘나들었기 때문이다. 어느 날 내 처지를 알고 있는 지인과 저녁을 먹었다. 지인은 내가 극심한 스트레스에 시달리고 있다고 하자 이렇게 조언했다.

"최국장님, 그냥 놓아버리세요. 절벽에 매달려 아등바

등하지 마시고 양손을 놓으란 말입니다. 그러면 의외로 바로 발밑이 낭떠러지가 아닌 바닥일 수도 있는 겁니다."

"최국장님, 그냥 놓아버리세요. 절벽에 매달려 아등바등하지 마시고 양손을 놓으란 말입니다. 그러면 의외로 바로 발밑이 낭떠러지가 아닌 바닥일 수도 있는 겁니다. 사람 사는 이치가 그런 것 같습니다. 안 보이니까 불안하고 무서워서 그 손을 놓치 못하는 것입니다. 그냥 손을 놓아보세요."

그러면서 그는 나에게 회생과 파산이라는 제도의 도움을 받아보라고 했다. 나 역시 그것을 모르는 바는 아니었다. 그러나 선뜻 회생, 파산에 들어가는 것이 두려웠다. 명색이 앵커했던 사람이 회생, 파산 신청했다고 소문이 돌거나 기사가 나게 되면 세상으로부터 손가락질당할 것이 두려웠기 때문이다. 지인이 조언한 것은 바로 그런 두려움을 버리라는 것이었다.

교통사고를 당할 경우 온몸에 힘을 주고 있는 사람보다 그렇지 않은 사람이 덜 다친다고 한다. 경찰서 교통사고 조사반 형사의 말에 따르면 경험상 술에 취해 뒷자리에서 잠을 자고 있던 승객이 멀쩡한 정신의 운전자보다 부상 정도가 약하다고 한다. 인사불성이 된 사람은 온몸에 힘을 빼고 있기 때문이란다. 사고 상황을 인지하고 있는 운전자는 사고 순간 운전대를 온 힘으로 잡고 있어 몸의 근육이 경직돼 있어 더 다친다고 한다.

앞날이 암담하고 당장의 형편에 두려움을 느끼게 되면 누구나 마음과 몸이 딱딱하게 굳어 있을 것이다. 그러나 경직된 자세로 있다고 두려움이 사라지는 것은 아니다. 오히려 절벽이나 운전대에서 손을 놓아버리는 것이 현명하다.

3

시지프스의 형벌

1848년 미국 철도 건설 현장에서 폭발 사고가 일어났다. 작업공 25살 피니어스 게이지의 머리로 순식간에 길이 1미터 무게 6킬로그램의 쇠막대가 관통했다. 쇠막대는 왼쪽 눈 뒤를 지나 전두엽을 관통해 머리 위로 삐져나왔다. 그는 피를 많이 흘렸지만 쇠막대를 빼내고 11년이나 생존했다고 한다. 놀라운 이야기다. 그러나 예전의 자신으로 돌아갈 수는 없었다. 사고 전에는 성실하고 믿음직했지만 사고 후에는 난폭한 사람으로 변했다고 한다. 전두엽 손상이 원인으로 지목됐다. 전두엽은 이마쪽에 위치한 뇌로 운동, 감정, 지혜를 관장하는 주요 부위다. 자꾸 기억력이 떨어지는 나도 전두엽의 세포가 갈수록 줄어들기 때문이 아닌가 싶다.

교통사고 등 각종 사고나 질병으로 병원 신세를 오래진 지인들이 있다. 어떤 사람은 반신불수가 되기도 했다. 이들은 피니어스 게이지처럼 뇌를 다치지는 않았다. 그럼에도 게이지와 공통점이 있다. 사고 후에 성격과 인생관이 바뀌었다는 점이다. 대부분 성격이 내성적으로 바뀌었다. 한 지인은 "사고를 겪고 나니 그 전의 내가 아닌 다른 사람으로 태어난 기분"

이라고 했다.

전두엽, 후두엽, 측두엽 같은 뇌 부위를 전혀 다치지 않았는데 지인들의 성격과 인생관이 어떤 이유로 바뀌었는지 나는 잘 알지 못한다. 이는 뇌과학으로 접근할 문제만은 아닌 듯하다. 스스로의 각성에서 비롯됐다고 본다. 절체절명의 위기를 겪는 과정에서 그들은 누구도 알지 못하는 고독 속에서 홀로 사유하며 스스로 인생을 관조하는 방식을 새롭게 깨우쳤을 것이다.

자신이 원하는 대로 승승장구하는 사람들은 이같은 경험과 깨우침을 얻지 못한다.

자신이 원하는 대로 승승장구하는 사람들은 이같은 경험과 깨우침을 얻지 못한다. 나 역시도 직장생활하면서 깨우침 같은 것은 모르고 살았다. 예를 들어 서점에 진열된 책들 가운데 '가장 절망적일 때가 가장 희망적이다' 또는 '고통 속에서 행복을 찾아라' 류의 제목을 보면 콧방귀를 뀌었다. 고3 시절 늑막염에 걸려 투병생활하면서 방황했지만 재수도 안 하고 대학에 입학했다. 대학 졸업을 앞두고 여러 곳의 언론사 시험에 연거푸 낙방했지만 그래도 취업재수 안 하고 방송사 기자로 살았다. 기자생활하면서 고생 많이 했지만 그건 내가 좋아서 한 일이고 보람도 컸다. 주말 뉴스 앵커를 하면서 많은 시청자가 나를 기억해줬다. 사내에서 직원이 받을 수 있는 최고의 상과 상금도 여러 차례 받았다. 어디를 가나 나를 알아주고 기억해줬다.

풍족하지는 않아도 남부럽지 않은 청춘과 중년을 보냈다. 다른 사람들의 절망과 고통에 대해서는 수없이 취재하고 보도했지만 그런 과정에서 나는 절망과 고통을 경험해보지 못했고 알 수도 없었다. 세상에 고마운 생각도 들지 않았다. 이 모든 것은 내 스스로 노력한 결과로 생긴 획득물로 여겼기 때문이다.

그러나 영원할 줄 알았던 승승장구도 어느 날 멈췄다. 진화과정에서 돌연변이가 생기는 것처럼 삶에도 예상치 못한 변수가 작용하기 때문이다. 파업과 보증은 나를 나락으로 떨어뜨린 인생 최대의 변수였다. 그러나 후회하지 않는다. 아니 후회하고 싶지 않다는 것이 솔직한 심정이다. 모두 내가 선택한 삶의 방식이다. 이것을 후회하는 일은 나를 부정하고 나를 더욱 초라한 인간으로 만들 뿐이다.

엘리자베스 퀴블러 로스는 〈인생수업〉에서 불행과 역경이 한 인간에게 찾아오면 다섯 가지의 단계를 거치며 완전하지는 않지만 불행을 극복하려 한다고 했다. 부정, 분노, 타협, 절망, 수용의 다섯 단계다.

엘리자베스 퀴블러 로스는 〈인생수업〉에서 불행과 역경이 한 인간에게 찾아오면 다섯 가지의 단계를 거치며 완전하지는 않지만 불행을 극복하려 한다고 했다. 부정, 분노, 타협, 절망, 수용의 다섯 단계다. 처음엔 누구나 나에게 불행과 역경이 찾아온 것을 부정한다. 세월호 희생자 학생들의 부모가 그랬듯이 말이다. 비단 세월호뿐만이 아니라 예기치 않은 여러 가지 좌절에 맞딱뜨린 사람들도 처음엔 누구나 부정한다.

"나한테 이런 일이 벌어졌다니…… 믿을 수 없어"

부정의 다음 단계는 타인 또는 자신에게 터뜨리는 분노다. 과거 자신의 일에 대한 후회와 자책의 감정은 분노로 표출된다.

"내가 어쩌다 그렇게 했지? 내가 바보였어."

"모두가 내 탓이야."

이후 타협과 절망을 수차례 반복하다가 끝내 수용한다는 것이다. 그러나 이것은 보편적인 과정은 아니며 혹자는 죽는 순간까지도 첫 분노의 단계에서 머물기도 한다고 한다.

최악의 변수는 인간을 절망과 고통의 나락으로 빠뜨린다. 나도 처음엔 27년을 다니던 직장에 사표를 써야 하는 일 앞에 마주쳤을 때 부정했다. 그러다 사표를 내고 회생, 파산 신청을 하면서 나와 타인에게 분노했다. 그러다 타협과 절망을 왕복달리기하듯 되풀이하면서 수용의 과정으로 나아가려 하고 있다.

이같은 일련의 쓰라린 경험을 하면서 수많은 사람이 겪었을 좌절을 이해하기 시작했다. 그러면서 서서히 나를 추스르고 있다. 지인들이 고통의 과정을 겪으며 그랬듯이 나도 인생관이 바뀌고 있다. 잘나갈 때는 인생에서 '의미'를 찾았다. 세상 사람들이 나를 알아주는 것이 삶의 의미였다. 누구나 나에게 최기자님, 최국장님, 최앵커님하면서 '님'자를 붙여줄 때 삶의 의미가 있었다. 취재를 위해 경찰서를 가도 형사과장 방에서 여유 있게 커피를 마시며 '삶은 이렇게 여유롭구나' 하면서 의미를 찾았다. 일반인은 숙박이 금지된 독도에서 다음날 취재를 위해 하룻밤을 묵으며 이것을 기자생활의 당연한 의미로 여겼다. 국무총리 공관에서 출입기자단 만찬을 하는 특권을 누리며 '삶은 이런 것이야.'하는 의미를 되새겼다. 메인 앵커도 아닌 주말 앵커를 하면서 내가 한 멘트가 동영상으로 유튜

브에 돌고 있는 것을 보면서 '나는 의미 있는 인생을 살고 있다.'고 자평했다.

그러나 역경 앞에 마주서게 되자 삶의 의미를 찾는 일은 무의미해졌다. 인터넷에 '최일구 파산', '최일구 피소' 같은 검색어와 기사로 도배되면 한달 넘게 두문불출했다. 지금까지 쌓아올린 나의 명예가 하루 아침에 구겨져 휴지통에 처박혔다. 재판정의 가장 높은 곳에 앉은 판사의 근엄한 표정에 주눅든다. 경찰서 형사에게, 검찰청 검사에게, 조사를 받으면서 직업란에 '무직'이라는 글자를 써넣을 때는 참담하다. 형사과장 방에서 커피를 마셨던 때가 선사시대처럼 느껴진다. 가끔씩 지인들이 전화를 걸어 요즘 뭐하면서 사느냐고 물어오면 난감하다. 동창회를 한다는 문자 메시지를 애써 삭제하고 담배 한 개비를 피워물 때는 나만 세상에 등을 돌리고 사는 듯하다.

피니어스 게이지처럼 쇠막대가 뇌에 박히지 않았고 지인들처럼 병원 신세를 지지도 않았지만 나도 역경을 만난 이후부터 인생관과 성격이 바뀌었다. 자신감으로 가득했던 인생관은 겸손함으로 바뀌었다. 언제 어디서나 유머를 잃지 않고 살았던 쾌활했던 성격은 어느새 겁 많고 소극적으로 바뀌었다. 밤이 되면 한잔의 술에 의지해 나와 타협한다. 용기를 북돋운다. 그러나 다음날 아침이 되면 절망한다. 좌절감이 또 밀려온다. 아침의 밝은 태양과 함께 눈을 뜨면 다시 막막한 현실과 직면하기 때문이다.

이럴 때면 내가 지나고 있는 역경의 터널이 끝이 없어 보인다. 타협과 절망, 용기와 좌절을 하루에도 수없이 반복한다. 끝없는 왕복달리기다. 시지프스의 형벌이다. 하루 종일 언덕 위로 돌덩이를 밀고 올라갔다가 다시 떨어지면 내려가서 또 밀어올리는 일이다. 끝도 없는 형벌이다.

4

나와의 평화

　시지프스의 돌 굴려올리기는 아무런 가치도 생산해내지 못하는 무의미한 것이기 때문에 끝없는 형벌이다. 그러나 시지프스의 형벌은 형벌 자체를 묘사한 것은 아니다. 시지프스는 신들에게 거짓말을 했다가 저승 언덕에서 바위올리기 형벌을 받게 됐다. 시지프스에게 죄가 있다면 '날마다 새롭게 웃는 대지' 즉 이승에서 더 살고 싶은 욕망이다. 어느 누구보다 자신의 삶을 사랑한 코린토스의 왕일 뿐이다. '날마다 새롭게 웃는 대지' 위에서 힘차게 살아보려는 시지프스에게 가혹한 형벌을 내렸으니 부조리한 것이다.

　행복하게 살아가기 위해 우리 모두는 시지프스처럼 고행하며 살고 있다. 매일 지옥철로 출퇴근하고 박봉과 최저 시급으로 하루하루 고행하며 살아가지만 손에는 쥐꼬리만큼 쥐어진다. 그래서 세상은 부조리하다. 그러나 사람들의 고행을 '무의미'하고 '무가치'한 것으로 욕되게 하고 싶지 않다. 힘들게 살 뿐이지 그것이 무의미한 일은 아니다. 따라서 시지프스의 형벌에는 이런 교훈이 숨어 있다고 본다.

'고행 자체가 무의미한 형벌이 아니라 고행 자체를 무의미하다고 보는 것이 형벌이다.'

'고행 자체가 무의미한 형벌이 아니라 고행 자체를 무의미하다고 보는 것이 형벌이다.' 삶이 자기가 선택한 대로 풀려나가는 경우라면 의미를 쉽게 찾는다. '그래 세상살이는 바로 이런 맛에 하는 것이지.'라고 하면서 말이다. 내가 의도한 대로 원하는 대학에 입학하고 직장을 얻고 배우자를 만나는 경우다. 이렇게 선택한 대로 삶이 잘 풀리면 자존감도 충전해 줄 필요가 없다. 이미 정신의 '나'는 자존감으로 가득 차 있기 때문이다. 나를 사랑하는 마음이라는 것이 도대체 무슨 뜻인지 생각조차 안 한다. 타자들이 모두 나를 사랑해주는데 내가 군이 나에게 '나를 사랑하자.'는 주문을 외울 필요가 없다. 세상에서 인정받고 있는데 군이 나를 사랑할 이유가 없기 때문이다. 따라서 우리가 진정으로 자존감을 갖고 인생에서 의미를 찾아야할 시점은 바로 역경에 빠지거나 실패로 미래가 암담해질 때다. 세상이 나를 외면하고 있을 때다.

미래가 암담하고 역경의 터널이 끝이 없다고 느껴질 때 우리가 가장 먼저 해야할 일은 정신의 '나'와 육체의 '나' 사이에 평화를 깃들게 만드는 것이다. 남북간의 평화보다 중요하다. 내가 없는데 국가가 무슨 소용이 있겠는가 말이다. 내가 없는데 가정은 무슨 소용이며 사회와 학교 직장은 또 무슨 소용이 있겠는가 말이다. 나와 긴장 관계를 해소하고 평화를 유지하기 위해 나를 있는 그대로 바라봐야 한다. 그러기 위해선 나의 결점까지 받아들이는 마음의 자세가 필요하다.

시지프스는 돌을 굴려올리지만 돌을 굴려올리는 일이 시지프스는 아니다. 나는 파산했지만 파산이 나는 아니다. 나는 신용불량자이지만 신용불량이 나는 아니다. 나는 계속해서 취업에 실패하지만 실패가 나는 아니다. 나는 지방대학을 졸업했지만 지방대학이 나는 아니다. 나는 아르바이트로 학비를 충당하고 있지만 아르바이트가 나는 아니다. 나는 지금 절망하고 있지만 절망이 나는 아니다. 나는 폐차 직전의 소형차를 몰고 다니지만 폐차 직전의 소형차가 나는 아니다. 나는 미래가 암담하지만 암담함이 나는 아니다. 나는 뚱뚱하고 못생기고 키도 작지만 외모가 나는 아니다. 나는 부모님이 이혼했지만 부모의 이혼이 나는 아니다. 나는 공부를 못하지만 공부가 나는 아니다. 나는 중병에 걸렸지만 중병이 나는 아니다.

'절망에서 희망을 본다.'는 명제는 이처럼 나의 결점까지 인정하고 나를 직시할 때만 성립 가능하다. 절망을 맛보지 않은 사람은 이 명제의 뜻도 모른 채 평생을 마감한다. 누구에게나 역경은 찾아오기 마련이다. 이럴 때 나의 결점을 감추고자 하면 절망에서 헤어나올 길이 없다. 나의 결점을 감추는 일은 자꾸만 나를 늪에 빠뜨리고 세상과 멀어지는 것이다.

졸업을 앞둔 초등학교 6학년 여학생이 엄마가 학교에 오는 것이 창피하다는 사연을 인터넷에 올렸다. 이유는 엄마가 초등학교도 다니지 못해 말이 안 통하고 촌스러운 옷만 입기 때문이라고 했다. 미술시간에 엄마가 준비물을 갖고 왔는데 집에서 입던 옷차림을 하고 와서 창피했다는 것이다. 그래서 이번 졸업식때 제발 엄마가 오지 않았으면 좋겠다는 내용이다. 이 글을 읽으며 나도 고등학교 시절 할아버지께서 내가 미처 챙기지 못한 도시락을 학교 교실까지 갖다주신 일이 기억났다. 같은 반 친구들이 너네 할아버지 촌스럽다고 놀려댔을 때 정말이지 할아버지가 미웠던 기억이다.

　모두 인생 경험이 부족한 어린 시절의 일이다. 그것을 어릴 때는 누구한테 들키기라도 하면 큰일날 것 같은 결점으로 치부하고 감추려 한다. 오히려 자신을 위해 헌신하는 엄마가 자랑스럽다고 여기고 친구들에게 할아버지는 원래 촌사람이라고 당당하게 소개했어야 한다. 세월이 흘러야 이런 결점을 감출 일이 아니었다고 깨닫게 되고 후회하게 된다. 일부러 공개적으로 세상에 알리자는 것이 아니다. 나의 결점을 나 스스로라도 인정하라는 것이다. 자신과 자신을 둘러싼 결점을 애써 감추려 할수록 세상과의 소통은 힘들어진다. 결점을 감추면서 세상을 바라보면 세상은 내 마음의 결점을 비웃듯이 쳐다볼 것이라고 착각한다. 그러나 세상은 나의 결점 따위에는 아무 관심이 없다.

　여드름이 많았던 학창 시절에 버스를 타면 사람들이 내 얼굴을 보고 비웃을 것 같아 항상 사람들의 시선을 외면하려 애썼다. 그러던 어느 날 대부분 앉아 있고 나와 몇 명만 손잡이를 잡고 선 채로 버스를 타고 가던 날이었다. 사람들이 내가 생각하는 대로 나를 정말 비웃으며 보고 있는지 확인해 보려고 좌석에 앉아 있는 사람들을 아주 짧은 시간 동안에 쳐다봤다. 승객들은 아무도 나를 쳐다보지 않고 있었다. 승객들은 저마다 창밖을 보거나 신문을 보거나 상념에 잠기거나 하며 자신들의 일상에 빠져 있었다. 이날 이후 나는 외모의 결점인 여드름을 대수롭지 않게 생각할 수 있게 됐다. 세상은 신경 쓰지도 않는 내 여드름을 감추고 부정하려 했던 나의 행동이 우습기만 했다.

　주말 앵커를 할 때 지방의 한 고등학교 2학년 남학생이 볼펜으로 꾹꾹 눌러 쓴 장문의 편지를 보냈다. 학생은 뉴스를 보면서 내가 동네 아저씨처럼 편안하고 친근하게 느껴졌다면서 자신의 결점을 솔직하게 토로했다.

"(중략) … 제 부모님은 제가 초등학생때 이혼했습니다. 그 뒤 엄마 소식은 못 들었고 아버지는 저를 키울 형편이 안 돼 지금까지 조부모가 보살펴 주셨습니다.

어릴 때는 제가 불행하다고 생각했었습니다. 하지만 지금은 그렇지 않습니다. 시골에 살면 어떻고 어머니가 안 계신다고 불행한 건 아니라는 것을 커갈수록 알게 됐습니다. 오히려 이러한 삶이 저에게 있어 행복과 축복이라고 생각합니다. 조부모님께서 자식처럼 키워주셔서 제가 바른 길을 걸어왔습니다. 제 꿈은 우리말을 지키는 아나운서입니다. 어릴 때부터 가정환경 때문인지 내성적 성격이 형성되었습니다. 말하는 걸 싫어했고 사람 만나는 걸 꺼려했습니다. 그러나 지금은 말하는 게 너무 좋은 소년이 되었습니다. 독서는 경험이자 꿈이 되었고 세상을 바라보는 눈이 달라졌습니다. 훗날 문화방송에 입사하는 날을 꿈꾸며 열심히 공부하고 몇 번을 넘어져도 일어서는 사람이 되겠습니다. 무엇보다도 이 일이 제 가슴을 뛰게 합니다."

소년의 편지가 오히려 나를 가슴 뛰게 한다. 어른인 내가 지금 다시 읽어봐도 나를 치유하게 만든다. 소년이 쓴 편지 내용처럼 행복은 자신의 결점을 솔직히 인정하는데서 출발한다. 나의 결점을 내가 인정할 때 비로소 나와의 평화를 유지할 수 있고 내가 평화로워야 세상과 당당하게 소통할 수 있다.

5

이봐, 해보기는 해봤어?

아프리카 밀림에서 사자와 얼룩말은 어디 출신인지 따지지 않는다. 그저 살아남기 위해 잡으러 다니고 도망 다닌다. 인간 세상도 똑같은 원리로 작동된다. 지인이 보내준 카톡 글에 다음과 같은 감동적인 실화가 있다.

미국 보스턴 마라톤 대회 결승선에서 가족을 기다리던 모녀가 굉음과 함께 아스팔트 바닥에 나뒹굴었다. 압력 밥솥 폭탄에서 튀어나온 파편이 모녀의 두 다리를 파고들었다. 엄마 셀레스트 코코런은 무릎 아래 두 다리를 모두 잃었고 고등학생인 딸 시드니는 두 다리에 파편 흉터가 남았다. 모녀는 악몽과도 같은 일을 겪고 한동안 절망과 좌절 속에서 살았다.

어느 날 이 모녀에게 20대 청년이 찾아왔다. 아프가니스탄 참전으로 두 다리를 잃은 미 해병 출신의 마티네즈였다. 그는 모녀에게 이렇게 말했다고 한다.

"우리는 고통받는 게 아니라 성장하고 있습니다. 저 역시 이전보다 강해졌습니다. 두 분 역시 더 강해지실 겁니다."

일년 뒤 모녀는 완전히 달라진 모습으로 용감하게 테러 현장을 다시 찾았다. 코코런은 의족을 벗고 일년 전 피투성이로 누워 있던 곳에서 화보 촬영을 했다. 남아 있는 두 넓적 다리에 이렇게 썼다. 'STILL STANDING(여전히 서 있다)' 그녀는 테러범들이 내 두 다리를 빼앗았지만 자신은 여전히 서 있다고 외쳤다. 딸인 시드니도 아랫배 맨살에 "테러범이 나에게 흉터를 낼 수는 있지만 나를 멈추게 할 수 없다."는 글귀를 적고 사진을 찍었다.

참담한 좌절과 절망을 경험한 모녀는 사람들에게 모든 사람은 상처를 갖고 있고 우리는 이를 감싸줘야 하며 그 상처들로 인한 역경은 누구나 극복할 수 있다고 강조했다.

쉰 살을 넘기고 MBC파업사태가 시작된 이래 나에게도 쓰나미처럼 역경이 밀려들었다. 파업과 정직, 사표, 회생과 파산 신청은 육체적으로나 정신적으로 지치게 만들었다. 돌이켜 보면 지난 5년이라는 긴 시간동안 나는 웃어본 기억이 단 한 차례도 없었다. 극도의 스트레스와 미래에 대한 불안감으로 불면의 시간으로만 채웠다. 남아 있는 나의 삶에서 내게도 웃을 수 있는 기회가 과연 있을 것인지 암담하기만 했다. 그러나 힘든 시간을 거치면서 나 스스로도 단련이 많이 돼가고 있는 듯하다.

나와의 싸움이다. 정신의 '나'를 항상 토닥거리며 "나는 너를 사랑한다."고 속삭였다. 자존감을 주입시키는 일이다. 이런 과정이 없었다면 정신의 '나'가 육체의 '나'를 절벽에서 밀어버렸을 것이다. 정신의 '나'를 보듬는 일은 바로 정신줄을 놓치 않게 만드는 것과 같다. 자존감 하나로 세상과 맞서는 것이다. 이러면서 시간이 흘러간다. 시간은 역경으로 부르튼 발바닥에 굳은살을 박히게 만들었다. 〈숫타니파타〉의 '소리에 놀라지 않는 사자'처럼 된 듯하다.

미 해병대원 마티네즈가 모녀에게 한 말에 절대 공감한다. 쓰라린 고통을 겪어본 사람만이 가질 수 있는 신념이다. 상이군인 마티네즈와 테러 피해자 모녀는 고통을 고통으로 여기지 않고 삶을 배움의 과정으로 여긴 것이다.

역경이 몰아쳐 좌절과 절망에 신음하더라도 가장 중요한 덕목은 바로 '생존'이다. 살아남아야 한다. 내가 산에서 목격한 외줄타기 거미처럼 끈질기게 생존하고, 생존하고, 생존해야 한다. 살아있어야만 사랑하고 웃고 또 배울 수 있는 것이다.

역경이 몰아쳐 좌절과 절망에 신음하더라도 가장 중요한 덕목은 바로 '생존'이다. 살아남아야 한다. 내가 산에서 목격한 외줄타기 거미처럼 끈질기게 생존하고, 생존하고, 생존해야 한다. 살아있어야만 사랑하고 웃고 또 배울 수 있는 것이다.

2015 미국 메이저리그 월드시리즈 1차전을 다섯 시간 넘게 생중계로 지켜봤다. 캔자스시티와 뉴욕메츠의 불꽃 튀는 혈투가 연장 14회말까지 이어졌다. 월드시리즈 1차전 '역대 최장시간 경기 2위' 기록을 달성했다. 홈팀 캔자스시티는 원정팀 뉴욕메츠에 3대 4로 진 채 9회말을 맞이했다. 아웃카운트 3개를 남겨 놓고 패색이 짙었다. 원 아웃 상황에서 두 번째 타자 고든이 배트를 휘둘렀다. 가운데 담장을 넘기는 싱글 홈런이었다. 홈팀의 관중은 기적과도 같은 동점 홈런에 열광했다. 이때 카메라가 캔자스시티 팀 한 관객이 들고 있는 응원 피켓을 잡아냈다. 피켓에는 이렇게 써

있었다. 'Never say die' 죽는다고 절대 말하지 마라, 절대로 포기하지 말라는 메세지였다. 캔자스시티는 연장 14회말 터진 에릭 호스머의 끝내기 희생플라이 타점으로 5대 4로 극적인 승리를 거뒀다.

5시간 9분의 대혈투를 끝까지 보면서 'Never give up'이라는 글씨가 적힌 그림이 떠올랐다. 연못가에서 황새가 개구리를 삼키려는 순간 개구리가 앞다리 2개로 황새의 목줄기를 힘껏 잡고 있는 그림이다. 코믹하게도 보이는 그림이지만 이 그림을 인터넷에서 볼 때마다 용기가 생긴다. 개구리의 외침이다. 네버 기브 업. 힘들어도 포기하지 말자. 나는 절대로 죽지 않는다. 인간이 개구리보다 못해서야 되겠는가?

처칠은 팔삭둥이 미숙아로 태어났다고 한다. 말더듬이였고 초등학교 학적 기록부에는 희망이 없는 학생으로 분류됐다. 육군사관학교를 삼수 끝에 들어갔고 국회의원 첫 선거에서도 낙선의 고배를 마셨다고 한다. 처칠이 옥스퍼드 대학에서 졸업식 축사를 했다. 첫 마디는 'Never give up'이었다. 잠시 뜸을 들인 뒤 그는 나머지 축사를 이어갔다.

"Never Never Never Never Never Never Never give up"

이 짧은 연설에 청중은 우레와 같은 박수로 화답했다고 한다. 자신들의 정치 지도자인 처칠의 인생 역정을 누구보다 잘 알기 때문에 공감했고 감동한 것이다.

현대 그룹 고 정주영 회장은 입버릇처럼 임원들에게 호통쳤다고 한다.

"이봐, 해보기는 해봤어?"

6

생각하는 대로 산다

"생각하는 대로 살지 않으면 사는 대로 생각한다."

생각에 긍정적인 에너지를 지속적으로 제공해야만 좋은 생각과 행동이 된다. 그것은 정신의 '나'에게 나를 사랑하는 마음, 즉 자존감을 무럭무럭 자라게 하는 일이다. 자존감이라는 식량을 정신의 '나'에게 많이 제공하기 위해선 마음의 밭이 넓어야 한다. 그래야만 더 많은 자존감을 담을 수 있기 때문이다.

어느 마을에 한 중년의 사나이가 어렵게 살고 있었다. 빚도 많이 지고 건강도 안 좋아졌고 아이들은 취업에 실패해 삶 자체가 고통이었다. 아무런 희망이 없었다. 그는 자살을 염두에 두고 마지막으로 고승을 찾았다. 스님은 그로부터 찾아온 연유를 듣고는 찻잔에 물을 가득 따르고 소금 한 통을 뿌렸다. 스님은 찻잔의 물을 저은 뒤 그에게 마셔보라고 했다. 그는 찻잔의 소금물을 한 모금 마시다 찻잔을 내려놨다.

"스님 너무 짜서 못 마시겠습니다."

그러자 스님은 큰 항아리에 물을 가득 따르고 똑같은 양의 소금 한

통을 뿌리고 사나이에게 마셔보라고 했다. 그는 몇 모금 마신 뒤 이렇게 말했다.

"스님 이 소금물은 짜지 않아서 마실 수 있습니다."

고승은 사나이의 이같은 반응에 빙긋이 미소 지으며 말을 이어갔다.

"찻잔이나 항아리나 같은 마음의 밭입니다. 찻잔의 소금물이 더 짠 이유는 마음의 밭이 좁기 때문입니다. 항아리의 소금물이 덜 짠 이유는 마음의 밭이 넓기 때문입니다. 같은 양의 고통도 마음의 밭의 크기에 따라 어떤 사람은 더 받고 덜 받는 것입니다. 마음의 밭이 넓다면 어떤 고통도 느끼지 않을 수 있습니다."

사나이는 고승의 말에 고개를 끄덕였다. 그러나 빚 독촉에 시달리고 당장 먹고 살아나갈 여력이 없어 자살을 염두에 두고 있는 자신이 마음의 밭을 넓게 갖는다는 것은 불가능했다.

"스님의 말씀은 잘 알겠습니다. 그런데 그런 이야기는 열 살 먹은 애들도 알 수 있지 않습니까? 제 형편에 마음의 밭을 넓게 하라는 것은 맞지가 않습니다."

고승 역시 고개를 끄덕이며 그의 양손을 마주잡으며 입을 열었다.

"맞습니다. 열 살짜리 애도 아는 얘기지만 백 살 먹은 노인도 마음의 밭을 넓게 가꾸기는 어려운 것입니다. 마음의 밭을 넓게 하려면 욕망을 줄여야 합니다. 모든 고통은 소유가 한정돼 있는 사람이 그보다 큰 욕망을 하기 때문에 생깁니다. 당신이 소유한 것은 당신의 생명뿐입니다. 당신은 자포자기로 그 유일한 재산인 목숨마저 버리려고 욕망하고 있습니다. 너무도 큰 욕망을 갖고 있기에 마음의 밭이 쪼그라들고 고통받고 있습니다. 욕망을 줄여야 합니다. 자살을 욕망하는 동물은 인간뿐입니다. 배고

푼 돼지는 아무리 배가 고파도 자살을 욕망하지 않습니다. 돼지는 생존을 위해 우리의 흙이라도 파먹으며 연명합니다. 그렇게 참고 살다보면 살아지게 됩니다.

"자살이라는 욕망대신 낮은 자세로 살아남겠다는 욕망을 가지셔야 합니다. 그래야 마음의 밭이 넓어집니다."

"자살이라는 욕망대신 낮은 자세로 살아남겠다는 욕망을 가지셔야 합니다. 그래야 마음의 밭이 넓어집니다."

7

행복의 정의

한 청년이 아무리 머리를 싸매고 고민을 해도 왜 사는지 해답을 찾을 수 없었다. 그는 해답을 찾기 위해 무작정 길을 떠나 다른 사람들에게 물어보기로 했다. 마을을 벗어나 신작로에 접어들었다. 이때 저만치서 한 사내가 바쁘게 뛰어오고 있었다. 구두에 양복 정장 차림이었다. 사내는 얼굴이 온통 땀범벅이었다. 양 손목에 시계를 차고 있었다. 시계는 손목에만 차고 있는 것이 아니었다. 양복 가슴 부분에도 쇠줄이 늘어진 회중시계를 네 개나 달고 있었다. 넥타이핀도 시계였다. 사내는 연신 손목과 옷과 넥타이핀의 시계를 들여다보면서 쫓기듯 달려오고 있었다. 청년은 사내를 불러세우고 왜 그렇게 시간에 쫓기며 사는지 물었다. 그러자 사내는 답했다.

"행복해지기 위해섭니다."

대답을 마친 사내는 시계들을 철렁거리며 청년을 뒤로 한 채 바쁘게 다시 뛰기 시작했다. 청년은 다시 길을 걷다가 큰 건물 앞에 이르렀다. 현관 앞에는 두 명의 사내가 서서 대화를 나누고 있었다. 한 사내는 배불뚝이였고 투탕카멘 왕의 가면처럼 황금으로 만든 옷을 입고 있었다. 맞은편에는 빼빼마른 사내가 고개를 숙인 채 땅만 바라보고 있었다. 그는 구멍이 숭숭 뚫린 옷을 입고 있었다. 배불뚝이 황금옷의 사내는 빼빼마른 사내에게 삿대질을 하며 핏대를 내고 있었다. 임대료가 벌써 세 달치가 밀렸으니 이번 달까지 안 내면 가게를 철수시키겠다고 으름장을 놓고 있었다. 배불뚝이 사내는 건물주였고 다른 사내는 임차인이었다. 청년은 건물주에게 건물도 있고 돈도 많은데 왜 그렇게 돈에 욕심을 내는지 물었다. 배불뚝이 사내는 말했다.

"행복해지기 위해서죠."

청년은 궁금했다. 모두 한결같이 '행복해지기 위해서'라고 하는데 도대체 그 행복이란 것이 무엇인지 실체가 궁금해졌다. 한참을 걸어다닌 탓에 힘이 빠진 청년은 공원에 들러 잠시 휴식을 취하기로 했다. 이때 공원 벤치에 앉아 돋보기 안경너머로 책을 읽고 있는 노인 옆에 앉았다. 노인은 행복이 무엇인지 알려줄 것 같았다. 청년은 노인에게 다가가 인사하고 옆에 앉았다. 청년은 사람들이 전부 행복하기 위해서 산다고 하는데 행복이 뭐냐고 물었다. 노인은 책에서 눈을 떼고 청년을 바라보며 말했다.

"내가 철학과 교수인데 행복이 뭔지 알기 위해서 팔십 평생 공부하고 있지만 아직도 잘 모르겠네."

철학과 교수에게서도 속시원한 해답을 듣지 못한 청년은 공원 근처의 교회를 찾았다. 교회에는 수많은 신도가 모여 목사의 설교를 듣고 찬송가를 부르고 있었다. 청년은 이렇게 많은 신도들이 모이는 교회의 목사라면 분명히 해답을 내놓을 것으로 보고 예배가 끝날 때를 기다렸다. 이윽고 예배가 끝나고 신도들이 자리를 뜨자 청년은 단상에서 내려오는 목사에게 다가가 물었다. 철학자까지도 행복이 무엇인지 모른다고 하는데 행복이 무엇인지 알려달라고 간곡하게 부탁했다. 목사는 오른손으로 턱밑을 괸 채 잠시 생각에 잠기더니 입을 열었다.

"저도 행복이 무엇인지 알기 위해서 평생 기도했지만 아직 하나님으로부터 응답이 없네요."

정확한 대답을 못해줘서 미안하다는 표정의 목사는 막 자리에서 일어나 밖으로 나가려는 신도 한 명을 가리키며 청년에게 말했다.

"저 신사분은 계열사를 몇 개씩이나 거느린 대기업 회장님이시니 행복할 겁니다. 그러니 저 회장님께 물어보면 행복이 무엇인지 알려줄 것 같네요. 그럼 이만 실례하겠습니다."

청년은 목사가 알려준 신사에게 급하게 달려가 애걸했다.

"갑부이시니 행복이 뭔지 회장님은 알 것 같아서 실례를 무릅쓰고 찾아왔습니다. 회장님은 행복이 뭐라고 생각하십니까?"

그러자 회장은 대답하기 귀찮다는 표정으로 청년을 위아래로 훑어보고는 한마디 쏘아붙이고 예배당을 나섰다.

"행복이 뭔지 알고 싶다고요? 참 할 일 없는 청년이구먼. 나도 행복이 뭔지 알기 위해서 평생 절약하고 돈을 많이 벌었지만 여전히 행복하지 않은데 내가 그걸 어찌 알겠나."

하루 종일 사람이 왜 사는지 묻고 다녔지만 그것을 아는 사람은 아무도 없었다. 모두들 행복하기 위해서 산다고는 했지만 행복이 무엇인지에 대해서는 철학자도 목사도 대기업 회장도 모른다는 것이다. 청년은 하릴없이 하늘만 쳐다보다 이내 집으로 돌아가기로 했다. 땅거미가 내려앉은 추운 거리는 늦가을의 낙엽만 뒹굴었다. 사람들은 옷깃을 여미고 총총걸음으로 각자의 집이나 저녁 약속장소로 향하고 있었다.

터덜 터덜 발걸음을 옮기고 있던 청년의 시야에 빈 깡통 한 개를 앞에 두고 길바닥에 앉아 있는 꾀죄죄한 옷차림의 걸인이 나타났다. 청년이 그 앞을 지나가자 걸인은 깡통을 흔들며 애처로운 눈초리로 적선을 부탁했다. 청년은 주머니에서 100원짜리 동전 하나를 꺼내 깡통에 넣어주면서 행복이 무엇인지 물으려 하다가 돌아섰다. 대기업 회장도 모르는 행복을 저 불행한 걸인에게 묻는다는 것이 어울리지 않는다는 생각이 들었기 때문이다. 그러다 적선도 해줬으니 한번 물어나 보자며 걸인을 향해 몸을 돌리고 "행복이 뭔지 아십니까?"하고 물었다. 그러자 걸인은 별것 아닌 질문을 왜 그렇게 어렵게 하느냐는 투로 입을 삐죽이 내밀며 속사포처럼 말했다.

"오늘 저녁 먹을 끼니와 잠잘 곳만 있으면 그것이 행복이죠. 또 뭐가 필요합니까?"

너무나도 명쾌한 답변에 청년은 소스라치게 놀랐다. 하루 종일 많은 사람을 만났지만 걸인처럼 확신에 찬 해답을 내놓은 사람은 보지 못했다. 그러나 아무리 생각해도 걸인이 말한 행복의 정의는 반은 맞지만 반은 틀린 것 같았다. 걸인에게는 맞는 행복의 정의지만 자신과 대입해보면 이것 역시 정답은 아니었다. 걸인처럼 하루하루 끼니 걱정을 해결하면서 사는 것은 결코 행복이라고 할 수 없었다. 청년은 갑자기 걸인이 자신을 무시하는 것 같은 기분이 들어 쏘아붙였다.

"지금 나보고 당신처럼 걸인으로 살라는 겁니까? 나는 대학도 졸업했고 앞길이 구만리같은데요."

그러자 걸인은 청년을 지그시 쳐다보면서 입을 열었다.

"나처럼 살라는 게 아닙니다. 나같은 사람도 있다는 겁니다. 당신은 대학도 졸업했고 앞날이 창창한 청춘입니다. 게다가 나보다 젊어요. 나도 돈이 많으면 구걸생활 끝내고 싶지만 형편상 어쩔수 없이 이러고 삽니다.
그러나 나는 적어도 행복이 뭐냐고 누구에게 물으러 다니지는 않습니다. 그럴 시간에 차라리 끼니를 위해 열심히 내 본분인 구걸을 합니다. 나에겐 이것이 행복입니다. 당신도 내가 왜 사는지 행복이 뭔지 따지러 다니며 시간 낭비하지 말고 당신의 본분에 맞는 일을 찾아야 합니다. 당신이 처한 상황에서 최선을 다하는 것, 그것이 바로 당신이 찾고자하는 '행복'입니다."

　그러나 나는 적어도 행복이 뭐냐고 누구에게 물으러 다니지는 않습니다.

2
장

역경을
넘어

희망을
향해

"

세상은 고통으로 가득하지만 한편
그것을 이겨내는 일로도 가득 차 있다.

– 헬렌 켈러 –

"

1

눈물의 신문따 편지

청운중학교에 입학하면서 장남이자 40대 후반이던 아버지는 교직을 그만두고 어머니와 함께 안성으로 낙향했다. 부모님이 힘든 농사 짓는 것이 항상 안타까웠던 아버지였다. 퇴직금의 절반은 누구에게 빌려줬다가 떼이셨다. 나머지 돈으로 비행기 폐바퀴로 만든 마차를 사셨다. 교사에서 농부로 인생행로를 변경하신 거다. 지금 생각하면 있을 수 없는 일이다.

시골에서 농사 짓던 할머니, 할아버지는 나와 함께 서울생활을 시작했다. 그나마 시골에서 농사 짓는 것보다는 편할 거라는 아버지의 생각이었다. 우리는 원효로 적산 가옥 작은 방에 세들었다. 화장실은 와우아파트보다 못했다. 재래식 푸세식이었다. 여기서 중학 3년 동안 살았다.

이때는 유선 전화도 귀할 때였다. 편지만이 서울과 안성을 잇는 가교였다. 촌에서 농사 짓는 부모님이 보내주는 용돈이래야 빤했다. 한달치 버스 회수권 사고 나면 끝이다. 그저 가난하고 키 작은 빡빡 머리 소년이었다. 버스를 타면 또래보다 키가 작아 대롱대롱 매달려야 했다. 중고생들이 많았다. 청운중학생은 물론 진명여중고, 경복고, 경기상고, 상명여중고생들이다. 상명여대 누나들도 많이 탔다. 항상 만원이었다. 차장 누나들이 '오라이'를 외치고 버스가 출발하면 문도 못 닫을 지경이었다. 이때 기사 아저씨는 버스를 좌우로 흔드는 노련한 운전 솜씨로 버스 문을 닫을 수 있는 공간을 만들어준다. 사람인지 짐짝인지 구분이 안 된다. 이 버스 타고 등교하다 홍수환 선수가 남아공에서 챔피온이 되는 상황을 라디오 중계방송으로 들었다.

"엄마 나 챔피언 먹었어!"라는 육성이 아직도 기억난다.

아버지는 신문을 보셔야 했다. 교직에 계셨기에 항상 신문 읽기가 습관이 된 분이다. 아버지는 나에게 월정으로 구독하라고 했다. 내가 신문을 먼저 본 뒤에 다음 날 당신에게 부치라는 것이다. 매일 아침 등굣길 버스정류장 옆 우체통에 내가 읽고 난 신문을 넣었다. 신문을 가로 세로로 여러 번 접고 노란 종이띠를 두른다. 겉면에 주소를 적고 우표를 붙인다. 뒷면에는 깨알같이 서울 소식을 짧은 편지로 쓰라고 했다. 아버지는 이틀이 지난 신문과 내가 쓴 소식을 매일 받아 볼 수 있게 된다.

이 '신문띠 편지'는 3년 내내 서울에서 안성으로 배달됐다.

할아버지는 용산 청과물 시장에서 비료부대를 주위와 노란색 종이띠를 만들어 놓으셨다. 내 서랍엔 이 비료부대 종이띠와 풀, 칼 그리고 우표가 항상 들어 있었다. 잠자리에 들기 전 나는 종이띠 뒷면에 아버지께 알려드릴 소식을 적은 뒤 '신문띠 편지'를 만들었다.

할머니, 할아버지와 나 셋은 방 하나에 칸막이를 치고 살았다. 한쪽엔 내가 다른 쪽엔 조부모께서 이부자리를 깔고 나면 더 남는 공간이 없었다. 칸막이 너머 책상에 코를 박고 편지를 쓴다. 종이띠 뒷면에 '아버지, 어머니께....'를 적고 나면 마음속 깊은 곳에서 울컥하면서 닭똥같은 눈물이 뚝뚝 흘러내렸다. 칸막이 너머에서 주무시는 할머니, 할아버지께 걱정을 끼쳐드리고 싶지 않아 울음은 속으로 삼켰다. 학교에서 친구들에게 괴롭힘당했던 일, 연필 깎는 칼에 손을 베인 일, 도시락 반찬이 친구들 것보다 형편없는 일이 막 떠오르기 때문이었다. 20원이 없어 친구들이 간식으로 사먹는 '싼토스' 빵을 못 사먹은 것도 서러웠다. 할머니, 할아버지에게 하소연하지도 못했다. 그렇다고 종이띠에 편지로 적을 수도 없었다. 파란색 잉크로 써내려간 편지 내용은 항상 이랬다.

"할머니 할아버지도 별일 없이 안녕히 계시구요. 저도 학교 잘 다니고 있으니 걱정마세요."이다. 효자인 아버지에게 할머니께서 신경통으로 걷는 것도 힘들어 하신다거나 할아버지께서 천식으로 밤새 기침을 하셨다고 적을 수도 없었다. 할머니, 할아버지도 "애비한테 절대 그런 얘기는 쓰지 마라."고 하셨다. 아버지는 효자였다. 만약 그런 종이띠 편지를 받는 날이면 당신은 만사 팽개치고 '길에다 돈을 뿌리면서' 서울로 올라올 것이 뻔하기 때문이다.

이렇게 궁상을 떨면서 신문띠 편지를 쓰다보면 띠 편지 위로 눈물이 뚝뚝 떨어졌다. 잉크 글씨는 채 마르기도 전에 눈물로 번졌다. 어떤 날은 주소를 적은 앞면도 눈물로 얼룩이 생기기도 했다. 그 '신문띠 편지'는 지금 단 한 조각도 남아 있지 않다. 그러나 기억 속에는 '신문띠 편지'가 여전히 또렷하다. 그리고 '눈물의 신문띠 편지'가 생각날 때면 또 눈물이 흐른다.

2

어머니와 함께본 영화 <괴물>

아버지 잘 지내시죠?

어제 안성에 내려가서 어머님을 모시고 영화 <괴물>을 봤습니다.

아버지도 잘 아시는 안성읍내 광신극장이라는 곳인데요

오후 2시 40분부터 영화를 시작했습니다.

지방의 극장이라서 그런지 좌석이 지정되지는 않더군요.

6층과 4층 2개의 영화 상영관이 있었는데 4층에서 <괴물>을 상영중이었습니다.

주차를 하느라고 극장 앞에 어머니를 먼저 기다리라고 해놓고 돌아오니 어머니 손에는 따끈한 옥수수 두 자루가 쥐어져 있었습니다.

주차를 하느라고 극장 앞에 어머니를 먼저 기다리라고 해놓고 돌아오니 어머니 손에는 따끈한 옥수수 두 자루가 쥐어져 있었습니다. 저를 기다리는 동안 극장 앞 좌판에서 구입하셨다고 하더군요.

　서울 생각하고 너무 일찍 극장에 도착하니 한 시간 이상이나 남아 있었습니다. 그래서 "옷이라도 한 벌 사드려유?" 했더니 필요 없다고 하시고, 그럼 "산보할 때 운동화는 필요 없슈?" 했더니 "그럼 싼 걸로 운동화나 하나 살까?" 하면서 저를 따라오시다가 몇 발자국 떼다가 "아녀 됐어. 지금 있는 거 빨아신으면 돼여." 하시며 한사코 운동화 구입도 거부하시더군요. 그러면서 "그러면 내일 병원 가서 고혈압 약 받으러 가야 되는데 병원이나 다녀오자."고 하셨습니다.

　항상 다니시는 병원이라 금세 진찰을 받고 처방전을 받아 약국에서 한달치 고혈압 약과 골다공증 약을 받아서 나왔습니다.

　약봉지와 옥수수 봉지를 손에 들고 다시 극장으로 향했습니다.

　상점에 들러 일회용 카메라를 구입했습니다.

　어머니와 〈괴물〉 포스터 앞에서 기념사진을 찍기 위해서였죠.

　드디어 엘리베이터를 타고 4층 극장 로비로 들어섰습니다.

　표를 받는 아저씨에게 일회용 카메라를 건네며 촬영을 부탁했습니다.

　안심이 되질 않아서 무려 세 장이나 찍었습니다.

　이럴 줄 알았으면 회사 사무실의 디카를 가지고 내려올 걸 하는 약간의 후회도 들더군요.

　어쨌든 벽에 붙은 매우 작은 〈괴물〉 포스터를 배경으로 사진을 찍은 저는 어머니 손을 잡고 컴컴한 극장 안으로 들어가 중간쯤에 자리를 잡고 앉았습니다.

　앉자마자 영화가 시작되더군요.

　지난달 시사회때 한번 봤기 때문에 그렇게 긴장은 되지 않았습니다.

영화를 보기 전에 어머니께 영화 내용에 대한 이야기를 전혀 해드리지 않았습니다. 제가 이 영화에 카메오로 출연해 앵커역을 했습니다.

어머니께서는 두 자루의 옥수수 가운데 한 자루의 중간을 잘라서 저에게 권했습니다. 마치 연인처럼 어머니와 저는 둘이서 이렇게 찐옥수수와 생수를 먹으며 영화를 보기 시작했죠.

〈괴물〉이 어머니와 나를 가깝게 묶어주었다는 생각을 해봤습니다. 이 영화가 아니었다면 어떻게 어머니와 함께 나란히 앉아서 영화볼 생각이나 했겠나싶었습니다.

영화시작 10분만에 예의 그 괴물이 나타나 사람을 해치기 시작하는 장면이 나오는데 어머니가 깜짝 놀라시는 걸 느낄 수 있었습니다. 어머니는 영화가 끝날 때까지 미동도 하지 않으시고 영화에 집중했습니다.

영화가 끝나고 극장 문을 나서는데 앞서 사진을 찍어준 검표원 아저씨가 "할머니 영화 잘 보셨어요?" 하고 인사를 건네자 어머니도 뭐라고 조용히 이야기를 나누시더군요.

제가 앞서 나오느라 무슨 말인지 인파에 묻혀 잘 들리질 않았습니다.

영화가 끝난 뒤 어머니를 모시고 이번에는 죽산 신호 아재네 사진관으로 향했습니다.

일회용 카메라로 촬영한 기념사진을 인화하기 위해서였죠.

차 안에서 어머니한테 물었습니다.

"아까 그 아저씨하고 무슨 말씀을 하셨슈?"

"영화 속에 앵커로 나오는 사람이 저기 내 아들이라구 했더니 그 사람이 '아이구 그러냐'면서 깜짝 놀라지 뭐여." 하시는 겁니다.

룸미러로 뒤에 앉아 계신 어머니의 뿌듯한 표정을 봤습니다.

"영화 언제 보고 지금 보시는 거유?"

"아버지 서울에서 국민학교 선생할 때 보고 처음보는 것 같구나."

역산해보면 그건 제가 초등학생때였습니다.

그러니 족히 37년 전은 된 겁니다.

오후로 접어든 38번 국도 양 옆으로 코스모스가 제법 하늘거리며 이제 가을의 냄새를 풍기고 있었습니다.

교통체증도 없는 휴일의 국도를 따라 20여 분만에 사진관 앞에 차를 세웠습니다. 신호 아재에게 일회용 카메라를 건넸습니다.

그러나 사진은 전혀 찍혀 있질 않았습니다. 극장 검표원 아저씨의 잘못인지, 사진기가 불량인지. 그러니 어쩌겠습니까. 그래서 영화 〈괴물〉을 어머니하고 본 것을 기념하는 사진을 찍기로 했습니다. 아저씨가 디카로 사진을 찍어주었고 그걸 그자리에서 인화했습니다. 같은 사진을 2장 뽑아서 큰 액자와 작은 액자 두 개에 담았습니다.

사진값을 굳이 받지 않겠다는 아저씨 내외에게 그럼 저녁을 사기로 하고 삼겹살집을 찾았습니다. 신호 아재는 조카인 제가 자랑스러운 듯이 음식점 주인에게 나를 가리키며

"이 사람 몰러유? 테레비에 나오는 사람인데." 하면서 너스레를 떨었습니다.

그러나 촌에서 장사를 하는 아주머니가 저를 알 턱이 없지요.

"저는 텔레비전을 잘 안 봐서유……."

삼겹살로 저녁을 먹으면서 어머니는 말했습니다.

"이젠 나도 아들이 나온 〈괴물〉 영화를 봤으니 누가 물어보면 자랑해도 되겠지?" 라고 하시면서 "그런데 꿈자리에 괴물이 나올까 겁이 난다." 고 했습니다. 아마 컴퓨터 그래픽으로 만든 괴물이 정말로 사람을 잡아

먹는 것으로 오해하신 듯했습니다.

집에 도착해 어머니방 TV 옆에 사진액자를 놓아드리고 왔습니다.

아버지가 서른 살에 찍으셨다는 흑백사진이 액자 속에서 환하게 웃으며

어머니와 제가 함께 찍은 사진을 바라보고 계십니다.

작은 액자는 여의도 사무실 제 책상 위에 올려 놓았습니다.

돌이켜 보니 어머니와 제가 단 둘이 찍은 사진도 이게 처음이더군요.

이 사진입니다. 보이세요?

PS.

어머니와 작별하고 서울로 올라오면서 아버지를 먼 발치에서 뵀습니다.

차 안에서 보니 아버지가 누워 계신 용머리 산에도 초가을의 석양이

내려앉더군요. 다음에 내려올 때는 아버지께 찾아가 큰절 올리겠습니다.

3

대한민국 최고의 신문기자가 꿈입니다

3월초 대학 신입생 오리엔테이션 날이다. 지금은 불타서 없어진 목조 체육관에서 조영식 총장은 신입생 2천여 명에게 축하 연설 중이었다. 연설 중간에 총장은 신입생들에게 이렇게 말했다.

"여러분 가운데 자기의 꿈을 일어나서 큰소리로 말할 학생 손들어 보세요!"

손을 들자 총장이 나를 지목했다.

"저는 대한민국 최고의 신문기자가 꿈입니다."

그러자 총장은 "좋은 꿈입니다. 학생의 꿈은 반드시 이뤄질 것입니다." 라고 답했다.

나는 처음보는 친구들 앞에서 왜 이런 미친 짓을 했을까? 그것은 나에 대한 외침이자 다짐이자 발악이었다. 그땐 몰랐지만 '피그말리온' 효과를 노렸던 걸까?

나는 처음보는 친구들 앞에서 왜 이런 미친 짓을 했을까? 그것은 나에 대한 외침이자 다짐이자 발악이었다. 그땐 몰랐지만 '피그말리온' 효과를 노렸던 걸까? 2학년이 되면서 과를 선택해야 했다. 일년 내내 주(酒)님만 모시고 살다보니 영문과는 1학년 성적이 좋지 않아 못 갔다. 대신 국문과를 선택했다. 오히려 기자되는 데는 국문과가 더 나은 듯했다. 80년 2학년 초 당시 한국은 '서울의 봄'이었다.

　　4월 어느 날 동국대학교에서 김대중 선생이 강연한다는 소식을 들었다. 명색이 기자가 되고 싶어하는 입장에서 이 기회에 내가 취재기자라는 생각으로 강연을 들으러 가기로 했다. 교문에서부터 사복 경찰이 학생증 검사를 했다. 안 가져 왔다고 했더니 무슨 과 학생이냐고 묻길래 국문과 학생이라고 둘러댔다. 교수이름을 대라고 했다. 내 친구가 동대 국문과 다니는데 입만 열면 미당 서정주 선생이 자기네 교수라고 자랑하던 생각이 나서 "미당 서정주 선생입니다." 했더니 통과시켰다. 마침내 동국대 중강당으로 입장하는데 성공했다. 청중으로 미어터졌다. 드디어 김대중 선생이 무대로 등장했다. 지지자들의 열광적인 환호가 터지고 김대중 이름 석 자를 연호했다. 이런 상황을 신문기자처럼 흉내내면서 수첩에 적어내려갔다. 나는 이때 김대중 선생을 처음봤다. 신문이나 방송에서 김대중 선생 얼굴을 거의 본 적이 없었기 때문이다. 얼굴도 잘생겼고 바리톤의 굵은 음색이라 한눈에 사람을 몰입시켰다. 나는 김대중 선생의 연설 속으로 빠져들었다. 중앙정보부가 자신을 일본 호텔에서 납치해 바다에 수장시키려 했다는 얘기부터 시작했다. 마지막 연설은 이것이었고 평생 나의 귓전을 울리는 어록으로 남게 됐다.

"동지 여러분, 행동하지 않는 양심은 죄악입니다. 여러분."

"동지 여러분, 행동하지 않는 양심은 죄악입니다. 여러분."

대학에 갓 입학한 학생들은 금서로 지정된 책을 열심히 읽었고 나도 많이는 못 읽었지만 그 대열에 동참했다. 〈해방전후사의 인식〉, 〈우상과 이성〉은 고등학생 수준의 이성을 180도 바꿔놓는 금서 중의 금서였다. 소위 '의식화'되는 것이다. 이런 과정에서 우연히 운동권 써클에 가입했다. 군에서 휴가 나온 작은형이 "너 그거 탈퇴해라. 계속하면 감옥 가고 그럼 엄니, 아부지한테 어떻게 얼굴 들려고 그러냐?"라고 충고했다. 결국 탈퇴했다. 그때 나 스스로의 탈퇴의 변은 이랬다.

"지금은 힘이 없다. 나의 꿈인 기자가 돼서 사회의 정의를 세우는데 일조하자."

국문과 친구 중에 두 명은 그 써클에 계속 가입해 있다가 2학년 말에 퇴학당하고 감옥 갔다. 친구들에게 미안해서라도 나는 반드시 기자가 돼야 했다.

4

와르르 아파트

나는 안성에서 태어나고 자랐다. 초등학교 2학년 2학기가 시작될 무렵 초등학교 교사였던 선친이 서울로 전근하시면서 막내 아들인 나도 서울생활을 시작했다. 이때는 경부고속도로가 생기기 전이라서 1번 국도를 따라 완행버스로 지금 서울역 맞은편 버스터미널에 도착했다. 5시간 걸렸다. 등잔불 밑에서만 생활했던 어린애가 난생 처음 전기의 위력에 놀랐다. 브라더 미싱 네온사인 간판이 번쩍였고 도시의 야경은 휘황찬란했다. 나는 선친이 전근 온 서울 한복판 교동초등학교로 전학했다. 종로 2가는 소란스러웠다. 그 넓은 YMCA 건물 앞 도로는 모두 파헤쳐졌고 고막을 찢을 듯한 둔탁한 햄머소리가 요란했다. 탕‥탕‥탕‥ 지하철 1호선을 건설하기 위해 '항타공법'으로 H빔을 땅 속 깊이 박아넣는 작업이다.

가난한 교사였던 선친은 이사를 자주 다니셨다. 홍대 앞 어린이 놀이터는 내가 놀던 곳이다. 월세방에 살다가 집주인이 키우는 개에게 물려보기도 했다. 연탄가스에 중독되기도 했다. 종로 2가까지 등하교를 위해 콩나물 시루 같은 시내버스에 몸을 구겨넣어야 했다. 아버지와 함께 등하교를 하다 처음으로 나 혼자 하굣길 버스를 탔다. 그런데 이 촌놈이 아침에 내린 정류장에서 버스를 타고 말았다. 엉뚱한 종점에서 엉엉 울다 마음씨 좋은 아저씨 덕분에 다시 서교동쪽으로 가는 버스를 얻어타고 집으로 올 수 있었다.

학교에서 사귄 친구들은 대부분 인사동, 안국동 한옥집에 살거나 낙원상가 아파트에도 살았다. 친구 덕분에 아파트라는 곳도 처음 구경했다. 부엌, 소파, 침실, 화장실, 욕실이 한곳에 갖춰져 있었고 따뜻한 물이 나왔다. 연탄을 때지 않는단다. 나도 언제 이런 아파트에 살아보나 부러웠다. 어느 날 아버지가 폭탄 선언을 했다. 아파트로 이사 간다는 것이다. 뛸 듯이 기뻤다. 드디어 나도 낙원아파트에서 살게 된 것이다. 이사 가는 날인 일요일 아침 아버지가 빈 리어커 한 대를 빌려왔다. 이상했다.

"짐은 리어커 한 대면 충분했지만 홍대 앞에서 낙원동까지 어떻게 리어커를 끌고 가실까? 시간이 많이 걸리고 위험할 텐데……."

리어커에는 이불보따리와 옷가지가 든 트렁크, 연탄 몇 장이 실렸다. 아버지가 앞에서 끌고 엄마는 뒤에서 밀었다. 나는 초등학생에 걸맞은 봇짐 하나 달랑 들고 뒤에서 따라갔다. 그런데 그리 먼 곳이 아니었다. 홍대 정문을 지나자 아버지는 와우산 자락 경사가 심한 길로 리어커를 밀고 올라가셨다. 이상했다. 낙원아파트가 여기도 있나? 온가족이 비지땀을 흘리며 아파트에 도착했다. 전망도 좋았다. 신촌 로터리와 연세대, 서강대가 한눈에 펼쳐졌다. 아뿔싸! 아파트는 맞는데 낙원아파트가 아니라 와우아파트였다.

십여 개 동이 와우산 정상 아래 능선을 따라 도열해 있었다. 끝 부분에는 언제 무너져내렸는지 아파트 잔해가 널부러져 있었다. 훗날 자료를 찾아보니 실상이 이랬다. 1969년 6월에 착공해 6개월만인 12월 24개 동이 준공됐다. 당시 박정희 대통령과 육영수 여사도 준공식에 참석한 사진이 있다. 그런데 급경사면 위에 지어진 와우아파트는 지반공사도 제대로 하지 않고 철근도 적게 사용했다. 이렇게 부실로 짓다 보니 완공 다섯 달 만인 70년 4월 8일 새벽 6시 30분에 15동이 앞으로 쓰러지면서 와르르 무너졌다. 33명이 죽었다.

만약 내가 몇 달 일찍 이사 왔다면 끔찍한 일을 당했을 것이다. 홍대 뒷산 이름이 와우산이다. 한자로 쓰면 臥牛다. 산의 형세가 소가 누워 있는 모습을 닮았다고 한다. 소가 누워서 되새김질하는 모습을 본 적이 있는가? 이름 하나만큼은 평화와 낙원이다.

5층짜리 시영 아파트인데 각 층마다 가운데 복도를 중심으로 양 옆으로 10개씩 20개의 집이 닥지닥지 붙어있다. 복도 가운데 지점에 공동 화장실과 세면장이 있다. 화장실은 집마다 배정돼 있지만 세면장은 공동으로 써야 한다. 샤워나 빨래를 여기서 한다. 화장실은 그래도 수세식이다. 기마자세로 볼일을 보고 난 뒤 천장 바로 밑에 설치된 물통의 줄을 잡아 당기면 배설물이 쏠려내려가는 수세식이다. 추운 겨울이 오면 물통의 물이 얼어버려 집에서 물을 데워 와서 쓸어내야 했다. 툭하면 단수다. 겨울엔 냄새가 덜해도 여름에 수돗물이 안 나오면 악취가 진동한다. 복도는 이 화장실 냄새와 된장, 청국장 냄새, 연탄가스 냄새가 범벅이 돼서 항상 악취가 코를 찔렀다.

합판으로 만든 집 문을 열고 들어가면 13평쯤 되는 공간이 있다. 신발 몇 켤레 놓을 공간이 있고 양 옆으로 방 2개가 있다. 주인집 방은 부엌이 딸려 있고 세입자인 우리가 사는 방엔 별도의 연탄 아궁이만 있다. 이 연탄 불 위에 솥과 냄비를 차례로 올려가며 어머니는 밥과 국을 끓였다.

바퀴벌레는 밤낮을 안 가리고 돌아다녔다. 빈대는 밤에 그것도 새벽녘에 기승을 부렸다. 천장에서 툭 툭 떨어지며 사정없이 물어댔다. 집집마다 문을 열고 살아서 이웃간의 정은 꽤 있었다. 다들 비슷한 처지의 사람들이 사니 음식도 나눠먹곤 했다. 단열 처리가 안 돼 겨울엔 방 안의 물이 얼어붙었다. 매일 등하굣길은 고역이다. 왜소한 나는 낑낑대며 등산하다시피 했다. 하지만 산꼭대기라서 전망은 좋았다. 밤이 되면 신촌 로터리의 야경과 연세대, 서강대 같은 랜드마크가 보였다.

이런 점은 그나마 하루이틀 지나면서 익숙해졌다. 그러나 곳곳에 금이 간 아파트의 외벽은 큰 공포였다. 한밤중에는 금 가는 소리가 들리는 듯했다. 여기서 3년 남짓 살았다. 다행히 내가 입주하기 전에 와르르 무너진 15동과는 달리 붕괴사태는 없었다.

와우아파트 살 때의 악몽은 트라우마가 됐다. 그래서 부실공사 제보만 들어오면 눈에 쌍심지를 켜고 달려들었다. 이 와우아파트는 이젠 전설 속에만 존재한다.

와우아파트 살 때의 악몽은 트라우마가 됐다. 그래서 부실공사 제보만 들어오면 눈에 쌍심지를 켜고 달려들었다.

5

4학년 2학기 신문사들이 드디어 공개채용을 시작했다. 시험과목은 어디나 1차로 국어, 영어, 일반상식이다. 중앙 언론사는 9군데였다. 맨 처음 시험 본 신문사는 동아일보였다. 그러나 보기 좋게 낙방했다. 이어 경향신문, 연합통신(지금의 연합뉴스), 중앙일보 연이어 고배를 마셔야 했다. 이때 기자로 뽑힌 동아, 중앙, 연합 기자들은 이듬 해부터 동기로 지냈다. 동기가 연합통신 합격하고 연합통신 기자가 됐다고 하자 그의 아버지가 그랬단다. 문과생인 네가 어떻게 전기회사 기사가 됐느냐고 말이다. 다른 언론사는 신입기자를 뽑지 않아서 못 봤다. 대한항공도 국문과 졸업생이 시험 볼 자격이 있길래 봤지만 여기도 안 됐다. 최종 합격은 고사하고 1차라도 붙기를 갈망했지만 세상은 나를 버리는 것 같았다.

어느 신문사 시험을 치러도 1차 관문이 열리지 않으니 난감했다. 도서관에서 살다보면 누가 기자시험 준비하는지 대충 안다. 누구는 어느 신문 1차 시험에 또 누구는 2차 시험까지 합격했다더라는 '흉흉한' 소문이 돌면 자괴감밖에 들지 않았다. 어느덧 11월로 접어들었다. 이제 시험 볼

언론사도 없었다. 그때 마지막으로 MBC가 시험을 본다는 정보를 들었다. 그래서 정보가 중요한 것이다. 모르면 시험도 못 본다. MBC는 정동 사옥을 썼지만 여의도 신사옥에서 수험표를 나눠줬다. 여의도는 중학생 때 렌터카를 빌려 놀러 가본 뒤 두 번째다. 렌터카는 한 시간 단위로 빌려타는 자전거를 말한다.

마무리 공사중이던 MBC 사옥은 멋졌다. 백범 김구 선생의 소원이 떠 올랐다. "나의 소원은 독립한 대한민국의 문지기입니다." 내 심정도 그랬다.

마무리 공사중이던 MBC 사옥은 멋졌다. 백범 김구 선생의 소원이 떠 올랐다.

"나의 소원은 독립한 대한민국의 문지기입니다."

내 심정도 그랬다.

"아! 내가 저 멋진 방송사의 기자가 될 수 있다면 얼마나 좋을까? 그러나 그림의 떡이겠지? 더구나 방송사는 신문사보다 영어가 더 어렵다는데… 역시 1차도 안 되겠지. 그래도 마지막 시험이니 최선은 다해 보자. 후회 없게!"

지하 1층에서 신입사원 공채시험 접수를 했다. 방송사라 그런지 내가 지원한 취재기자 외에도 카메라기자, PD, 아나운서, 엔지니어, 미술, 의상 등 각 분야에서 신입사원을 모집하고 있었다. 이화여고에서 시험을 치렀다. 그런데 이미 어느 신문사 기자로 합격한 다른 대학 친구녀석과 시험장에서 마주쳤다.

"야 너 MBC 시험장에는 왜 왔냐?"

"응‥ 아나운서도 한번 해보고 싶어서……."

친구가 아니라 원수처럼 느껴졌다.

'나는 1차도 못 붙어서 노심초사하고 있는데 뭐야!. 저 녀석이 아주 염장을 지르는구나. 신문기자가 됐으면 그거나 하지 뭐하러 또 여긴 왔지? 저 녀석 때문에 내가 또 떨어지는 건 아닐까?'

나중에 보니 그 친구는 1차 시험에서 불합격됐다. 그리고 훌륭한 기자로 컸다.

그런데 시험을 치르고 나니 왠지 기분이 좋았다. 이전에 봤던 신문사 시험과는 달리 영어, 일반상식에서 내가 알고 있는 문제들이 많이 나왔다.

6

드디어 기자되다

1985년 12월 16일.

이날은 내가 중학생때부터 꿈꿔왔던 기자가 된 날이다.

내가 평생 잊지 못하는 세 가지 날이 있다. 내 생일, 군에 입대하던 날, 그리고 MBC 기자가 된 날이다.

내가 평생 잊지 못하는 세 가지 날이 있다.

내 생일, 군에 입대하던 날, 그리고 MBC 기자가 된 날이다.

1차 시험을 치르고 2주가 흘렀다. 이날은 MBC 라디오 정오 뉴스에서 1차 합격자 발표를 하고 경향신문에도 게재된다고 하는 날이다. 두근반 세근반 콩딱이는 가슴을 진정시키면서 라디오 뉴스를 듣고 있었다. 드디어 뉴스 끝에 아나운서가 "지금부터 신입 공채 사원 1차 합격자 명단을 발표하겠습니다."하더니 몇 번 누구 하면서 명단을 읽어 내려갔다. 살생부를 발표하는 것이다. 이게 웬일인가? 누구 누구 누구 하더니 '최일구'라는 이름이 라디오에서 툭하고 튀어나왔다.

잭팟 터뜨릴 때 기분이 이럴까?

내가 혹시 잘못 들은 것일까?

너무 흥분돼서 114에 MBC 전화번호를 알아냈다. MBC에 전화해서 교환에게 라디오 뉴스 담당부서를 연결해달라고 했다. 그리고 내 이름이 뉴스에 나왔는데 맞느냐고 했더니 수험번호와 이름이 일치했다. 세상에 이게 꿈인가 생시인가? 밖으로 달려나가 신문가판대에서 경향신문을 구입하고 뒤졌더니 역시 내 이름이 떡하니 인쇄가 돼 있었다. 당시엔 경향신문이 석간이었다. 이로부터 최종합격자 발표까지는 한달이나 더 걸렸다.

그러나 1차가 됐다고 해서 합격은 아니었다. 최종 합격까지는 2차 시험인 작문과 카메라 테스트를 통과하고 3차 사장, 임원 최종면접까지 통과해야 했다. 산 넘어 산이다.

작문 시험을 보기 위해 여의도로 갔다. 작문 주제는 '경부선'과 다른 한 가지였다. 나는 경부선을 택했다. 고향 앞 철뚝길은 일제 식민지 시절 여주, 이천, 안성의 쌀을 수탈할 목적으로 '안성선'이 부설돼 있었다. 2차 대전 말기에 일제가 도로 다 걷어가 지금은 철뚝길만 남아 있다. 여기서 부터 풀어나갔다. 철도의 중요성을 전제하고 6.25전쟁으로 끊어진 한반도의 동맥 경부선을 문산에서 신의주까지 이어야 한다고 강조했다. 영화 〈국제시장〉에서 나오듯 당시엔 '이산가족 찾기' 열풍이 전국을 휩쓸 때였다. 나는 남쪽의 이산가족만의 상봉이 아니라 남북한 이산가족도 상봉하도록 당국간 대화가 필요하다고 했다. 이같은 대화노력으로 이산가족 상봉과 경부선 연결 공사에도 나서야 한다고 역설했다. 더 나아가 물동량이 급증하는 앞으로의 시대에 대비해야 한다고 했다. 연결된 부산-신의 주간 경부선을 베이징과 블라디보스톡까지 연결해 부산의 컨테이너가 해상이 아닌 철도로 더 빠르게 운송되는 '유라시아 특급 철도망'을 완성하자는 것으로 결론냈다. 쓰고 나니 그럴 듯했다.

오후에는 정동 MBC 뉴스센터에서 카메라 테스트를 했다. 매섭고 딱딱한 인상의 30대 중반의 직원이 수험생들에게 MBC에서 사용하는 듯한 원고지를 나눠줬다. 첫눈에 'B사감과 러브레터'에 등장하는 B사감이 떠올랐다. 여자가 아니라 남자라는 게 다를 뿐이다. 입사해서 보니 보도국 선배였다. 카메라 테스트 개요를 설명했다. 어떤 빌딩에 불이 났다는 것을 가정해 자기한테 취재하고 1분 정도 분량의 기사를 원고지에 쓰라는 것이다. 30분 뒤부터 차례대로 카메라 앞에서 카메라를 보면서 기사를 낭독하는 것이란다. 드디어 내 순서가 왔다. 기사작성법도 모르는 수험생들이 기사를 써봐야 얼마나 잘 썼겠는가. 내가 쓴 기사를 들고 카메라 앞 테이블에 앉았다. 원고와 카메라를 번갈아 연습한 대로 읽었다. 그럭저럭 만족했다. 이때 카메라 너머 어둠 속에서 누군가가 나를 호명했다.

"최일구씨?"

"네!"

"그런데 얼굴에 시뻘겋게 난 게 뭡니까?"

"네? 아… 이거요? 여.. 여드름인데요"

"혹시 심각한 피부 질환은 아닌가요?"

"아. 아 아닙니다. 그냥 여드름인데요‥"

고등학교 때도 말짱했던 얼굴이 군 제대 후부터 생긴 여드름으로 뒤덮여 있을 때였다. 이런 젠장! 2차 합격은 물 건너 간 것으로 보였다. 텔레비전 뉴스에 얼굴이 나오는 직업이라서 얼굴 생김새도 관찰한 것이다.

그런데 여드름이라니! 전혀 예상하지 못했던 여드름 지적에 하늘이 무너지는 듯했다.

그런데 여드름이라니! 전혀 예상하지 못했던 여드름 지적에 하늘이 무너지는 듯했다. 이런 젠장! 2차 합격자도 보름 뒤에나 발표한단다. 빨리나 발표하지. 이런 젠장! 2주일 동안 긴장과 초조감에 매일 소주와 새우깡으로 버텼다.

드디어 2차도 합격했다.

3차 최종 면접때는 16명이 남았다. 이때는 86 아시안게임, 88 서울올림픽을 앞두고 있을 때였다. 그래서 면접장 주변에서는 방송인력이 많이 필요하기 때문에 취재기자 16명 전원이 합격될 것이라는 소문이 돌았다. 순서대로 1명씩 사장실로 들어갔다. 3명이 앉아 있었다. 입사 후에 알았는데 사장과 전무, 인사부장이었다.

"가두 시위에 참여해본 적이 있습니까?"

"네! 군대 가기전 일, 이학년때만 했습니다."

"왜 시위를 했습니까?"

대답하기가 곤란했다.

'전두환 군사 독재 정권을 타도해서 이 나라의 민주주의 실현을 앞당기는데 일조하기 위해서였습니다.'라고 대답했다가는 미끄러질 것 같았다. 수위 조절하고 대답했다.

"어린 학생 신분이지만 대학생으로서 최소한의 의사표현으로 생각했기 때문입니다!"

몇 가지 더 묻고 대답하다 나왔다. 마지막 발표까지 아마 또 열흘쯤

걸렸을 것이다.

드디어 최종 합격자 발표를 하는 날이다. 정동 MBC 사옥 앞 게시판에 합격자를 발표한다고 했다. 혹시 16명 모두 안 뽑으면 나는 안 될 것 같았다. 조마조마한 심정으로 정동 MBC 앞 게시판에 도착하고 있는데 멀리서 벌써 붓글씨로 쓴 내 이름이 보였다.

崔一九.

이름이 워낙 간단하니 멀리서도 보였다. 내 인생이 달라지는 그 순간이었다. 가까이 다가가서 보니 아뿔싸! 취재기자 합격자가 16명이 아니라 8명뿐이었다. 나는 합격의 기쁨으로 가슴을 쓸어내렸지만 나머지 탈락한 8명의 심정은 어떨까하는 기분이 들자 모골이 송연해졌다. 며칠 뒤인 12월 16일 드디어 사장이 주는 '사령장'을 받았다.

이제 드디어 기자가 된 것이다.

이제 드디어 기자가 된 것이다.

7

입사와 함께 꾼 새로운 꿈

꿈이 없는 사람이 어디 있겠는가. 앞으로 인생 100세 시대라고 한다. 50대 중반에 하던 일에서 은퇴를 하더라도 지금까지 살아온 날만큼 50년을 더 살아야 한다. 무엇을 하면서 여러분은 살 것인가. 어떤 신문기사를 보니 은퇴 후에도 명함을 갖고 다닐 생각을 해야 한다고 한다. 맞는 얘기다. 인생 100세 시대. 이제 평생 직장 개념은 사라졌다. 자신의 전문 분야를 절차탁마하면서 찾아내고 이를 발판으로 새로운 꿈을 실현시켜 나아가야 한다. 언제까지? 죽는 그 순간까지.

꿈에는 마침표가 없어야 한다. 꿈에 그리던 기자가 되자마자 나는 새로운 꿈을 꾸기 시작했다. 앵커였다.

신입사원 OJT(현장 실습 교육)를 받으면서 여의도 보도국 뉴스센터 견학을 했다. 이때 MBC앵커는 이득렬 선배였다. 대선배다. 너무 멋있어 보였다. 뉴스센터 내부로 들어가 한 바퀴 돌면서 나는 앵커석 의자를 손으로 쓰다듬었다.

'앵커 의자야! 나는 최일구라고 하는데 언젠가는 나도 너한테 엉덩이를 맡겨볼 거야!'

'앵커 의자야! 나는 최일구라고 하는데 언젠가는 나도 너한테 엉덩이를 맡겨볼 거야!' 여러분도 어떤 회사에 취직했다면 새 꿈을 꿔야 한다.

'그래 나는 언젠가 이 회사의 사장이 될거야'. 또는 '이 회사에서 한 10년 일하다가 배운 노하우로 창업을 해야겠다.'

내가 취재하다 만난 안산 공단의 중소기업체 사장의 이야기다. 삼성, 엘지 휴대폰 속에 들어가는 작은 부품을 생산해 납품하는 회사다. 직원만 150명이다. 이 분은 입사하면서 '내가 마흔 살이 되면 반드시 창업을 하겠다.'고 결심했다고 한다. 실제로 입사한 지 13년쯤 지나서 39살 10개월이 됐을 때 과감히 사표를 내고 그동안 영업맨으로 일하며 알게 된 거래선 300여 명을 만나러 다니며 "창업을 하려는데 어떤 아이템이 좋겠습니까?"하면서 조언을 구했다. 이렇게 해서 휴대폰 부품회사를 차리게 됐다고 한다. 이 중소업체 사장은 이렇게 자신의 꿈을 이뤄냈다.

앵커는 그 방송사의 얼굴이다. 따라서 앵커가 되려면 신입사원때부터 나의 이미지를 시청자는 물론 사내에서도 좋게 쌓아가는 게 필요하다. 어떻게 하면 이미지를 좋게 만들어갈까? 정답은 '열심히'다. 미션 임파서블의 톰 크루즈는 회당 천억 원의 개런티를 받는다고 한다. 영화를 보면 톰 크루즈는 얼굴값만 하는게 아니다. 대역 없이 비행기에 대롱대롱 매달리는 장면을 직접 촬영했다. 그것도 여덟 번이나 했다. 쇠줄에 의지했지만 여차하면 죽을 수도 있는 상황이었다. 방송기자인 내가 열심히 하는 일은 다른 것 없다. 특종을 많이 하고 현장에서 중계차로 생방송할 때도 틀리지 않고 또박또박 리포트하는 것이다. 이러면서 하루, 일년, 십년 지나면서 나의 브랜드가 생기는 것이다.

입사한 지 17년 되던 해 가을. 나는 사회부에서 사건데스크를 맡고 있었다. 약속이 없어 구내식당에서 점심을 먹고 일찌감치 자리에 앉아 그날밤 뉴스데스크에 나갈 사건, 사고 기사를 점검하고 있었다. 보도국은 거의 텅 비어 있었다. 이때 보도국장 구영회 선배도 일찌감치 점심을 먹고 국장방으로 들어가려다 중간에 나를 불렀다. 국장방에 둘이 앉았다.

"구선배! 왜 부르셨어요?"

"최차장! 혹시 주말 뉴스데스크 앵커해 볼 생각 없어?"

"네?" 잠시 침묵이 흐른 뒤 나는 이렇게 답했다.

"시켜만 주신다면야 저야 영광이죠!"

"어~ 나는 최차장을 염두에 두고 있는데 오늘 2시 편집회의에서 주말 앵커 새로 뽑는 것을 공론화시킬 거야. 물론 다른 희망 기자들과 함께 오디션을 볼 건데 주말 앵커 선발 공고가 나가면 한번 참여해봐!"

며칠 뒤 10여 명의 기자들과 뉴스센터에서 오디션을 봤다. 오디션은 별거 없다. 카메라 앞에서 원고를 30초 정도 낭독하고 이 장면을 테이프에 녹화해서 부장단 회의에서 모니터를 하고 각 부장들이 1,2순위를 정하는 것이다. 최종 결정은 사장이 한다. 이런 절차를 거쳐 나는 입사 직후 꾸었던 꿈. 앵커의 꿈을 이뤘다.

―
구영회 선배는 나의 앵커의 꿈을 이루게해준 인물이다. 한때 올곧고 치열한 방송인이었던 그는 지금 고향 지리산골에 머물며 글을 쓰는 지리산 수필가로 변신해 있다. 마침내 지리산 사람이 된 것이다. 그는 〈힘든 날은 벽이 아니라 문이다〉, 〈지리산이 나를 깨웠다〉를 출간했고, 후학들을 위한 청춘 멘토링을 하고 있다.

3
장

자존감 하나로

세
상
과

맞서라

"

세상이 너를 버렸다고 생각하지 마라.
세상은 애초에 널 가진 적이 없다.

– 롬멜 –

"

1

누구나 처음엔 실수한다

MBC 사옥은 정동에 있었다. 지금 경향신문 사옥 5층이 보도국이었다. 수습때는 이틀 걸러 야근했다. 야근을 하면 아침 8시 라디오 '뉴스의 광장'에 출연해서 밤사이 사건, 사고 기사를 리포트해야 했다. 원고는 볼펜으로 쓰던 시절이다. 6층 라디오 뉴스센터에서 첫 생방송 리포트를 했다.

"다음은 밤사이 일어난 사건, 사고를 사회부 최일구 기자가 보도합니다."

처음으로 생방송 리포트를 해보는 것이니 얼마나 긴장되겠는가. 숨이 막혀 죽는 줄만 알았다. 1분 30여 초 몇 가지 기사를 리포트하고 사회부로 돌아왔다. 이때 출근한 사회부 차장 선배가 나를 불렀다.

"야, 최일구! 너 쥐잡다 내려왔냐?"

뉴스센터에서 너무 긴장한 탓에 손을 떨었다. 그래서 손에 들고 있던 원고지끼리 부딪치면서 사각사각하는 소음이 고스란히 마이크를 타고 라디오에 방송된 것이었다.

몇 년 뒤 라디오편집부에서 있을 때 수습 여자 아나운서가 오후 3시 라디오뉴스를 진행했다. 나는 KBS와 MBC 라디오를 틀어 놓고 어떤 기사가 나가는지 모니터해서 일지에 기록하는 일을 하고 있었다. 이 아나운서가 담력이 부족한지 가끔씩 목소리에 힘이 없고 떨리는 발성을 하고 있었다. 그런데 이날은 심했다. 3시 뉴스입니다. 해놓고는 거의 기어들어가는 목소리만 들렸다. 도대체 무슨 말을 하는지 알아듣기 힘들 정도였다. 잠시 후 청취자들의 항의 전화가 빗발쳤다. 그 중에는 "혹시 혁명이 일어나서 군인들이 총 들고 뉴스센터에 난입했느냐."며 진지하게 묻는 전화도 있었다.

전화로 생방송을 하다가도 사고가 난다. MBC 기자들이 다 그렇다는 게 아니라 내가 그랬다는 것이다. KAL 858기 추락사건이 났을 때였다. 동대문 경찰서 출입기자였다. 시경 캡에게 새벽 보고를 마쳤다. 캡은 즉시 대한항공 대책본부로 이동하라고 지시했다. 나는 전날 밤 인도네시아 해외 출장을 마치고 왔던 터라 사고 상황을 제대로 파악하지 못하고 있었다.

대책본부에 도착하고 10분 쯤 지났을 무렵 대한항공 홍보실에서 858기 잔해가 최초로 발견됐다는 1장짜리 메모 형태의 보도자료를 나눠줬다. 즉시 사회부로 연락했더니 정규방송 끊고 긴급뉴스로 전할 테니 5분 뒤에 전화연결하라는 것이다. 보도자료에는 '안다만 해상에서 KAL 858기 잔해 발견'이라는 제목과 발견 시간, 발견 지점 정도만 적혀 있었다. 기사를 작성할 시간도 없었다. 바로 전화를 라디오센터와 연결했다. 수화기 너머로 아나운서의 목소리가 들렸다. 생방송으로 연결이 된 것이다.

"안다만 해상에서 858기의 잔해가 조금 전 발견됐습니다. 대책본부에 나가 있는 사회부 최일구 기자 전해주세요."

"네 대책본부는 조금 전 안다만 해상에서 잔해가 발견됐다고 밝혔습니다. 잔해가 발견된 지점은 태국 방콕에서 NW 00킬로미터 버마 SE 00 킬로 지점입니다."

내가 읽으면서도 이상했다. 허겁지겁 생방송을 끝내고 나니 사회부장의 불호령이 떨어졌다.

"야 최일구. NW, SE가 도대체 뭐야 임마. 그거 북서쪽, 남동쪽 뭐 그런 거 아니야?"

뉴스 하다보면 "중계차로 현장 연결하겠습니다."라는 뉴스 진행자의 말을 많이 듣는다. 현장에서 생방송으로 뉴스 리포트를 하는 것이다.

경제부에서 국세청에 출입할 때 IMF가 터졌다. 그날 임창열 경제부총리와 캉드시 IMF 총재가 양해각서에 서명했다. 이날은 한국이 IMF의 '경제신탁통치'에 들어간 '경제 국치일'이다. 저녁 무렵 다른 취재를 하다가 여의도로 향하던 중에 회사에서 연락이 왔다. 회사로 오지 말고 세종로 정부종합청사로 가서 중계차로 생방송을 하라는 것이다.

급히 메모형으로 기사를 쓰고 마이크를 잡았다. 중계차 생방송을 하면 앞부분 10여 초는 외워서 카메라를 보고 하다가 화면이 내 얼굴이 아니고 다른 화면으로 커트되면 그 다음부터는 작성된 원고를 들여다보고 읽는다. 귀에 꽂은 이어폰으로 앵커의 목소리가 들렸다.

"뉴스 특봅니다. 우리 정부의 양해각서 서명 소식입니다. 정부종합청사에 나가 있는 최일구 기자 전해주세요."

"네 조금 전 이곳 정부청사에서 임창열 경제 부총리와 IMF의... 캉총재가 양해각서에 공식 서명했습니다."

웬 캉총재? 순간적으로 캉드시라는 이름이 떠오르지 않아 그냥 캉총재라고 해버렸다. 캉드시 이름도 참 웃긴다. 무슨 카드깡하는 하는 사람 같지 않은가? 이날은 다들 바빠선지 아무도 지적하지 않았다. 나 혼자만 아는 얘기다. 이때부터 경제부는 초비상이었다. IMF 캉드시 총재가 남산 힐튼호텔에 머무르며 한국의 정, 재계 인사들을 만나고 있었다. 우리도 덕분에 힐튼 호텔에 방을 빌려 며칠간 현장 생방송을 했다. 12월초라 매우 추웠다. 당번을 정해서 뉴스 중계차를 탔다. 그날 아침 6시 뉴스는 후배가 나는 7시를 담당했다.

후배가 생방송하는 모습을 호텔방 TV를 통해 느긋하게 보고 있었다. 앵커가 두 번째 질문을 던졌다. 그런데 후배가 갑자기 "크으…" 비명을 지르더니 리포트를 못하고 눈만 동그랗게 뜨고 있었다. 방송사고다. 즉시 다음 뉴스 전한다면서 현장 연결을 끊었다. 잠시 후 후배가 방으로 올라왔다.

"야! 어떻게 된 거야?"

"두 번째 답변을 하려고 하는 순간에 칼바람이 콧속으로 밀려들면서 숨을 못 쉬겠더라구요. 그러면서 얼떨결에 원고가 바람에 날아갔어요."

이 말에 난 포복절도하면서 후배에게 힘내라고 유머로 격려했다.

"야! 로마 황제들은 이름에 아우구스투스, 안토니우스, 콘스탄티누스 처럼 끝에 '스'자가 많이 들어가지?"

"그런데요?"

"그런데라니. 오늘 남산 힐튼 호텔에 '스'자 들어가는 로마 황제가 새로 태어났잖아!"

"누군데요?"

"얼떨리우스 황제. 바로 너 말이야! 하하하."

이후 술자리에서 보도국 다른 기자들에게 후배의 중계차 실수담을 말해줬다. 후배는 그날부터 보도국에서 '얼떨리우스'라는 별명을 갖게 됐다.

하이패스 단말기를 구입하려고 서울 톨게이트 옆 도로공사 사무실에 들렀다. 3명의 여직원이 앉아 있었는데 고객 상담을 하지 않고 있는 가운데 직원에게 다가가 "카드 한 장 주세요."라고 말했다. 40대 중반으로 보이는 직원이 모니터를 보면서 발급작업을 하는데 한참 동안 허둥지둥하고 있었다. 이윽고 다른 고객과 상담 중인 옆 직원의 도움을 받아 카드를 발급해줬다. 신입 직원이 분명했다. 그러면서 교육을 제대로 받지 않고 근무한다는 게 괘씸해서 화를 낼까 생각하다 생각을 바꿨다. 카드를 건네 받으면서 이렇게 말했다.

"처음이신가봐요."
"네, 오늘 처음 근무하는데 서툴러서 죄송합니다."
"괜찮아요. 처음엔 누구나 다 실수하는 법이죠."

"처음이신가봐요."
"네, 오늘 처음 근무하는데 서툴러서 죄송합니다."
"괜찮아요. 처음엔 누구나 다 실수하는 법이죠."
그러자 직원은 얼굴이 빨개지면서도 환한 미소로 화답했다.
"이해해 주셔서 감사합니다."
처음엔 누구나 실수할 수 있다.

2

나만의 삶을 선택하라

하이데거는 '인간의 정신과 육체는 하나'라고 했다. 그는 사람들에게 자신의 의지대로 삶을 살아가는 방법을 고민해야 한다고 역설했다. 인간은 육체는 없고 정신만 있는 절반의 존재가 아니라 육체와 정신이 함께 실존하는 존재라고 했다. 자신의 삶에 대해 스스로 묻고 고민하면서 미래의 삶을 개척하라고 했다. 고민 끝에 자신이 선택한 길을 향해 최선을 다하며 살라는 것이다. 그렇다. 삶은 내 삶이고 한 번뿐이다.

삶의 열차는 출발과 함께 죽음이라는 종착지를 향해 지체 없이 떠난다. 삶의 열차는 절대로 버나드 쇼의 묘비명처럼 우물쭈물하지 않는다. 제발 천천히 달리라고 하소연해도 이를 막을 수 있는 인간은 아무도 없다. 진시황은 수은을 먹어가면서까지 멈춰보려 했지만 불가능했다. 현대의 절대 권력자나 갑부도 어쩔 방법이 없다. 평생의 꿈인 초고층 빌딩을 지은 사람도 이제 초고령이 됐다.

삶의 열차를 막을 수 없다면 즐겨야 한다. 열차의 커튼을 열어젖히고 창밖으로 펼쳐지는 풍경을 온몸으로 느껴야 한다. 찬란한 아침의 일출과 생명의 활기로 넘치는 푸른 숲, 수확기에 접어든 풍요로운 황금 들판을 바라봐야 한다.

사회가 시키는 대로 따르다가 자칫 시간을 놓치는 사람은 열차의 커튼을 닫고 있는 사람이다. 다른 열차 승객은 다 보는 세상의 신비한 경치를 감상할 수 없다. 그런 사이에도 열차는 초고속으로 종착지를 향해 달리고 있다는 점을 명심해야 한다. 나이를 먹어갈수록 열차 달리는 소리가 소름끼치게 더 크게 들린다. '덜커덩·· 덜커덩··'

남의 요구대로 사는 사람은 애써 열차의 굉음을 외면하는 사람이다. 마치 내가 탄 열차는 종착지가 없이 무한 질주할 것처럼 여기면서 말이다. 그러나 '덜커덩.. 덜커덩.' 소리도 언젠가는 멈춘다.

〈SNL코리아〉에 출연하면서 이런 말을 했다.

"여러분, 인생 뭐 있습니까? 전세 아니면 월세죠!"

"여러분, 인생 뭐 있습니까? 전세 아니면 월세죠!"

이것은 여러분이 죽을 때까지 전세나 월세를 전전하다 죽으라는 말이 아니다. 인생 좀 살아보니 별거 아니다. 그러니 대충 살자거나 염세주의로 살자는 뜻도 아니다. 전세든 월세든 삶의 형식이 중요한 것이 아니라 삶의 내용이 더 중요하다는 점을 말하고 싶었다.

공장 기숙사에서 생활한다는 한 청년은 내게 이런 말도 했다.

"최 앵커님. 앞으로는 전세 아니면 월세에 기숙사도 넣어주세요."

3

자존감 하나로 세상과 맞서라

역경은 인간에게 자신의 존재를 드러내지 않고 있다가 갑자기 모습을 드러낸다. 지진과 쓰나미가 인간에게 카톡으로 몇 시에 찾아가겠다고 알려주지는 않는다. 갑자기 찾아온 불청객인 역경을 마주할 때 인간은 어떤 식으로 대응하는가?

폴 스톨츠는 '역경 지수'로 설명했다. 에베레스트처럼 넘기 힘든 역경에 마주친 등산객을 세 가지 유형으로 비유했다. 사람들마다 역경에 마주하는 태도가 다르다는 것이다.

첫째는 퀴터(Quitter)형이다. 포기하는 사람이고 패배자다. 시도도 해보지 않고 역경 앞에서 포기하는 유형이다. 극단적인 선택을 하는 경우가 여기에 해당될 것이다.

둘째는 캠퍼(Camper)형이다. 텐트를 쳐놓고 우물쭈물하는 안주자다.

셋째는 클라이머(Climber)형이다. 자신이 갖고 있는 마지막 에너지를 총동원해 산을 정복하는 승리자다.

이 세 가지 유형 중에서 역경지수가 가장 높은 것이 바로 클라이머 형이다. 이런 세 가지 유형은 바로 자신과의 소통에서 비롯된다. 역경을 만났을 때 사람들은 자신에게 묻는다.

"어떻게 하지?"

이에 대한 답변이 어떻게 나오느냐에 따라 패배자, 안주자, 승리자가 될 수 있다. 우리 모두가 원하는 승리자가 되기 위해선 정신의 '나'를 잘 다독거릴 줄 알아야 한다. 정신의 '나'를 항상 긍정적으로 만들어야 한다. 정신의 '나'는 육체의 '나'를 조종한다. 정신의 '나'를 분노로 가득차 미쳐 날뛰게 내버려둔다면 육체의 '나'를 통제 불능 상태로 만들어 패배자로 만든다.

정신의 '나'를 긍정적으로 만들어 다독거리는 힘은 '자존감'이다. 주유소에서 차에 기름을 보충하듯이 자존감을 끊임없이 이성의 '나'에게 주입시켜야 한다. 자존감이라는 연료가 떨어지면 정신의 '나'는 미쳐 날뛴다. 자존감은 나 스스로를 존경하는 감정을 말한다. 나를 사랑하는 마음이다. 나의 큰 꿈을 위해 자존심을 버리는 힘이다.

자존감은 몸과 정신이 평안할 경우엔 존재감이 없다. 위기의 상황에서 빛을 발하는 존재가 바로 자존감이다. '생활'이 아니라 '생존'이 문제로 다가왔을 때 나에게 힘을 준 것이 '자존감'이다. 나의 생존을 위해 내가 퀴터가 되지 않도록 한 것이 바로 자존감이다. 내 발등의 불을 끄는 사람은 누구일까? 바로 나 자신이다. 나의 리더는 바로 나라는 점을 인식하게 해주는 힘이 자존감이다. 나를 사랑하는 힘 자존감을 버리지 않아야 역경도 헤쳐나갈 수 있다.

'자존감 하나로 세상과 맞서라.'

한신의 '과하지욕' 고사가 있다. 한신이 젊었을 때 시장통에서 동네 깡패들과 맞닥뜨렸다. 그 중 우두머리격 깡패가 한신에게 시비를 걸었다.

"야, 한신. 너 양반집 자손이라고 되지도 않는 보검을 차고 다니는데 네가 그렇게 잘났으면 그 칼로 나를 찔러죽이든지 그게 겁나서 못하겠으면 내 다리 밑을 기어가라."

이때 한신은 깡패들과 시비에 휘말리지 않고 그 깡패의 사타구니 밑을 기어갔다. 한신은 무슨 생각으로 창피함을 무릅쓰고 이런 행동을 했을까? 그건 자신의 웅지를 위해 이런 사소한 시비쯤은 넘겨버리자는 거였다. 한신의 행동이야말로 '자존감'에서 나온 것이다. 만약에 한신이 동네 깡패들과의 시비 끝에 차고 있던 칼로 그들 목을 베었다면 그는 살인범이 됐을 것이고 후에 장군의 뜻을 펴지 못했을 것이다.

자존감의 사례는 개그콘서트에도 있다. 즐겨봤던 '선배 선배' 코너였다. 여성 개그우먼이 무대에 등장하면서 외친다.

"나는 개대의 여왕이 될 거야."

여기서 바로 청중의 웃음이 터진다. 여왕이 절대 될 것 같지 않은 캐릭터인데 개대의 여왕이 되겠다고 외친다. 상대 배역인 선배에게 말을 걸면

"아이고 의미 없다. 꺼져줄래."

이런 빈정거림에도 절대 굴하지 않는다. 바로 이런 것이 자존감이다.

누가 뭐래도 이 세상에서 나를 사랑해줄 수 있는 사람이 누구라고 생각하는가? 정답은 나다.

누가 뭐래도 이 세상에서 나를 사랑해줄 수 있는 사람이 누구라고 생

각하는가? 정답은 나다.

샤론 존스라는 미국의 여가수가 있다. 흑인이고 못생겼고 뚱뚱하고 키도 작다. 존스는 한 언론과의 인터뷰에서 어머니의 말을 소개하며 20년 넘게 인기를 유지한 비결을 얘기했다.

"어머니는 늘 제게 이렇게 말씀하셨죠. '딸아, 있는 그대로의 네 모습을 당당하게 보여줘라.' 그러면 너는 물론 다른 사람들이 네가 가치 있는 사람이라는 것을 느끼게 될 거란다."

나의 존재를 인정하고 당당하게 사람들 앞에 나설 수 있는 힘이 자존감이다. 존스의 엄마는 딸에게 어릴 때부터 자존감을 갖고 살라고 가르친 것이다.

미국의 심리학자인 셰드 헴스테더 박사의 연구에 따르면 인간은 하루에 5만 가지 생각을 하면서 산다고 한다. 그런데 이 5만 가지 생각 가운데 75%가 부정적인 생각이고 긍정적인 생각은 25%에 불과하다고 했다. 이런 상태를 방치하면 인간은 누구나 부정적인 생각을 하게 되고 자존감은 갈수록 낮아질 것이다.

삶은 수많은 변수와의 관계다. 삶의 계획표는 그릴 수는 있어도 성적표를 미리 받아볼 수는 없다. 따라서 내 꿈을 이루기 위해 이렇게 도전하면 결과가 어떻게 나올까를 상상해 보는 것은 무의미하다. 내가 어떤 사람이 될 것인가를 예단하는 일도 불가능하다. 가장 중요한 일과 질문은 무엇을 할 것인지 계획하고 실천에 나서는 것뿐이다. 성적표는 실천이 끝난 뒤에 받는다. 누구든지 무덤에 비석이 세워지기 전에는 인생의 결과는 아무도 알 수 없다.

4

모든 선택은 내가 하는 것이다

삶은 연속되는 선택의 과정이다. 출생에서 죽음에 이르는 과정에서 우리는 셀 수 없이 많은 선택을 한다. 사르트르는 삶을 B(birth)와 D(death)사이의 C(choice)라고 했다. 선택은 때로는 좋은 결과를 때로는 반대의 결과를 얻는다. 선택 결과의 만족 여부는 시간이 알려준다. 가위바위보 놀이는 0.1초만에 가위를 낸 것이 좋은지 아닌지 판별된다. 코리안 시리즈 7차전 9회말 투아웃 풀카운트 상황에서 투수가 선택하는 구종의 결과도 0.1초면 알 수 있다.

영국후추나방의 진화과정을 다윈이 포착할 수 있었던 이유도 영국후추나방의 한 세대가 짧기 때문이다. 호모 사피엔스의 탄생과 진화과정에 대한 답변은 어렵다. 인간은 스스로 수백만 년의 진화과정을 보지 못하기 때문이다. 이처럼 선택 결과를 알 수 없는 경우도 있다.

취직시험을 봐서 직장생활을 할까 아니면 사업을 시작할까. 몇 년이 걸리더라도 대기업과 공무원 취업준비에 젊음을 바칠 것인가 아니면 눈높이를 낮춰서 중소업체에서부터 첫 걸음마를 시작할 것인가. 인생의 반

려자로 그를 정할까 아니면 다른 사람을 찾아봐야 할까. 인생 100세 시대를 맞아 회사에 사표를 내고 일찌감치 인생 이모작의 모험을 시작할까 아니면 정년까지 안전하게 직장생활을 할 것인가. 후배들의 파업에 불이익을 감수하더라도 뜻을 같이할 것인가 아니면 비겁자로 살아남을 것인가. 빚 독촉에 시달려 "더 이상 나에게는 희망이 없어."그러니 나는 여기서 멈춰야 하는가 아니면 끝까지 버티며 가야 하는가.

즉문즉답은 어렵다. 삶은 유한하고 한 번밖에 없기 때문이다. 두 가지 인생을 다 살아볼 수만 있다면 답변이 가능할 것이다. 그러나 인간은 황금 뇌를 가진 사나이처럼 한정된 시간 자원을 파먹으며 산다. 영원불멸처럼 보이는 태양도 앞으로 50억 년 뒤에는 소멸한다. 그래도 나는 매번 선택을 한다. 나에게 주문을 걸어 주술을 부리는 행위가 바로 선택이다. 선택이란 불확실한 정보에 기대서 최대한 긍정적인 결과가 나올 것이라고 여기며 내리는 결정이기 때문이다.

대학 1학년 겨울방학때 최소한의 여비만 가지고 혼자 여행을 떠났다. 점심을 먹고 생전 처음 지리산 화엄사를 구경했다. 경내에 지리산과 화엄사 일대의 약도가 있었다. 화엄사에서 직선 코스로 노고단으로 가는 등산로가 보였다. 올라가 보고 싶었지만 엄두가 나지 않았다. 마침 스님 한 분이 등산로에서 내려오고 있었다. 나는 스님에게 물었다.

"스님, 노고단까지 올라갔다 내려오는데 몇 시간 정도 걸려요?"

"4시간이면 충분하지."

스님은 자신 있게 대답했다.

4시간이면 오후 6시에 순천 가는 버스를 탈 수 있었다. 용기를 내서 노고단으로 향했다. 등산화나 침낭같은 장비도 없었다.

스님이 말한 왕복 4시간은 스님의 시간이었다. 나는 올라가는 데만 4시간이 걸렸고, 그 후 나를 반긴 건 세찬 바람과 어둠뿐이었다. 그나마 산장이 있었지만 바람만 막아줄 뿐이었다. 결국 산장 주변을 돌며 주운 비닐과 종이로 몸을 두르고 추위 속에 덜덜 떨면서 악몽의 밤을 보내야 했다.

몇 년 뒤 3월 친구들과 지리산 종주에 나섰다. 이번엔 장비도 몇 개 챙겼다. 노고단에서 1박한 후 세석산장을 목표로 출발했다. 하루 종일 걸었지만 어느새 어둠이 일찌감치 깔렸고 엉성한 등산로 지도에 의지해 기진맥진한 우리 일행은 더 이상의 진군을 포기했다. 눈밭 위에 작은 텐트를 치고 친구 세 명이 버너불에 의지해 긴 밤을 지샜다. 다음날 아침 다시 산행에 나섰다. 10미터를 걸어 모퉁이를 지나자 전날 그토록 찾았던 세석산장이 시야에 들어왔다.

우리는 삶의 고비마다 힘겨운 선택을 한다. 그 선택의 결과를 0.1초만에 알 수도 있고 죽는 순간까지도 모르는 것도 있다.

내가 무언가를 선택했을 때 그 결과가 좋으려면 전제가 있다. 세상이 나의 선택을 받아줘야만 한다.

내가 무언가를 선택했을 때 그 결과가 좋으려면 전제가 있다. 세상이 나의 선택을 받아줘야만 한다. 세상이 나의 선택을 받아주지 않았을 때 우리는 흔히 그 원인을 운명의 탓으로 돌린다. 머피의 법칙이다. 내가 바란 대로 일이 이뤄지지 않고 계속 꼬이기만 하는 것이다. 고속도로가 막혀 국도를 선택했더니 오히려 국도가 막히는 경우다. 그러나 국도로 차를 돌리자고 선택한 사람은 운전자 자신인데도 이를 '불운'으로 책임을 전가한다.

중요한 시험이 있는 날 시간에 쫓겨 허겁지겁 물을 마시다가 컵을 놓쳐 깨뜨렸다. 이 경우 '컵을 깨뜨렸으니 재수가 없어서 시험에 떨어지는 것 아니냐'며 실망한다. 징크스다. 재수 없고 불길한 현상에 대한 인과 관계적 믿음을 일컫는다. 그러나 컵을 깬 것은 자신이다. 자신이 방심한 탓에 순식간에 벌어진 사고에 불과한데 그것을 '운수' 탓으로 돌린다.

퇴직금을 전부 투자해 카페를 운영한 친구가 있다. 처음엔 목좋은 곳에 자리잡은 덕분에 잘된다며 좋아했지만 일년이 채 안 돼 그만 문을 닫아야 했다. 친구는 프랜차이즈 업체의 말만 믿고 거액을 투자했다가 망하게 됐다며 술자리에서 울분을 토로했다. 반대로 취재하면서 만난 40대 중반의 떡볶이 가게 주인은 포장마차를 하다 쫄딱 망했다. 당뇨병과 싸우며 그는 서울 시내 변두리에 빚을 내 허름한 떡볶이 가게를 차렸다. 자신의 이름을 딴 '김만희 떡볶이'집이다. '싸고 푸짐하게'라는 영업철학 하나로 이제는 재기에 성공했다며 세상에 감사한다고 했다.

살다보면 좋은 일만 있는 것도 나쁜 일만 있는 것도 아니다. 내가 선택해 놓고 그 결과를 '운'으로 돌려서는 안 된다. 내가 선택한 것은 궁극적으로 나의 의지와 판단 그리고 행동의 결과물이기 때문이다. 누구의 조언을 듣더라도 선택은 스스로 하는 것이다. 선택의 결과가 좋지 않다고 후회해본들 소용이 없다. 나를 둘러싼 세계가 나에게 등을 돌렸다고 푸념해서는 안 된다. 세계는 나와 타자들이 관계를 맺고 있는 곳이다. 나 역시 타자들에겐 타자다. 사람은 모두 자신이 선택한 길을 따라 걷고 있는 것이다.

5

나는 누구인가

지인이 목격한 이야기가 있다. 대낮에 버스를 타고 성산대교를 지나고 있었다. 버스가 다리 중간쯤 이르렀을 때다. 무심코 창밖을 바라보고 있는데 한 사람이 물에 빠져 허우적대고 있었다. 한강 한복판인 점으로 미뤄 직전에 성산대교에서 뛰어내린 것 같았다고 한다. 신고를 받고 긴급 출동하는 한강 순찰대 모터보트가 멀리서 보였다. 이때 허우적대는 사람 옆으로 모터보트 한 척과 수상스키어가 지나가고 있었다고 한다. 지인은 이 짧은 순간의 장면까지만 봤다고 한다. 버스가 투신 현장을 지나쳐버렸기 때문이다.

지인은 대낮 한강에서 벌어진 이 한 순간의 장면을 보고 큰 충격을 받았다고 했다. 죽어가는 사람과 수상스키 타는 사람의 상반된 운명이 같은 시공간에 있는 것을 보았기 때문이란다. 같은 시간과 장소에서 어떤 사람은 죽음을 선택했고 어떤 사람은 놀이를 선택한 것이다. 수상스키를 타는 사람이 투신 자살을 시도한 사람을 구경하기 위해 달려온 것은 분명 아닐 것이다. 공교롭게 두 사람이 같은 시간과 장소에 함께 있었을 뿐이다. 지인은 투신한 사람이 무사히 구조돼 새로운 삶의 의지를 찾기만을 바랐다고 한다.

앞날이 희망으로 가득 찬 사람은 자살이라는 것을 전혀 염두에 두지 않는다. 앞날이 어둡더라도 끝까지 살아남겠다는 일념을 갖고 있는 사람도 마찬가지다. 사람은 자신의 앞날에 더 이상의 희망이 없다고 봤을 때만 유일한 자신의 소유물인 생명을 포기하려 한다. 진정으로 포기를 선택한 사람에게는 그 어느 누가 용기를 내라는 말을 해도 들으려 하지 않는다. 한강 다리에서 생명의 전화에 전화를 거는 사람은 그나마 썩은 동앗줄이라도 잡고 싶은 심정일 것이다. 누군가가 자신의 선택을 말려주기를 빌면서 말이다. 어떤 사람은 사는 게 힘들다며 입버릇처럼 "힘들어 죽겠어", "죽지 못해 산다"고 한다. 그렇지만 말이 그럴 뿐이지 실제로 죽는 경우는 거의 없다. 진정으로 스스로 죽음을 선택하는 사람은 아마도 생명의 전화에 전화를 걸지도 않을 것이다. 이미 정신의 '나'와 결정을 내렸기 때문이다. 따라서 더 이상 누구로부터 조언을 들으려 하지 않을 것이다.

이 방법밖에는 없다며 포기를 선택하는 것을 나는 정신줄을 놓았다고 본다. 정신줄을 놓기 전에 우리는 정신의 '나'와 긍정적인 소통 관계를 맺어야 한다. 극단적인 선택을 하는 이유는 단 하나일 것이다.

'방법은 이것밖에 없다.'

이런 생각을 하게 만드는 이유는 역시 단 하나다. 내가 어떤 존재인지 모르기 때문이다. 나의 결점과 단점을 정면으로 바라보지 않기 때문에 내가 누구인지를 모르는 것이다.

'나는 아무리 공부해도 성적이 오르지 않아.'

'수백 군데에 이력서를 냈지만 취직이 안 돼.'

'퇴직금에 융자금까지 털어넣어서 가게를 차렸지만 쫄딱 망했어.'

절망과 좌절에 빠진 사람들의 공통적인 생각이 바로 자신의 결점과 단점만을 내세울 뿐이지 그것을 직시하고 싸울 생각을 하지 않는다는 것이다.

아무리 공부해도 성적이 오르지 않는다면 그 이유는 무엇일지 스스로 알아내야 한다. 공부하는 방법이 잘못된 것인지 아니면 정말로 공부를 못하는 사람인지 스스로 알아내야 한다. 몸의 병이 생겼을 때 의사는 그 원인부터 알아내려고 첨단 의학 장비를 사용하거나 혈액을 뽑는다. 건강을 지키기 위해 정기적으로 정밀 신체 검사를 통해 사전에 병을 예방한다. 대형 사건이 발생하면 사건의 원인을 규명한다. 그래야만 앞으로 유사한 사건의 발생을 예방할 수 있다. 내가 누구인지 알아내는 과정은 바로 나를 발가벗겨 신체검사를 받는 것과 마찬가지 일이다.

아무리 열심히 해도 성적이 오르지 않는다면 공부 방법을 달리해본다든가 아니면 공부가 아닌 장사로 인생의 승부를 보든지로 선택하면 될 일이다. 가게를 차려서 쫄딱 망했다고 해서 극단적 선택을 할 것이 아니라 욕망을 낮추는 선택을 해야 한다. 내가 연대보증 족쇄에 걸려 파산했지만 파산이 결코 나는 아닌 것이다. 경제적 파산을 했을 뿐 그것을 인생 파산으로 몰고가는 우를 범해서는 안 된다. 나의 결점과 단점을 양파 까듯이 하나씩 걷어내면 어머니 뱃속에서 함께 태어난 정신의 '나'와 만난다. 정신의 '나'는 태어나서 죽는 순간까지도 변하지 않는 순수한 나 자신이다. 정신의 '나'와 긍정적인 타협을 이끌어내야 한다. 결점과 단점 투성이인 사람은 아무도 없다. 공부는 못해도 사람을 웃기는 재주가 있다면 개그맨으로 성장할 수 있다. 세상에는 2만 개의 직업이 있는데 알고 있는 직업의 수효는 고작 20개뿐이다.

　세상에는 두 종류의 사람이 있다. 운명이 정해졌다고 생각하는 사람과 운명은 개척하는 것이라고 생각하는 사람이다. 살다보면 기적이 일어날 것이라고 생각하는 사람과 전혀 그렇지 않다고 생각하는 사람이다. '하면 된다'라고 생각하는 사람과 '되면 한다'라고 생각하는 사람이다. 높이 나는 새가 '멀리 본다'고 생각하는 사람과 높이 날아봐야 '힘만 든다'고 생각하는 사람이다. 긍정의 힘을 믿는 사람과 부정의 힘을 믿는 사람이다.

　나는 누구인가? 정답은 '나는 어머니 뱃속에서 태어난 존재이고 언젠가는 죽는다.'는 것이다. 70억 인간 중에 유일무이한 존재라는 것뿐이다. 얼마나 소중한 존재인가. 나 스스로가 천연기념물이고 우주인 것이다. 그러니 천연기념물처럼 독특한 자신의 삶을 이 넓은 우주에서 살아가야 한다. 사람과 물건의 차이는 존재와 기능으로 나뉜다. 사람은 어차피 자신의 의지와는 상관없이 이 세상에 던져진 존재다. 일이 안 된다며 어머니왜 나를 낳으셨냐고 화를 내봐도 소용없는 짓이다. 어머니 뱃속으로 다시돌아갈 수는 없다.

　벤자민 버튼은 시간이 지날수록 어려져서 끝내 갓난아기 상태로 운명했다. 그러나 결코 어머니 뱃속으로 들어갈 수는 없었다. 어머니 자체가 이미 존재하지 않았다.

　벤자민 버튼은 시간이 지날수록 어려져서 끝내 갓난아기 상태로 운명했다. 그러나 결코 어머니 뱃속으로 들어갈 수는 없었다. 어머니 자체가 이미 존재하지 않았다. 사람은 세상에 던져진 존재이기 때문에 각자 천연기념물 같은 기능을 찾아야 한다. "나는 아무짝에도 쓸모가 없는 사람이야."라고 푸념하는 것은 어리석은 짓이다. 사람은 쓸모가 있어서 존재하는 게 아니라 존재하니까 쓸모를 찾는 것이다.

반대로 물건은 쓸모가 있어서 존재한다. 전자밥솥은 편하게 밥을 짓는데 쓸모가 있어 비싼 값에 팔린다. 스마트폰은 여러 가지 쓸모가 있기 때문에 팔린다. 물건은 여러 가지 기능이 탑재돼 있어서 사람 주변에 존재한다. 기능이 있기 때문에 존재하는 것이다. 따라서 "나는 아무짝에도 쓸모가 없어."라고 한탄하는 사람은 자신을 우주 속 천연기념물인 사람으로 여기지 않고 물건으로 여기는 일과 같다. 쓸모 여부를 스스로 따지기 전에 "이미 태어났으니 나는 어떤 일을 해서 쓸모있는 사람이 돼야겠다."라고 생각해야 한다.

절망적일 때 희망을 본다는 것은 '나는 누구인가'를 똑바로 이해하는 데서 출발한다. 나의 결점과 단점을 인정하고 양파껍질처럼 벗겨내야 한다. 그리고 온전한 정신의 '나'와 나의 장점과 앞으로의 쓸모를 논의해야 한다. 이런 과정은 이 세상 누구도 알려주지 않는다. 오로지 자신의 노력과 경험만이 알려줄 뿐이다.

나는 70억 인구 가운데 유일무이한 천연기념물이다.

구겨지고 짓밟혀도 나의 가치는 변하지 않는다.

구겨지고 짓밟혀도 나의 가치는 변하지 않는다.

6

누구나 한 가지의 재능은 있다

다윈의 '종의 기원'에서 자연 선택설은 환경이 생물을 변화시킨다는 것이 요체다. 내셔널 지오그래픽 프로그램에서 이런 내용을 봤다. 북극곰은 왜 흰색일까? 곰의 털 색깔은 원래 갈색이었다고 한다. 이 갈색의 털이 진화과정을 거치면서 그 후손들이 흰색으로 변하는 것이 아니란다. DNA 복제 과정 중에 털 색깔을 결정짓는 유전인자에 돌연변이가 발생한다. 이때 돌연변이로 태어난 흰색의 곰이 하얀 눈에 덮인 북극에서 생존하기 좋다보니 북극에는 흰곰이, 알래스카에는 갈색곰이 자연 선택을 받는다는 것이다.

미국 심리학자 하워드 가드너 교수의 다중지능이론이 있다. 인간의 지능은 IQ 한 가지만 있는 것이 아니라 언어, 인간친화, 자기성찰, 자연친화, 공간, 음악, 신체운동, 논리수학 등 8개의 지능이 있다는 것이다. 이 각각의 지능이 어떻게 조합되느냐에 따라서 인간은 다양한 재능이 발현되고 분야별 천재가 나온다는 것이다. 나도 어렸을 때는 '언어지능'을 발견하지 못했지만 성장과정에서 이 언어지능을 찾아냈다.

초등학교 2학년 때 나는 고향 안성을 떠나 서울로 전학했다. 숫기라고는 찾아볼 수 없는 촌놈이었다. 친구들과 말도 잘 하지 않고 주로 혼자 놀았다. 서울 아이들과 대화 소재도 딸렸고 아직 충청도 사투리가 섞인 안성말을 쓰는 것이 창피했다. 그러다 4학년 때 학급 어린이 회장을 맡았다. 갑자기 담임 선생님이 나를 덜컥 반회장으로 임명했다. 60명 정도 친구들 앞에서 첫 '학급회의'를 진행할 때였다. 말 한마디 제대로 못하고 얼굴은 화끈거렸다. '적면공포증'이었다. 회의가 끝날 때쯤 추첨으로 친구들에게 연필과 고무 지우개를 선물하는 순서가 되었다. 학급회의 상품으로 줄 예정이던 고무 지우개 절반이 뜯겨져 나간 것을 발견했다. 너무 긴장한 탓에 무의식적으로 교탁 위에 놓여있던 고무 지우개를 회의 내내 손톱으로 뜯어버린 것이었다.

이 사건은 나의 세계관을 180도 바꿔놓는 계기가 되었다. 자, 그러면 어떻게 촌놈 소리 안 듣고 서울애들처럼 당당하게 행동할 수 있지?

서울이라는 세상에서 살아남기 위해 안성 DNA를 서울 DNA로 바꿔나가기 시작했다. 돌연변이 DNA가 생기면서 내 안에 잠자고 있던 언어지능이 살아났다. 친구들이나 선생님과 얘기할 때 더이상 얼굴이 빨개지지 않는 훈련을 시작했다. 수업시간에 선생님이 질문하면 "저요. 저요." 큰소리로 외치며 손을 들었다. 국어 시간에 자리에서 일어나 교과서를 읽는 일이 재미있어졌다. 친구들과 입씨름이 벌어지면 절대 당황하지 않고 대응했다. 서울 친구들처럼 말도 빨리하려고 연습했다. 이런 일이 생활화되자 남 앞에서 얼굴이 빨개지는 적면공포증이 조금씩 사라졌다.

중학생때 친구들은 나에게 '까불이'라는 별명을 붙여줬다. 고등학생이 되자 이제는 뻔뻔해지기까지 했다. 한겨울 아침 조깅을 할 때는 웃통을 벗고 동네를 뛰었다. 일부러 그랬다.

조깅하면서 사람들의 시선을 마주하면서 당당한 표정을 짓는 연습을 했다. 대학 신입생 교내 장기자랑도 나갔다. 신입생들 앞에서 나는 낡은 기타를 한 대 들고 무대 위로 올랐다. 내가 작사, 작곡한 노래 〈로케트를 녹여라〉로 대상까지 받았다. 덕분에 나는 대학 입학과 함께 교내에서 나서기 잘하고 '끼' 있는 친구로 유명세를 떨치게 됐다. 하얀 고무신을 신고 바지는 혁대 대신 할머니 '허리끈'으로 묶고 다녔다. 별것 아니지만 문리대 응원단장도 자청해서 했다. '바인'이라는 교내 동아리 모임에서는 수도 없이 〈로케트를 녹여라〉를 열창했다. MBC에 입사해 100여 명의 신입직원 총학생회장도 했다. 인사부에서 "학생회장 해볼 사람 없느냐."고 말 떨어지기 무섭게 손을 들었다.

숫기 없는 촌놈이 서울생활하면서 얼굴이 두꺼워진 것이다. 내 스스로 적면공포증을 조금씩 극복하고 있었다.

7

삶의 관점 바꾸기

세상은 호락호락하지 않다. 잘 풀리다가도 어느 순간에 역경에 빠질 수도 있다. 가을산은 풍요롭다. 밤나무, 상수리 나무는 이맘때면 한여름 내내 품어왔던 열매를 후두둑 후두둑하며 떨어뜨린다. 계절의 신비감과 살아있음에 감사드리며 터덜터덜 걷는 산행은 그래서 기쁘다. 그러나 산길에는 함정도 많다. 황홀경에 빠져 발길을 옮기다 그만 허방다리를 짚는다. 발목이 꺾이며 우지직 소리를 낸다. 한순간이다. 인생도 예상치 못한 허방다리를 짚는다. 심할 경우 예상치 못한 큰 시련에 인생 자체를 지탱하기 어려울 때도 찾아온다.

절벽에 대롱대롱 매달려 있던 나는 결국 손을 놓았다. 그리고 사회 공동체가 만든 제도에 의탁했다. 한여름에도 사람들 눈에 띌 것을 염려하며 운동모자와 알 없는 뿔테 안경을 끼고 법원을 오고갔다. 고통스러웠다. 결국 세상에도 알려졌다. 두려움을 떨쳐내고 제도에 의탁했지만 막상 두렵게 여기던 일이 알려지자 다시 두려워졌다. 세상이 나를 향해 조롱하는 듯했다. 사람들로부터 스스로를 격리시켰다. 앞으로 어떻게 살아나가야 하는지 막막하기만 했다.

　숨을 데라곤 없었다. 고향 작은 마을이라고 다를 것은 없었지만 그나마 숨을 쉴 수 있는 곳이 고향집이었다. 고향집에서 정상까지 왕복 2시간 거리인 산을 찾았다. 비봉산이다.

　헉헉대며 산마루에 올라 벤치에 앉아 땀을 식히고 있었다. 갑자기 눈앞에 기묘한 장면이 펼쳐지고 있었다. 벤치 앞 나무에서 콩알만한 거미 한 마리가 외줄을 뽑으며 내려오고 있었다. 초가을 산꼭대기여서 바람이 시원하게 불고 있었다. 거미의 외줄이 곧 끊어질 듯 위태로워 보였다. 거미는 땅바닥까지 내려오더니 무언가를 움켜쥐고 외줄을 감으며 다시 나뭇잎 사이로 올라가고 있었다. 콩알만한 거미의 몸집으로 볼 때 높이는 63빌딩보다 높아보였다. 벤치에서 일어나 올라가는 거미를 관찰했다.

　무엇을 움켜쥐었는지 살폈다. 잠자리 날개 조각 비슷했다. 제 몸보다도 컸다. 먹잇감인 것이다. 외줄은 바람에 흔들려 곧 끊어질 것처럼 보였지만 거미는 굴하지 않고 처음 거미줄을 뽑기 시작했던 나뭇잎까지 올라가 숨었다. 외줄에 의지해 63빌딩 높이를 오르락내리락하며 작업하는 외벽 청소부와 흡사했다. 처음 경험해 보는 외줄거미였다. 외줄거미는 나에게 이렇게 속삭이며 사라졌다.

　"수명이 일년인 나같은 미물도 열심히 삽니다. 당신은 나보다 수명도 길고 나보다 지혜롭습니다. 나나 당신이나 세상에 던져진 존재들입니다. 그러니 살아야 합니다."

　조물주가 만들었든 자연선택으로 진화했든 생명은 위대하다. 생명(生

命)은 살아있는한 최선을 다하라는 생의 명령인 것이다. 나는 힘들다고 주저앉지 말고 거미가 알려준 대로 생명을 보는 관점을 바꾸기로 했다. 외줄거미에게서 용기를 얻었다.

부르주아의 작품 '마망'이 떠올랐다. 마망(maman)은 프랑스어로 엄마라는 뜻이다. 실제 작품은 대형 청동 거미상이다. 거미는 생김새는 징그러워도 새끼들의 먹이로 자기 몸을 내줄 정도로 모성애를 상징하는 곤충이다. 프랑스 현대 미술작가 루이즈 부르주아(Louise Bourgeois)는 불행한 가정환경에서 자란 탓에 불행과 슬픔 고난을 극복하는데 엄마의 따뜻함이 필요하다고 믿었다. 그래서 '청동 거미상'을 '마망'이라는 이름의 작품으로 여러 개 남겼다고 한다.

나는 이후부터 비봉산을 몽마망(Mont Maman), 즉 '마망산'으로 이름 지었다. 직역하면 '엄마산'이고 내 방식대로 의역하면 '거미산'이다. 이제 '몽마망' 정상에 오르면 그때의 '거미'는 찾아볼 수 없지만 여전히 벤치에 앉아 머릿속에 거미를 떠올리며 '삶의 용기'를 떠올린다.

나는 이후부터 비봉산을 몽마망(Mont Maman), 즉 '마망산'으로 이름 지었다. 직역하면 '엄마산'이고 내 방식대로 의역하면 '거미산'이다. 이제 '몽마망' 정상에 오르면 그때의 '거미'는 찾아볼 수 없지만 여전히 벤치에 앉아 머릿속에 거미를 떠올리며 '삶의 용기'를 떠올린다.

사마천이 한무제의 노여움을 사 궁형에 처해졌다. 무제가 반역자라고 판결내린 장수 이릉을 변호하다 오히려 화를 당한 것이다. 사마천은 수치심에 한때 자결을 생각하다가 "내가 수치심에 스스로 목숨을 끊는 것은 개미새끼 한 마리가 죽는 것만 못하다."며 생명에 대한 관점을 바꿨다. 그는 삼황오제부터 한무제때까지 3천년 중국 역사인 〈사기〉를 남겼다.

삶이 어려울 때는 이렇듯 '어떻게 사느냐'를 고민하기보다 나에게 주어진 현실을 '어떻게 보느냐'를 질문하는 것이 문제 해결에 한 걸음 더 다가설 수 있다. 프로야구 선수들은 게임의 흐름을 보지 말고 타석에서 자신의 역할에 더 충실해야 한다고 한다. 우리 팀이 5대 3으로 지고 있다는 생각을 하지 말고 내가 이번 타석에서 안타를 치는데 초점을 맞추라는 것이다.

90년대 초반 일본 아오모리 현에 가을 태풍이 불었다. 수확을 앞둔 과수원의 사과 90%가 낙과했다. 모든 과수원 주인이 좌절했다. 그런데 한 과수원 주인은 생각을 달리했다.

"아직 10%는 안 떨어졌잖아."

주인은 이 10%의 사과에 합격(合格)이라는 문구를 새겨 '합격사과'라는 이름으로 팔았다. 마침 대학 입시 시즌이었다. 수험생과 학부형들에게 날개돋힌 듯이 팔렸다. 떨어지지 않은 사과를 합격사과로 둔갑시킨 아이디어 하나로 주인은 큰돈을 벌었다. 이 아이디어 역시 '떨어진 사과'에 고민하기보다 '떨어지지 않은 사과'에 초점을 두었기에 나올 수 있었다. 관점의 차이다.

힘들다고 자꾸 힘든 쪽만 쳐다보면 삶은 개선되지 않는다. 중학생때 운동장에서 체육수업을 받고 있었다. 체육 선생님은 뜀박질을 시킨 뒤 학생들을 불러모아 이런 말씀을 했다.

"너희들 중에 사는 게 힘들다고 생각하는 학생이 있을 거야. 조금 전 달리기할 때처럼. 그때는 이런 각오를 가져라. 더 이상 내려갈 곳이 없다. 나에겐 올라가는 일만 남았다고 말이다."

살다보면 누구나 컴컴한 '고민의 독방'에 갇히는 죄수 신세가 될 수 있다. 여기서 나올 수 있는 방법은 단 하나뿐이다.

살다보면 누구나 컴컴한 '고민의 독방'에 갇히는 죄수 신세가 될 수 있다. 여기서 나올 수 있는 방법은 단 하나뿐이다. 죄수복을 입고 고민의 독방으로 들어가면서 문을 잠그지 않는 일이다. 그래야만 문틈으로 아주 작은 한 줄기 햇빛이 들어올 수 있다. 문을 걸어 잠그고 '희망'이라는 햇빛조차 차단된 감방에서 죄수 생활을 하면 탈출은 영영 불가능하다. 컴컴한 독방에 있더라도 문틈으로 들어오는 그 한줄기 희망의 빛을 쳐다보고 있자면 나도 모르게 문틈이 조금씩 조금씩 열리게 된다.

삶의 관점을 바꾸자.

8

'불안존재'와 마주서기

봄이라지만 한기가 교복을 뚫고 들어왔다. 등굣길의 가방은 무겁다. 점심과 저녁에 먹을 도시락이 2개나 들어 있다. 나는 이날도 약국에 들러 소화제를 샀다. 왼쪽 가슴이 걸을 때마다 통증이 느껴졌기 때문이다. 목표는 단 하나였다. 대학 진학이었다. 통증 따위에 신경 쓴다는 건 사치였다. 머리는 스님처럼 박박 밀고 다녔다. 덕분에 성적도 올랐다. 나는 꽤 자신 있었다. 그러나 왼쪽 가슴의 통증은 시간이 갈수록 강도가 심해졌다. 따뜻한 5월의 봄날 나의 꿈은 물거품으로 변했다. 체육시간에 철봉에 매달린 순간 악하는 비명을 지르며 모래밭으로 추락했다. 나는 왼쪽 가슴을 움켜쥔 채 뒹굴었다.

"학생…… 공부하면 죽을 수 있어."

형광등 앞에 걸린 가슴 엑스레이 사진을 가리키며 의사는 나에게 '꿈의 사형 선고'를 내렸다. 왼쪽 폐가 물로 가득 찼다는 것이다. 늑막염이다. 나는 침대에 누운 채 뜨거운 눈물을 흘려야 했다. 그날부터 학교는 갈 수 없었다. 매일 병원에 들러 주사바늘과의 싸움을 시작했다. 혈관에는 굳은

살이 박혔다. 친구들은 저만큼 달려가고 있는데 나 혼자만 주저앉아야 했다.

"왜 나한테만 이런 시련이 찾아온 것일까."

답을 찾을 수 없었다. 그날도 왜 나한테만 이런 시련이 찾아왔을까를 고민하며 빈둥빈둥 동네 이곳 저곳을 돌아다녔다. 그러다 돗자리 위에 근엄한 자세로 앉아있는 백발의 노인을 만났다. 사주팔자를 봐준다는 도사였다. 백발도사는 그 이유를 말해 줄 수 있을 것 같았다. 백발도사에게 운명을 알려달라고 했다. 백발도사는 나에게 몇 가지 질문을 한 뒤 한문책 한 권을 꺼내 여기저기 넘겨본 끝에 운명의 주사위를 던졌다.

"너에겐 아홉수가 있어. 지금 그 아홉수에 걸린 거야. 이 고비만 넘기면 탄탄대로야. 그런데 이후에도 아홉수를 조심하게나. 그렇지만 마흔아홉수만 넘기면 더 이상의 시련은 없을 거라네."

도사의 말에 난 앞으로의 운명이 쉽지 않을 것이라고 직감했다. 일단은 19살의 아홉수를 넘겨야 했다. 찬바람이 불면서 나는 다시 학교에 나갔다. 왼쪽 가슴의 통증은 줄었지만 덩달아 성적도 줄었다. 이미 봄날의 꿈은 봄날처럼 사라졌다. 친구들은 생각했던 것보다 훨씬 더 앞에 있었고 나는 친구들에 비해 훨씬 더 뒤처져 있었다. 친구들은 토끼였고 나는 거북이였다. 그러자 불안이 나의 등뒤로 업히듯 찾아왔다. 불안은 나에게 이렇게 속삭였다.

"나는 불안이라고 해. 내 말 잘 들거라. 네 친구들은 이미 저 언덕을 넘어섰잖아. 너는 아무리 달려본들 저 언덕을 넘는다는 것은 무리야. 너에겐 미래가 없어보인단다."

나는 불안의 모습을 보려고 좌우로 고개를 돌렸지만 그때마다 불안도 숨바꼭질하며 모습을 보여주지 않았다. 손을 등뒤로 뻗어 불안을 떼어내려 했지만 손에 잡히지도 않았다. 굳이 그 무서운 불안을 보고 싶지도 않았다. 그럴수록 불안은 거칠게 속삭였고 밤마다 악몽에 시달렸다. 불안은 매일 똑같은 말로 겁을 줬다. 어느 날 나는 문득 깨달았다. 매일 똑같은 불안의 목소리를 듣다보니 더 이상 불안의 목소리에 놀랄 일이 없어진 것이다. 이제 불안과 마주하기로 마음먹었다. 아무리 무섭게 생겼어도 놀라지 않을 것이다. 나는 책상 앞에 똑바로 앉아 소리쳤다.

"불안아. 나는 네가 어떻게 생겼든 또 네가 어떤 말을 하든 이제 네가 무섭지 않아. 하도 많이 들어서 나는 너에게 면역이 됐어. 그러니 비겁하게 내 등짝에 붙어 있지만 말고 내 앞에 모습을 드러내란 말이다."

말을 마치기 무섭게 나는 두 눈을 질끈 감고 온 힘을 다해 등뒤로 손을 뻗었다. 그러자 그동안 아무리 애를 써도 잡히지 않았던 불안이 손아귀에 걸려들었다. 나는 불안을 나꿔채 책상 앞에 '쾅' 하고 내려놓았다. 그리고 도깨비처럼 생겼을 불안을 보기 위해 눈을 떴다. 그러자 놀라운 일이 눈앞에 펼쳐졌다. 도깨비대왕처럼 생겼을 것이라 여겼던 불안의 모습은 바로 나 자신이었다. 지금까지 등짝에 붙어서 나를 괴롭힌 불안이 바로 나 자신이었다는데 생각이 미치자 나는 경악했다. 이제 불안과 마주섰다.

"아니 네가 어떻게 나한테 이렇게 못살게 굴 수가 있었니."

불안은 말했다.

"나는 네 정신의 '나'야. 그리고 너는 내 육체의 '나'란다. 지금까지 내가 너를 괴롭힌 게 아니라 오히려 네가 나를 괴롭힌 거야. 내가 너를 괴롭힌 이유는 단 한 가지였어. 네가 나에게 자존감이라는 먹이를 주지 않았기 때문이지.

나는 네가 주는 자존감을 먹어야만 힘을 낼 수 있는데 너는 그러지 않았잖니. 자존감은 네가 나에게 주는 사랑이라는 먹이야. 네가 나에게 사랑이라는 먹이를 많이 주면 나는 희망이 되지만 그렇지 않으면 나는 불안이라는 괴물로 변한단다.

그래서 나는 너에게 불안의 속삭임만 해줄 수밖에 없었던 거야."

나는 불안이 나 자신이었다는 것에 놀라고 희망을 불안으로 만든 것 또한 나였다는 사실에 소스라쳤다. 나는 불안에게 말했다.

"나도 너에게 사랑이라는 먹이를 주고 싶었어. 그러나 그럴 만한 용기가 생기지 않았어. 친구들은 언덕을 넘어 달려가고 있는데 나는 몸이 아프고 탕아처럼 살았잖아. 그래서 주저앉아 있는데 나에게 무슨 용기가 생겼겠니."

이 말을 하는 내 눈에는 눈물이 흘러내렸다. 나와 마주앉아 있던 불안은 손을 뻗어 어깨를 토닥여주면서 말을 이어갔다.

"울지마. 너는 그동안 용기내는 방법을 몰랐을 뿐이야. 용기는 네 친구들처럼 언덕을 넘어 달려갈 때 생기는 것이 아니란다. 바로 너처럼 주저앉아 있는 사람이 내는 것이 바로 용기란다. 힘이 넘치는 사람에겐 이미 용기로 충만해 있어. 그러니 용기를 내야 하는 사람은 너처럼 힘없고 넘어진 사람들이란 말이다. 그리고 말나온 김에 한마디 더 해줄게. 네가 언덕을 넘기는 어려운 것이 사실이야. 그러나 반드시 언덕을 넘지는 않아도 돼. 거북이처럼 포기하지 않고 자신의 길을 걸어가는 일이 더 중요한 거야. 자 이제 일어나서 걸으렴."

그러나 반드시 언덕을 넘지는 않아도 돼.

9

바뀌는 직업관

사회 진출을 앞둔 대학생들을 대상으로 하는 멘토링 특강을 하러 가면 늘 하는 말이 있다. 나만의 큰 꿈으로 나만의 길을 가고 나만의 스토리를 쓰라는 것이다. 왠지 공허하고 원론적인 얘기다. 이것을 모르는 학생들은 아무도 없다. 대한민국 청년 누구나 나만의 스토리를 쓰고 싶어 한다. 그것을 어떻게 써야 베스트셀러가 되는지 정답을 알려줘야 진정한 멘토가 될 터인데 아무래도 나는 멘토로서는 부적격자인 것 같다. 그러나 이 세상 어떤 멘토도 멘티에게 삶의 구체척인 행로까지 알려줄 수는 없다. 일반적으로 멘토 스스로도 자신의 삶이 정답이라고 여기지 못할 것이기 때문이다. 그렇지 않다면 대중에게 희망을 잃지 말고 살라는 메시지를 전해오던 어느 행복 전도사의 자살은 설명할 길이 없다.

오디션 프로그램에서 심사위원들이 참가자들의 노래를 듣고 난 뒤 장, 단점을 분석해 줄 수는 있어도 특정 참가자에게 당신은 소질이 없으니 가수의 꿈을 접으라거나 내가 반드시 당신을 유명가수로 키워주겠다고 단언할 수 없는 것과 같다.

나는 어릴 적 꿈꿨던 기자의 꿈을 이뤄냈고 또 덤으로 앵커라는 일까지 하는 행운을 누렸다. 그렇다고 내가 젊은 시절 좌절과 방황을 하지 않았던 것은 아니다. 돌이켜 보면 나의 청년 시절도 미래에 대한 불안으로 점철됐다. 운 좋게 취직을 하면서 이런 청년의 좌절은 끝을 보게 됐고 핑크빛 미래를 열게 됐다. 그렇다면 30년 전의 좌절과 절망과 불안은 이제 종식됐을까?

지금은 회사에 사표를 내고 인생 이모작을 시작했다. 미래에 대한 불안은 50대 중반에 이르러 오히려 더 커졌다. 더구나 100세 시대다. 당장 먹고사는 문제가 시급하다. 그나마 건강에 적신호라도 생기면 낭패가 아닐 수 없다. 나만 그런 게 아니다. 주변 내 또래 사람들도 모두가 같은 고민에 빠져 있다. 지인들 가운데는 기업체나 공직에서 은퇴한 사람들도 점점 많아지고 있다. 이들의 고민도 나와 비슷하다. 여기에 이제 자녀의 취업여부도 고민거리에 포함된다.

가장 여유 있게 노후를 준비하는 지인들은 역시 공직자로 공무원 연금을 수령하고 자녀도 취업을 했고 가끔씩 골프도 즐기는 사람들이다. 고등학교 교사를 하는 후배도 십여 년 뒤 은퇴해도 내가 수령할 것으로 예상되는 국민연금보다 곱절은 되는 연금을 평생 받게 된다고 한다. 이래서 지금의 청년들이 가장 선호하는 직업이 공무원이고 교사일 것이다. 최고의 신붓감이 초등학교 선생님이라는 말은 현실적이다. 공무원에 대한 사회적 시각은 달라졌을 뿐더러 경쟁이 치열하다 보니 공무원이 되는 것은 하늘의 별따기인 시절로 변했다.

20년 전 마다가스카르 취재를 하러 갔을 때 해안가 지방에서 프랑스 은퇴자를 만났다. 당시 70대 초반의 노인으로 전직 공무원이었다고 한다.

마다가스카르 섬나라는 한때 프랑스령이었고 엘리트들은 프랑스 유학파다. 노인은 몇 해 전 부인과 사별한 뒤 홀로 마다가스카르로 이주해 살고 있었다. 노인은 해안가에 마련한 집에서 생활하면서 한달에 한 번 읍내 우체국을 찾았다. 은퇴 연금을 수령하기 위해서였다.

젊은 내 눈에 프랑스 은퇴자 노인은 도무지 이해가 되지 않았다. 파리에서도 얼마든지 노후를 즐길 수 있었을 텐데 인도양 섬나라 후미진 해안가에 처박혀 사는 것이 생소했다. 그러나 이제는 그 노인의 노후 선택이 이해가 된다. 지금은 우리나라에서도 노후 자금을 싸들고 동남아시아로 이민 가는 사람을 흔히 접한다.

1988년 우리나라도 직장인 국민연금 제도가 시작됐다. 삼십줄에 건강했고 방송사 월급을 받던 시절이라 이 연금이라는 것이 왜 필요한지조차 몰랐다. 예순 살이 넘어야 연금을 준다고 했다. 당시엔 내가 예순 살이 된다는 것은 까마득한 미래였고 불가능한 사실로 여겨질 때였다. 오히려 국가에서 내 월급을 떼가려는 술책으로만 보였다. 그러나 지금 내 또래의 아저씨들끼리 모이면 주요 대화 의제가 국민연금 예찬론이다. 그나마 국민연금에 의무적으로 가입한 것이 얼마나 천만다행이냐는 것이다. 직장 국민연금 가입자가 아니어도 국민연금에 가입한 사람들도 연금을 수령한다. 평생 농사를 지어온 고향의 한 형님은 작년부터 큰돈은 아니어도 일정액의 연금을 수령하게 됐다며 자못 흡족해 한다. 최소한의 사회 안전망이다. 그러나 이 마저도 가입하지 않은 사람들은 노령 연금에 의지해 가난한 노후를 보내야만 한다. 국민연금이 있기 전에 우리나라는 자식들이 국민연금이었다. 그러나 악화되는 경제난과 취업난, 1인 가족의 증가로 자식들이 국민연금이 되는 시대는 마감됐다.

지금의 청년들이 이런 사정을 모르는 것이 아니다. 모르면 부모세대가 이런 사실을 자식들에게 알려주기 때문이다. 부모들은 자신의 자녀들이 대기업에 다니는 회사원이나 공무원이 되기를 희망한다. 비싼 등록금 내면서 공부시켰는데 자식들이 이른바 '번듯한' 직장에 취업하기를 희망하는 것은 어느 부모나 공통적이다. 청년들은 그래서 모두가 대기업과 공무원을 희망한다. 아무리 "태양은 대기업의 지붕만 비추는 것이 아니다."고 강조해도 청년들은 들은 척도 하지 않는다. 이것이 바로 사회적 편견이다. 그래서 사람은 타자의 욕망을 욕망한다는 것이다.

나는 중학생때부터 부모와 떨어져 살았기 때문인지 나의 부모가 이래라 저래라 하지 않았기 때문인지 나의 진로는 항상 내 스스로 결정했다. 그래서 내 자식들에게도 하고 싶은 일을 하면서 살라고 할 뿐 간섭하지 않는다.

나는 중학생때부터 부모와 떨어져 살았기 때문인지 나의 부모가 이래라 저래라 하지 않았기 때문인지 나의 진로는 항상 내 스스로 결정했다. 그래서 내 자식들에게도 하고 싶은 일을 하면서 살라고 할 뿐 간섭하지 않는다.

소위 명문대 재학중인 한 청년이 나에게 들려준 얘기다. 졸업하면 나처럼 방송기자가 꿈이라고 했다. 얼마 전 한 인터넷 언론사에서 인턴기자를 모집한다고 해서 지원하려 했다가 집에서 반대해 결국 그만뒀다고 한다. 이유는 첫발부터 작은 언론사 그것도 인턴부터 시작한다면 안 된다는 논리였다. 어떤 지인은 얼마 전 자신의 아들 취업을 반대한 것을 후회하기도 했다. 큰 회사는 아니었지만 초봉이 작은 액수가 아니었는데 더 큰 회사에 취직할 기회를 놓칠 수 있으니 포기시켰다는 것이다. 그런데 그 후부터는 아예 취업의 기회를 얻지 못하고 있다며 그때 그 회사에 취직하라고 권유하지 못한 것이 못내 아쉽다고 했다.

취업난이 심한 것을 반영하듯 '청년경제'라는 토론 프로그램이 방송됐다. 끝까지 유심히 시청했다. 여기에 20대 후반의 벤처창업 청년들이 현장의 목소리를 들려줘서 생동감이 있었다. 한 청년은 벤처창업의 어려움 가운데 하나로 부모를 설득하는 것이라고 했다. 3명의 청년이 모여 공동으로 창업을 했는데 3명 모두 부모의 반대를 꺾는데 몇 달씩 걸렸다고 토로했다. 청년들의 부모 입장도 충분히 이해가 됐다. 창업이 쉬운 일이 아니고 초기에 창업 자본이 필요하고 그러다가 실패하면 빚더미에 앉게 되니 절대 사업하지 말라고 했을 것이다. 부모의 반대를 꺾고 결국 창업을 했지만 지금 회사가 잘 운영되는 것은 아니라고도 했다. 하지만 나의 청년시절과 비교해보면 대단한 청년들로 보인다.

나는 젊은 시절 사업같은 분야는 아예 엄두도 못 냈다. 오로지 남이 만든 회사에 취업하는 것만이 지상 과제였다. 그러나 30년 전과 지금을 비교하면 사회는 더 복잡해졌고 특정 직업을 바라보는 시각도 천양지차로 바뀌었다. 연금에 대한 시각이 부정적에서 긍정적으로 바뀐 것처럼 말이다. 앞으로 30년은 고사하고 10년 후면 직업과 연금을 바라보는 시각이 지금과 같지도 않을 것이다. 또 바뀌게 될 것이다.

10

변수와 기회

태초에 미국 그랜드 캐니언은 평지였다. 그랜드 캐니언이 지금의 웅장하고 신비한 대협곡의 모습을 갖추게 된 것은 20억 년에 걸친 콜로라도 강의 침식작용 덕분이다. 콜로라도 강의 평지풍파가 없었다면 지금의 그랜드 캐니언은 아무도 찾지 않는 쓸쓸한 초원으로 남았을 것이다. 그랜드 캐니언에게 콜로라도 강은 변수였다. 이 변수를 기회로 삼은 것이다. 침식과 풍화는 그랜드 캐니언에겐 역경이었겠지만 역경 덕분에 초원은 대협곡으로 변신했고 위대한 자연유산이라는 명예도 갖게 됐다.

자연이 이러하듯 사람에게도 뜻하지 않은 변수가 찾아온다. 변수는 평범한 일상을 깨뜨린다. 변수를 역경과 좌절로 연결하는 사람이 있지만 그것을 기회로 삼아 더 멋진 인생을 사는 사람도 있다. 역경과 절망을 딛고 우뚝선 사람이 오히려 아름다워보인다. 절망에서 희망을 보는 일은 그래서 아름답다. 토마스 칼라일은 길을 가다 돌부리를 발견하면 누구는 장애물로 사용하고 누구는 디딤돌로 삼는다고 했다.

흔히 골프를 인생에 비유한다. 골프장은 홀마다 악마의 입과 같은 벙커와 해저드가 있다. 매홀 파와 버디를 연속으로 잡아내며 기분좋게 라운딩을 즐기던 골퍼도 어느 순간 볼을 벙커나 해저드에 빠뜨린다. 골프 경기에서는 이것이 변수로 작용한다. 역경에 빠지는 것이다. 아시아 최초로 인천 송도 잭니클라우스 골프클럽에서 프레지던츠컵 대회가 열렸다. 미국팀 필 미클슨이 파4 12번 홀 티샷을 했는데 볼이 그만 벙커에 빠졌다. 필 미클슨은 굴하지 않고 두 번째 샷을 날렸는데 온 그린한 볼이 회전하더니 홀컵으로 거짓말처럼 빨려 들어갔다. 샷 이글을 한 것이다. 필 미클슨 본인도 놀랐고 수많은 갤러리도 환호했다. 미클슨의 샷 이글은 이틀째 대회의 베스트 샷으로 선정됐다.

세계 최고의 선수들이 모인 이 대회에서 이글은 많이 나왔겠지만 미클슨의 샷 이글이 베스트 샷으로 선정된 이유는 벙커라는 악조건에서 이뤄졌기 때문이다. 벙커라는 변수를 미클슨은 기회로 만든 것이다. 2009년 유튜브 동영상 최다 조회수를 기록한 인물이 '제2의 폴 포츠'로 각광받았던 수잔 보일이다. 영국 오디션 프로그램 '브리튼즈 갓 탤런트'에서 2위를 한 오디션 신데렐라다. 영국 블랙번이라는 동네의 시골마을 아줌마다. 외모와 영혼이 모두 자유로운 여성으로 61년생이다. 47살 되던 해에 이 오디션에 등장했다. 3명의 심사위원들이나 청중은 이 중년 여성에 대해 처음엔 시큰둥한 반응이었다. 그런데 막상 'I dreamed a dream'이라는 노래를 시작하자 청중은 경악했다. 나도 동영상을 보면서 촌뜨기 중년 아줌마의 입에서 저토록 아름다운 노래가 나오는 것에 감동해 눈가가 촉촉해졌다. 정말이지 의외의 결과였다. 노래가 끝나고 심사위원 한 명이 물었다. 그렇게 좋은 재능을 갖고 있는 사람이 왜 이제야 나타났느냐고 했더니 수잔 보일은 이런 대답을 했다.

"그동안 이런 '기회'가 없었기 때문입니다."

"그동안 이런 '기회'가 없었기 때문입니다."

수잔 보일은 열두 살때부터 가수의 꿈을 꿔왔다. 오디션 프로그램은 그에게는 변수였다. 외모는 볼품없지만 그의 노래는 심사위원과 청중, 시청자들에게 감동으로 다가왔다. 수잔 보일은 그동안 이런 생각을 갖지 않았을까싶다. 나같은 시골 아줌마가 이 나이에 또 뚱뚱한 외모로 '브리튼즈 갓 탤런트'라는 오디션에 출연하는 게 창피하지 않을까? 수잔 보일이 만약에 이런 생각을 갖고 있고 아예 오디션 출연을 시도조차 하지 않았다면 지금의 수잔 보일은 없었을 것이다. 그러나 그는 자신이 처한 환경이나 여러 조건을 뿌리치고 그 '기회'를 잡은 것이다. 살다보면 누구에게나 이런 변수와 기회가 생긴다. 우리는 자신에게 주어진 변수와 기회를 여러 가지 핑계를 대가면서 일부러 피하며 살지는 않는지 스스로에게 물어봐야 한다.

이탈리아 토리노 박물관에 '기회의 신(神)' 카이로스의 조각상이 있다. 옛 로마 사람들의 '기회'에 대한 생각이 담겨 있다. 생김새가 희한하다. 앞머리는 머리카락이 수북한데 뒤쪽은 대머리다. 어깨와 발에는 날개가 달려 있다. 양손에는 칼과 저울을 들고 있다. 제우스의 아들 카이로스 '기회의 신'이다. 왜 이런 특이한 모습을 하고 있는지 석상 밑에 설명이 적혀 있다고 한다.

"내 앞머리가 무성한 이유는 사람들이 나를 쉽게 붙잡을 수 없도록 하기 위함이고, 뒷머리가 대머리인 이유는 내가 지나가면 다시 붙잡지 못하도록 하기 위함이며, 어깨와 발뒤꿈치에 날개가 달린 이유는 최대한 빨리 사라지기 위함이다. 손에 들고 있는 칼과 저울은 나를 만났을 때 신중한 판단과 신속한 의사결정을 하라는 뜻이다.

내 이름은 카이로스... 바로 기회다."

내 이름은 카이로스… 바로 기회다

'기회'의 속성을 적나라하게 표현했다. 그런데 이런 기회의 신은 기회를 잡겠다는 열망으로 가득 찬 사람 눈에만 보일 것이다. 꿈은 나이와도 상관없다. 폴 포츠는 37살에, 수잔 보일은 47살에 가수의 꿈을 이뤄냈다. 프랭크 시나트라는 57살에 '마이 웨이'로 재기했다. 기회 앞에서 우물쭈물하는 사람은 결코 카이로스의 머리카락을 움켜쥘 수 없다.

변수는 어머니 뱃속에서 태어나서 죽는 순간까지 계속 존재한다. 우리는 그 변수를 고비라고 한다. 이 고비만 넘기면 된다고 하지만 그 고비를 넘었다고 새로운 고비가 찾아오지 않는 것은 아니다. 높은 산에 오를 때 이 산봉우리만 넘으면 정상일 것같지만 또 다른 산봉우리가 기다리고 있다. 삶은 이런 변수와 고비와의 싸움이다. 수많은 변수는 수많은 기회를 만들어낸다. 삶은 그래서 변수와 기회가 공존하는 과정이다.

선친은 암으로 운명했다. 위암 초기 판정을 받았다. 건강에 변수가 생긴 것이다. 초기에 수술할 기회가 충분히 있었지만 선친은 수술을 거부했다. 위의 절반을 절제해야 한다는 의사의 설명을 들었기 때문이다. 수술 대신 경로당에서 들은 민간 요법으로 자가 치료를 시작했다. 나이 먹으면 암세포의 성장도 둔화된다는 속설을 금과옥조로 여겼다. 병세는 갈수록 심해졌다. 다시 찾은 병원에서 의사는 암세포가 여러 장기로 전이돼 수술도 불가능하다며 준비하라고 했다. 지독한 항암주사로 머리카락은 빠지고 쇠약해졌다. 잔여 수명이 석 달이라는 의사의 예언은 미울 만큼이나 정확했다.

테니스나 수영을 배우려면 코치로부터 레슨을 받는다. 이럴 때 이렇게 하고 저럴 때 저렇게 하라고 알려준다. 공부를 잘하기 위해 학원이나 과외 선생으로부터 사교육을 받는다. 삶은 죽는 순간까지 배우고 경험하는 것이다. 삶에도 레슨코치가 있다면 얼마나 좋을까 하는 망상에 빠져보기도 한다. 카이로스가 내 옆을 스쳐지나갈 때 큰소리로 "네 앞에 기회가 걸어오고 있다. 기회가 지나가기 전에 빨리 카이로스의 머리카락을 움켜줘라."하고 귀띔해주는 인생의 레슨 코치 말이다.

그러나 변수와 고비 때마다 이렇게 저렇게 기회를 잡으라고 알려주는 인생 레슨 코치는 없다. 내 인생의 레슨 코치는 나 자신이기 때문이다.

그러나 변수와 고비 때마다 이렇게 저렇게 기회를 잡으라고 알려주는 인생 레슨 코치는 없다. 내 인생의 레슨 코치는 나 자신이기 때문이다.

11

자신의 역사를 부정하지 마라

　기자생활하면서 이런 습관이 생겼다. 예를 들어 처음 만나는 취재원과 취재를 마치고 커피 한잔하는 시간을 갖게 되면 그에게 꼭 묻는 게 있다. 취재원의 고향과 대학 학번 따위다. 나는 뇌 속에 저장된 인맥지도를 펼쳐놓고 이렇게 후속 질문을 한다. "그럼 혹시 아무개씨를 아시나요?" 이 질문에 취재원이 "그사람 제 친군데요. 최기자님은 제 친구를 어떻게 아시죠?"라고 답변하는 경우가 있다. 나와 취재원간의 공통 인연인 '친구'가 발설되는 순간 나와 취재원은 이미 십년지기 관계로 발전한다. 처음 만났지만 어색함이 사라지고 좋은 기사 거리 정보를 알아내기도 한다. 이런 과정을 거치면서 인맥을 넓힌다. 상대의 역사를 아는 일은 소통의 장벽을 허무는 망치다.

　이런 일이 습관화되다 보니 과유불급인 민망한 상황도 만들어냈다. 문화부 에디터 시절에 김수환 추기경이 선종했다. 지상파 방송 3사 모두 오전에 치러진 영결식 장면을 실시간으로 중계방송했다. 이때 천주교 서울 대교구에서 신부를 해설자로 방송사에 파견했다. 방송이 끝나고 십여

일 뒤 종교 담당 기자를 통해 해설자 신부와 저녁약속을 했다. 궁금한 신부의 세계에 대해 꼬치꼬치 캐묻다가 신부님의 역사캐기에 들어갔다. 신부님에게 나이를 묻자 나보다 두 살 위였다. 나보다 어릴 줄 알았는데 많으니 당황스러웠다. 술 취한 김에 신부님에게 웃으면서 그렇다면 민증을 까보자고 제안했다. 이러자 종교 담당 후배 기자가 사색이 돼서 나를 말렸다.

"부장님, 신부님에게 그런 요구를 하는 것은 결례입니다."

반대의 경우도 있다. 내가 고향과 대학 따위가 어디라고 하면 취재원으로부터 금세 이런 질문이 나온다.

"제 친구 중에 안성 사람이 있는데 혹시 아세요?"

"제 선배 중에 경희대 국문과 몇 학번이 있는데 아시나요?"

우리 사회가 학연, 지연에 너무 얽매여 있다고 하지만 친목과 사교를 위한 정보 차원이라면 누구나 궁금해 한다. 그래서 학교 동문회, 동창회가 열리고 카톡방이 개설된다. 아이비리그라는 말이 존재하는 것으로 미뤄 볼 때 미국 사회도 학연을 따지는 문화가 있을 법하다. 서로를 알아가는 과정에서 나와 상대의 역사를 알려주는 일은 필수적이다.

땅거미가 내려앉으면서 거리는 퇴근길에 나선 사람들로 북적이기 시작했다. 지하철을 타고 서둘러 약속장소인 노점 횟집에 도착하니 지인이 반가운 얼굴로 맞이했다. 지인은 일 관계로 처음 만난 뒤 거의 일년만에 다시 만나게 되는 사이였다. 이날은 오로지 친목 도모를 위한 사적인 자리였다. 지인은 40대 초반의 후배를 데리고 나왔다. 지인의 후배는 외주 프로그램 업체 대표라고 했고 경상도 사투리 억양이 있었다. 소주잔을 기울이며 이야기를 주고받던 중에 지인이 내가 묻지도 않았는데 "외국어

대학교 과 동창이 MBC 보도국의 김재용 기자"라고 했다. 일년만에 두 번째 만나면서 서로의 역사를 알아내고 있는 중이었다. 이때 문득 나는 처음 본 지인의 후배가 대화에 끼지 못하는 것을 알아채고 그에게 물었다.

한참 어린 후배라서 자연스럽게 말을 놓았다.

"대표는 어느 대학 졸업했어?"

후배는 말을 아꼈다.

"저는 부산에 있는 대학을 나왔습니다."

부산에 대학이 한두 군데도 아닌데 부산 어느 대학이냐고 재차 캐물었다.

그러자 "어느 대학입니다. 잘 모르실 것 같아서 말씀 안 드린 건데요." 라고 자신없는 목소리로 답했다. 후배의 그런 태도에 나는 술잔을 내려놓고 불같이 화를 냈다.

"후배가 나온 대학은 후배의 역사인데 그것을 숨기려 하는 것은 자신의 역사를 부정하는 것이야"

처음 본 사이에 내가 이렇게 화를 낸 것에 대해 후배는 매우 당황스러워 했다. 그러나 나는 내 생각을 후배에게 설명해줬다.

어느 대학을 졸업했느냐를 알아보는 것은 상대의 역사를 알아보는 친목과 사교의 과정이다. 서울대를 나왔다고 해서 갑자기 상대에게 주눅이 든다거나 유명 대학을 나오지 않았다고 해서 상대를 깔본다든가 하는 차원이 아니라고 했다.

어느 대학을 졸업했느냐를 알아보는 것은 상대의 역사를 알아보는 친목과 사교의 과정이다. 서울대를 나왔다고 해서 갑자기 상대에게 주눅이 든다거나 유명 대학을 나오지 않았다고 해서 상대를 깔본다든가 하는 차원이 아니라고 했다. 서울대를 나왔다고 해서 다른 사람에게 기고만장할 일도 아니고 반대의 경우 위축될 이유도 없는 것이니 앞으로는 그렇게 하지 말라고 당부했다. 부산의 한 대학을 졸업했지만 후배는 서울에서 외주업체를 운영하고 있으니 앞으로 모교의 동창회장을 맡아 후배들에게 사기를 북돋워 줄 생각을 하라고 했다.

지방의 어느 대학에서 특강을 마치고 학생들과 질의 응답시간을 가졌다. 이 과정에서 한 여학생이 나에게 물었다.

"MBC는 왜 지방대 출신 학생들을 기자나 PD로 뽑지 않습니까?"

당황스러웠다. 그러나 학생의 이 질문의 명제는 사실과 엄연히 달랐다. 19개 계열사의 기자들은 대부분이 그 지역 대학 출신이 많다. 서울의 경우도 지방 대학 출신이 많지는 않아도 분명히 기자나 PD 엔지니어로 취업해 일하고 있다. 이런 요지로 학생에게 답을 해주면서 내가 만약 MBC 사장이 된다면 지역 출신 학생 우선 선발권이라는 제도를 만들어 보겠다고 답변했다.

어느 날 삼성전자 반도체 신입 사원들 앞에서 강연할 기회가 있었다. 대기실에 앉아 순서를 기다리다 탁자 위에 놓인 신입 사원 리스트를 봤다. 250여 명의 이름과 출신 대학이 표시돼 있었다. 나는 당연히 서울대 연고대 출신들이 90% 이상일 것으로 예상하고 페이지를 넘기면서 훑어 봤다. 그런데 내 예상이 완전히 빗나갔다. 소위 스카이 대 출신들보다 중위권 대학과 지방 대학 출신들이 압도적이었다. 이 리스트를 일별하면서 이것이 바로 삼성의 경쟁력이라는 생각이 들었다. 또 삼성이 그래서 무섭다는 생각도 들었다. 출신과 대학에 구분없이 일정 기준의 자격을 갖추고 있으면 선발하는 것이다. 어느 조직이든 출신과 대학 동문끼리 작은 조직으로 뭉치면 활력을 잃게 된다. 각자의 우산 밑에 헤쳐모이기 때문에 경쟁체제가 느슨해진다. 삼성은 스카이 위주의 채용보다 전국 어느 대학이라도 열정과 자격을 갖춘 인재를 뽑아 경쟁을 시키는 것이다. 다양한 출신과 대학이 모여 있어야만 그 경쟁이 가능한 것이다.

삼성 입사는 지금도 어렵지만 내가 졸업하던 30년 전에도 힘들었다. 나는 더욱이 국문과 출신이라서 아예 엄두도 내지 못했다. 그러나 삼성은 출신과 대학을 따지지 않는 것만은 분명해보였다. 내가 간접 경험한 정보가 삼성의 인사정책이라고 볼 수는 없다. 그러나 비 스카이 대학 졸업자들이라고 해서 처음부터 절망할 필요도 없다는 것은 맞다.

제주도의 한 지역 신문에서 "인사 담당자들이 찾는 곳 '제주대표 특성화고'"라는 제하의 기사를 봤다. 제주지역은 전국에서 일반계고 탈락자가 가장 많고 고교 입시 경쟁이 가장 치열한 곳이라고 한다. 흔히 인문계고에 진학하지 못하면 학생뿐만 아니라 부모까지 고개를 들고 다니지 못한다고 한다. 대학을 나와도 좋은 일자리를 찾기 어려운 시대지만 제주 한림공고에서는 최근 희망의 새바람이 불고 있다는 것이다. 기사의 일부를 소개한다.

…지난해 졸업생들은 삼성SDI와 삼성전자, 삼성전자첨단기술연구소, 현대중공업, SK하이닉스 등 서울대 출신도 어렵다는 대기업에 연이어 취업했다. 올해에도 현대중공업과 LS파워세미텍, 인퀠전기통신, 제주도개발공사 등 각종 사업장에 130여 명이 취업했다. 2명은 제주도교육청, 5명은 육군부사관 시험에 합격해 공직생활을 시작했다.……

제주도의 고졸자들을 대상으로 한 취업이겠지만 얼마나 희망적인 메시지인가. 요즘엔 서울대를 나오고도 9급 공무원 시험을 본다고 한다. 시대는 달라졌다.

비 스카이 대학을 나왔다고 해서 그것을 애써 감추는 일은 자신의 역사를 부정하는 것이다. 나의 역사에 자존감이 없는 비겁한 태도다.

비 스카이 대학을 나왔다고 해서 그것을 애써 감추는 일은 자신의 역사를 부정하는 것이다. 나의 역사에 자존감이 없는 비겁한 태도다. 나를 사랑하지 않는 일이다. 나는 그런 청춘에게 묻고 싶다. 그렇다면 값비싼 등록금을 내며 대학은 왜 졸업했는가?

12

당당하게 외쳐라

대학 1, 2학년 시절 그때는 학생증을 맡기고 외상술도 통했다. 술값이 없으면 도중에 급전을 구해오기도 했다. 그날도 나와 술친구 두 명은 종로 2가 뒷골목 국수집에서 만났다. 11월 중순으로 제법 저녁 날씨가 쌀쌀했다. 100원짜리 국수를 저녁으로 대신한 뒤 낙원상가 1층의 감자탕집으로 향했다. 몇 시간째 달랑 감자탕 한 그릇을 안주 삼아 소주를 마셨다. 주인 아줌마의 곱지 않은 시선을 애써 외면하면서 술을 마시다 일어설 시간이 됐다. 밤 12시 통금 사이렌이 울리기 전에 각자의 집에 도착해야 하기 때문이다. 계산을 하기 위해 각자 주머니를 탈탈 털어 돈을 모았다. 그런데 돈이 모자랐다.

슈렉의 불쌍한 고양이 표정을 지으며 우리는 내일 나머지 술값을 갚을 테니 학생증을 맡아달라고 간청했다. 그러자 아줌마는 학생 녀석들이 돈도 없이 술을 마셨다며 막무가내로 신발을 벗겨버렸다. 술 취한 김에 우리 셋은 신발을 벗어놓고 허세를 떨면서 술집 문을 열고 나왔지만 아뿔싸! 밖에는 첫눈이 내리고 있었다. 주인 아주머니는 눈이 내리고 있는 점에 착안해 버릇 고쳐 놓겠다며 학생증 대신 신발을 요구했던 것이다. 실로 난감했다. 이때 한 친구가 자기 누나네 집에 가서 한잔 더하자고 제안했다. 서울 도심을 양말만 신은 채 걷는 기분은 묘했다. 이때 만큼 신발의 중요성을 뼈저리게 느낀 적도 없었다. 양말만 신은 우리는 사람들의 시선을 한 몸에 받은 채 지하철과 버스를 갈아타며 친구 누나네를 밤 12시가 다돼서야 도착했다. 우리는 '미친놈들' 소리를 들으며 간신히 하룻밤 신세를 졌다.

술친구 두 명은 모두 고려대학을 다녔다. 그중 한 명은 고교때 단짝이다. 경희대에서 고려대까지는 걸어서 20분이면 간다. 고대 대성고등학교 동문회 모임이 있으면 거기도 몇 차례 가봤다. 내가 낄 자리는 아니지만 친구 따라 강남 간다는 말처럼 친구가 좋고 술이 좋아서 갔다. 덕분에 고려대 학생들이 부르는 '막걸리 찬가'도 배웠다.

어느 날은 연고전에도 따라갔다. 연고전을 구경하고 싶어서 간 것이 아니라 경기가 끝나고 친구들과 술 한잔을 하고 싶었기 때문이었다. 동대문 아이스하키장이었다. 내가 연고전이라고 말하자 친구들로부터 고연전이라고 해야 된다는 핀잔도 들어야 했다. 고려대생들 사이에 끼여 응원을 하는데 매우 난처한 일이 벌어졌다. 학생들이 어깨동무를 하고 일사불란하게 몸을 움직이며 응원가를 부르기 시작했다. 고대 신입생들은 학교에서 단체로 이 율동과 응원가를 배웠지만 나는 전혀 모르는 응원방법이다. 한가운데에 끼어 있어서 빠져나올 수도 없었다. 괜히 왔다는 후회가 들었지만 때는 늦었다. 어릴 적 교회에서 알지도 못하는 찬송가 따라부르듯이 울며 겨자먹기로 눈치를 보며 율동을 따라했다. 이런 생각만 했다. '고대생 너희들 참 멋있구나. 그렇지만 나도 경희대 가면 너희보다 더 좋

은 친구들이 많다. 기죽지 말자.'

이 시절에는 대학교 배지가 있었다. 경희대학교의 배지는 은색으로 월계수 잎 모양의 장식이 붙어 있었다. 나는 자랑스럽게 이 배지를 왼쪽 가슴에 당당히 붙이고 다녔다. 등하교를 위해서는 종로 2가에서 버스를 한 번 갈아타야 했다. 서울 한복판 종로 거리로 나오면 배지를 달고 다니는 서울대, 연고대 학생들이 많았다. 이들의 배지를 보면 순간적으로 내 배지가 위축돼 보였다.

그러나 나는 자랑스럽게 배지를 달고 다녔다. 늑막염이라는 병마와 싸워가면서 획득한 배지였다.

그러나 나는 자랑스럽게 배지를 달고 다녔다. 늑막염이라는 병마와 싸워가면서 획득한 배지였다.

함박눈이 내리던 날 나는 난생 처음 경희대라는 곳을 찾아갔다. 흰눈에 덮인 경희대 겨울 캠퍼스는 눈의 왕궁이었다. 멋진 캠퍼스의 장관이 나를 매료시켰다. 입시원서를 받아들고 나오면서 반드시 합격되기를 간절히 기도했다. 1월 엄동설한에 나는 경희고등학교에서 국어, 영어, 수학 3과목의 본고사를 치렀다. 연탄가스 냄새와 싸워가며 단기간에 열심히 공부한 덕인지 시험을 치르고 나니 상쾌한 기분이 들었다. 경쟁률도 11.2대 1이었지만 합격했다.

이처럼 경희대에 입학하게 된 것조차 과분하다고 생각했기에 서울대 연고대의 배지 앞에서 당당할 수 있었다. 또 서울대 연,고대생을 있는 그대로 인정해줬다. 공부 잘했으니 좋은 학교에 입학한 것은 당연한 것으로 여겼다. 상대를 인정해주고 나의 처지를 이해하면 시기나 질투심 따위는 생기지 않는다. 이것이 바로 자존감이다.

MBC 보도국 식구들은 서울대, 연고대 출신들이 대다수다. 경희대 출신이 나 포함해서 다섯 명도 채 안 됐다. 나는 경희대 졸업생이라는 사실을 매우 자랑스럽게 알렸다. 경희대라고 말하면서 '한국 최고의 명문대학 출신'이라고 얘기했다. 이같은 자존감은 나를 학벌 콤플렉스에서 벗어나게 했고 직원들 간의 소통에도 순기능 역할을 했다.

대학이 늘어나면서 요즘엔 '지잡대'라는 용어가 횡행한다. 대학 교수마저 이런 발언을 해서 논란이 되기도 한다. '웃픈' 현실이다.

대학이 늘어나면서 요즘엔 '지잡대'라는 용어가 횡행한다. 대학 교수마저 이런 발언을 해서 논란이 되기도 한다. '웃픈' 현실이다. 자기 부정이다. 자신들이 스스로 선택한 삶을 폄훼하는 이런 발상의 원천은 '후광효과'다. 한 개인의 장점만을 부각시켜 그것을 그 사람의 전부인 양 판단해버리는 것이다. 과연 '일류대'를 나오면 대기업에 취직하고 일도 잘하고 성격도 좋다고 생각하는 것이 맞는 것일까? '지방대'를 나오면 취직도 못하고 일도 못하고 성격도 나쁘다고 판단하는 것이 맞는 것일까?

외모와 학벌이 세상의 모든 것을 지배하지는 않는다. 30여 년 사회생활 경험상 외모나 학벌로 좋은 직장에 취업하는 것은 맞지만 그 사람이 꼭 자신의 일을 '성실'하게 수행한다고는 보지 않는다. 오히려 '일류대' 출신들은 '후광효과'에 스스로 몰입해 삶의 치열함이 덜한 경우가 많다. 일류대 출신이라고 성격이 더 좋은 것도 또 더 윤리적이지도 않다. 값비싼 유명 브랜드의 점퍼를 군이 구입하는 일도 일종의 '후광효과'다. 점퍼라는 기능은 따뜻한 게 최고다.

〈막돼먹은 영애씨〉에서 영애의 광고회사 직원이 '울서대' 출신이라고 감추다가 '서울대' 출신으로 밝혀지자 주변 사람들이 모두 부러워하는 장면이 나온다. 그게 뭐가 부러울까?

브랜드 여부를 따지지 않는 열린 생각이 필요하다. 성철 스님의 산은 산이고 물은 물이다. 꽃이면 꽃이지 예쁜 꽃, 못생긴 꽃이 어디 있으며 일류대가 내가 아니듯 지방대도 내가 아니다.

일류대를 나오지 못해 자괴감을 느끼는 청년에게 이 말을 해주고 싶다. 누가 어느 대학을 졸업했느냐고 물으면 "한국 최고의 명문 어느 대학 출신입니다."라고 당당히 외치라고 말이다.

"한국 최고의 명문 어느 대학 출신입니다."

13

기자가 되려면

수많은 학생으로부터 이런 질문을 받는다.

"제 꿈이 기자인데요. 아저씨 어떻게 하면 기자가 될 수 있나요?"

"저는 MBC 아나운서가 꿈인데요. 방법 좀 알려주세요."

나도 학창시절 어떻게 하면 기자가 될 수 있을까 하다가 〈기자가 되려면〉이라는 책을 사서 읽어봤다. 그러나 그 책 읽는다고 기자가 되지는 않는다. 이런 식이라면 〈국회의원이 되려면〉, 〈대통령이 되려면〉이라는 책도 나와야 한다. 우리는 관련 서적을 통해 그 세계를 이해하고 매력에 빠지면서 선망의 대상으로 삼을 뿐이다. 기자, 아나운서, PD가 되려면 어떻게 해야 할까.

내가 정답을 알려주겠다.

답은 간단하다. 시험에 합격하면 된다. 내 답이 틀리는가?

기자가 되는 방법을 알려줄 수는 없다. 그러나 기자 특히 방송기자를 하고 싶어하는 청춘에게 방송기자라는 직업이 적성에 맞는지 '적성테스트'는 해줄 수 있다.

<적성테스트1> 엉덩이 무게

방송기자는 무에서 유를 창조해내야 한다.

생각, 판단, 행동이 기민해야 한다. 취재가 없는 시간이면 낮에 잠시 출입처 근처 사우나도 갈 수 있고 기자실에서 휴식을 취할 수도 있다. 평상시에는 사우나에 있다가도 데스크로부터 전화가 온다.

"어디야?"

"기획취재 중입니다."

하면 넘어간다. 그러나 대형 사건이 터지면 앞뒤 안 가리고 현장으로 출동해야 한다. 현지 퇴근하겠다고 회사에 보고하고 친구와 술약속을 했다. 하지만 바로 회사에서 연락이 와서 저녁 뉴스데스크에 중계차를 타라는 지시를 받는다. 휴일에 늦잠을 자고 있다가도 비상 연락망이 가동된다. 항상 통신수단을 옆에 두고 살아야 한다. 긴장의 연속이다.

카메라기자와 현장 취재를 다니면 아침부터 저녁 내내 돌아다닐 때도 많다. 경찰기자들은 봄에 한 번씩 휴일에 날짜를 정해 놓고 야유회나 MT를 간다. 꼭 이런 날 대형 사건이 터진다. 고기가 익을 무렵 젓가락을 들고 있다가 던져버리고 현장에 가서 마이크를 잡아야 한다. 밤을 꼬박 새우면서 야근도 정기적으로 해야 한다. 이런 일이 반복된다.

엉덩이가 가벼워야 가능한 일들이다. 엉덩이가 무거우면 하루 종일 기자실 소파에 엉덩이를 파묻고 앉아 있다. 그러다가 저녁에 회사에 들렀다가 퇴근한다. 데스크가 "내일 아이템 좀 내놔봐."라고 하면, 머리를 긁적이면서 "내일 돌아다녀 보겠습니다." 이렇게 얘기하고는 다음날도 소파에 하루 종일 누워 있다가 하루 일과를 또 마감한다. 기자는 정기 인사에서 다른 출입처를 배정받는다. 새 출입처는 한달 안에 섭렵해야 한다. 그렇지 못하면 출입처에 나가더라도 기자실에서만 브리핑 듣는 게 취재의 전부다. 이래서야 특종도 못하고 경쟁사 출입기자들과의 싸움에서 백전백패한다. 엉덩이가 무거운 기자다. 한달 안에 출입처를 제압하려면 엉덩이가 가벼워야 한다. 기자가 되고 싶은 청춘은 지금 여러분의 엉덩이 무게를 재보길 권한다.

한달 안에 출입처를 제압하려면 엉덩이가 가벼워야 한다.

<적성테스트 2 > 왕성한 호기심

"나는 특별한 재능이 있는 것이 아니고, 단지 굉장히 호기심이 많다."
알버트 아인슈타인의 명언이다.

"천재는 1%의 영감과 99%의 노력으로 이루어진다."
에디슨이다.

이 1%의 영감은 어디서 나올까. 그건 바로 호기심이다.

기자도 항상 '호기심'을 품고 살아야 한다. 작은 일이라도 '저건 왜 저렇지'라며 호기심을 가져야 한다. '저건 뭐지?'는 기사 작성의 6하원칙에서 가장 중요한 왜! WHY!다. 모든 기사의 출발은 '왜'다.

보도국에는 지방지도 배달된다. 신문을 무심코 펼쳐보다가 전남 여수 앞바다에서 '무분별 키조개 채취로 해저 황폐화'라는 기사를 봤다. 도대체 키조개는 어떻게 생긴 것이고 왜 해저가 황폐화되는지 호기심이 발동했다. 알아보니 머구리 잠수부가 고압 분사기를 들고 들어가 해저에 박혀서 자라는 키조개를 채취한다는 것이다. 취재를 해봐야겠다는 생각이 들었다. 일단 수중에서 고압 분사기를 작동하는 역동적인 화면이 될 것 같았다. 며칠 뒤 수중 촬영 전문 다이버와 함께 여수로 내려갔다. 잠수부들이 고압 분사기를 쏘면 키조개만 튀어나오는 게 아니라 해저가 쑥대밭이 됐다. 고압 분사기 사용이 제한돼야 한다는 여론이 비등해졌다.

임정환 기자는 한강대교 수중 교각이 패여나가 붕어떼가 우글대는 충격적인 뉴스를 보도했다. 어떻게 해서 취재하게 됐는지 물어봤다. 제보도 아니고 호기심에서 시작된 것이라고 했다. 오래된 교량의 교각은 멀쩡할까 고민하다가 카메라 기자와 함께 수중 촬영에 나섰다가 특종을 잡아냈다.

입사 동기인 김동섭 기자는 한여름에 야근할 때 회사 천장에서 나오는 에어콘 바람을 쐬다가 이런 호기심이 생겼다고 한다.

"저 천장 속 닥트(환기용 관로) 내부는 어떻게 생겼을까?"

그는 서울 시내 오래된 빌딩 주인과 닥트 청소업체를 섭외했다. 준공 20년이 넘은 그 빌딩 내부의 오염실태는 심각했다. 검은 먼지가 수북이 쌓여 있고 죽은 쥐도 발견됐다. 빌딩 속에서 생활하는 도시민에겐 충격과 두려움 자체였고 김동섭 기자의 보도는 당시 사회에 큰 반향을 불러일으켰다.

호기심은 문제 의식에서 비롯된다. 문제 의식을 키우려면 뉴스를 보면서 수시로 질문을 던지는 연습을 해야 한다.

왜 이렇게 한다는 거지?

뒤집어서 생각해보면 안 될까?

나에겐 이런 왕성한 호기심이 있는지 판단해 보라.

나는 TV를 시청할 때 전자수첩을 옆에 둔다. 모르는 한자(漢字)가 있으면 즉시 검색해 보기 위해서다. 지하철에서는 휴대폰 네이버 사전을 본다. 당송 문인 팔대가 중 한 명인 송나라의 구양수는 옷자락에 손가락으로 글씨 연습을 했다고 한다. 너무 연습을 많이 해서 옷이 헤질 정도였단다. 내 전자수첩 버튼도 많이 닳았다. 개콘에서 허경환씨가 "궁금해요? 궁금하면 오백원" 했다. 궁금하면 나는 전자수첩을 연다. 궁금하면 못 참는 게 호기심이다.

앵커멘트를 쓰면서도 문장 한 줄을 위해 몇 시간씩 투자했다. 호기심이다. 어떻게 하면 시청자들에게 다가설까하는 문제의식이 호기심을 낳는다.

"기자는 1%의 호기심과 99%의 취재로 이루어진다."

"기자는 1%의 호기심과 99%의 취재로 이루어진다."

<적성테스트 3 > 지사(志士)정신

매천 황현 선생은 1905년 을사늑약과 1910년 경술국치 후 을사 5적의 매국 행위를 규탄하다 이듬해 절명시 4수와 유서를 남기고 자결했다. 그의 나이 56세. 지금의 내 나이쯤이다. 구한말 우국지사다. 매천만큼은 아니더라도 기자가 되려는 사람은 자기에게 이런 지사정신이 있는지 곰곰이 생각해봐야 한다. 앞서 두 가지는 기자가 아니더라도 세상 살아가는데 필요한 덕목과 소양이다.

기자와 일반 직장인의 차이는 바로 이 지사정신이다.

기자와 일반 직장인의 차이는 바로 이 지사정신이다. 지사정신은 대의에 대한 이타적이며 헌신적인 자세를 말한다.

파업하면서 남는 게 시간이라 조정래의 〈아리랑〉을 읽었다. 일제의 권력에 빌붙어 호가호위하는 친일파와 밀정들이 득실대는 세상이었다. 당시 지식인들도 일제 강점기가 최소 200년은 지속될 것으로 봤다는 것 아닌가. 그러니 체념하고 일제에 빌붙는 것이 합리화될 수도 있을 법하다. 그러나 그런 세상 속에서도 독립군에 군자금을 내고 독립군으로 활동한 조상도 있었다. 일본군에 쫓겨 한겨울 눈 덮인 만주 벌판에서 초개처럼 죽었다. 이 정도의 희생까지는 아니라도 기자가 되고 싶은 청춘이라면 최소한의 지사정신은 있어야 한다. 불의에 대한 저항과 약자에 대한 배려 정신이 있는지 살펴보라.

기자도 생활인이고 샐러리맨이다. 그러나 만주벌판에서 스러진 독립군만큼은 아니라도 털끝만큼의 지사정신은 살아있어야 한다. 기자해서 출세하겠다는 생각은 버렸으면 한다. 출세할 것도 없다. 출세하고 싶고 권력에 줄 서고 싶은 사람은 기자하지 마라. 기자는 대중을 이끄는 직업이다.

> 기자해서 출세하겠다는 생각은 버렸으면 한다. 출세할 것도 없다. 출세하고 싶고 권력에 줄 서고 싶은 사람은 기자하지 마라. 기자는 대중을 이끄는 직업이다.

<적성테스트 4 > 인문학적 소양

　　같은 기자라 하더라도 신문과 방송 기자는 기사 작성 방법이 다르다. 신문은 '더하기'고 방송은 '빼기'형이다. 신문기사는 문장이 길어도 흠이 되지 않는다. 활자가 도망 가지 않으니 독자들은 몇 번이고 읽을 수 있다. 방송기사는 반대다. 매체 특성상 시청자들은 귀로 기사를 들어야 한다. 문장이 만연체이면 무슨 말인지 못 알아듣는다. 뉴스 리포트의 길이가 1분 20초다. 인터뷰 넣고 스탠드업 넣고 하면 사실 기사 문장도 몇 개 안 된다. 데스크 볼 때 선배들로부터 이런 핀잔을 받았고 나도 후배에게 했다.

　　"야.. 뭐 이렇게 기사가 길어?"

　　항상 짧게 써야 하는 일이 습관이 돼 있다.

　　요즘 종편에 출연하는 기자들은 원고 없이도 말을 잘한다. 방송기자들보다 더 생방송을 잘한다. 왜 그럴까? 나는 글쓰기의 습관이 다르기 때문이라고 본다.　같은 뉴스를 만들더라도 신문기자들은 하루 종일 책상에 앉아서 글을 쓴다. 스트레이트 기사를 쓰고 나면 논리정연한 칼럼도 쓴다. 좋은 칼럼을 쓰기 위해 관련 서적도 읽는다. 신문기자들은 이런 기사작성법이 생활화돼 있다. 이 시간에 방송기자들은 카메라기자와 함께 현장을 돌아다닌다. 방송기자로 매일 1분 20초짜리 리포트 기사만 쓰는 생활을 10여 년쯤 했더니 머릿속에 남는 게 없었다. 신문기자들과 사석에서 대화를 나눠보면 부족함을 느낀다. 물론 내가 그렇다는 것이다.

방송기자들 중에도 뛰어난 문장가와 달변가들이 많다. 대표적인 사람이 최명길 기자다. 최국장도 회사를 그만두고 MBC사장 후보도 했다가 지금은 정치에 입문했다. 최국장은 초년병때부터 생방송에서 탁월한 달변을 선보여 별명이 '잘난최'다. 비웃자는 식의 작명이 아니라 실제로 잘났기 때문에 붙은 별명이다. 그는 이번 20대 총선에서 민주당 국회의원으로 당선됐다. 야당의 불모지인 서울 송파을이다.

신문이든 방송이든 기자를 하고 싶은 사람은 어릴 때부터 인문학에 투자를 해야 한다. 많이 읽어야 아는 게 많아진다. 많이 알아야 글도 잘 써진다. 기자가 작가처럼 소설이나 시를 쓰지는 않는다. 사회적 이슈와 어젠다를 기사로 쓴다.

인문학이 필요한 이유는 그 이슈와 어젠다를 바라보는 시각과 관점이 있어야 하기 때문이다. 자기만의 시각과 관점으로 이슈와 어젠다를 해석하는 능력이 필요하다. 이 능력이 바로 인문학에서 나온다.

인문학이 필요한 이유는 그 이슈와 어젠다를 바라보는 시각과 관점이 있어야 하기 때문이다. 자기만의 시각과 관점으로 이슈와 어젠다를 해석하는 능력이 필요하다. 이 능력이 바로 인문학에서 나온다. 이 능력을 갖추고 있어야 기사도 발제할 수 있다.

쉬운 예를 들어 '사회 안전망 미흡'이라는 기획 뉴스를 발제한다고 치자. 이런 기획을 발제하는 기자는 약자에 대한 배려 정신이 있기에 가능하다. 미래를 예측하는 능력이 있어야 좋은 뉴스를 만들 수 있다. 요즘이라면 미래의 차는 무엇인가를 기획할 수도 있다.

'수소차' vs '전기차' 어떤 차가 대세일까.

이런 뉴스를 기획하려면 경제, 경영의 신간을 읽어보든가 관련 기사를 탐독해야 한다. 미국의 금융위기를 해결한 티모시 가이트너의 〈스트레스 테스트〉를 읽고 나면 '한국 금융은 안전한가?'라는 발제가 가능하다. 휴일 나들이 스케치성 기사를 쓰려면 문장력도 있어야 한다. 합리적인 역사관이 있어야 뉴스의 골격을 잡을 수 있다. 이런 인문학적 소양을 갖추고 있어야 데스크와 기사를 놓고 논쟁이 붙어도 선배를 설득시킬 수 있다. 사석의 대화에서도 마찬가지다. 이런 능력이 없는 기자는 주관이 없는 무능력자로 낙인 찍힌다.

이런 인문학적 소양을 갖추고 있어야 데스크와 기사를 놓고 논쟁이 붙어도 선배를 설득시킬 수 있다.

<적성테스트 5 > 군기문화 적응 가능한가?

학교 동창생이 딸아이가 언론사 기자로 입사했다며 은근히 자랑했다. 몇 달 뒤 다시 만났는데 회사를 그만두게 해야 될 것 같다고 했다. 새벽 일찍 출근해서 밤 늦게 항상 술에 취해 돌아온다는 것이다. 딸도 힘들어 하지만 아버지인 자기가 봐도 여자애가 기자하기는 맞지 않는 것 같다고 했다. 수습기자 하고 있으니 당연한 것이라고 조언했다. 보도국은 군대가 아닌데도 병영문화가 있다.

기자들 사회가 상명하복의 군대식인 이유는 기자들의 존재 이유가 실제 군인과 비슷하기 때문이다.

전쟁이 나면 군인들은 무조건 명령에 따라 적과 전투를 벌여야 한다. 기자도 마찬가지다. 돌발 사태에 직면하면 무조건 출동해야 한다. 이유가 없다.

전쟁이 나면 군인들은 무조건 명령에 따라 적과 전투를 벌여야 한다. 기자도 마찬가지다. 돌발 사태에 직면하면 무조건 출동해야 한다. 이유가 없다. 그래서 입사 때부터 근성을 키우고 유사시 원활한 의사 소통을 위해 후배를 가혹하게 교육시킨다. 어쩔 수 없다. 군대식 규율 즉 '군기'가 필요하다. 초기에는 일년 위 선배의 지시조차도 금과옥조로 여겨야 한다. 군소리를 내서도 안 된다. 개인 약속이 있더라도 부장이 회식하자고 하면 따라나서야 한다. 요즘엔 많이 사라졌지만 그 기본적인 군기문화는 남아 있다. 수습기자들 중에 이같은 '군대식 문화'에 적응하지 못해 그만둔 사람도 있다. 기자가 되고 싶다면 이런 문화충격을 흡수할 자신이 있어야 한다.

수습기자 시절이 힘들다는 것은 삼척동자도 다 아는 얘기다. 다음은 그 힘든 수습과정이 해제되면서 2009년 6월 한 여기자가 보도국 게시판에 올린 글이다. 수습 해제 기념으로 사회부 선배들과 야유회를 가게 되는데 타 부서 선배들의 '지원'을 애교 있게 요청했다. 특히 여기자로서 겪어야할 고충이 남자와는 다르다는 점이 와닿았다.

[사람이 된 기념으로 떠나는 야유회]

동대문경찰서의 철문을 기억합니다.
태어나서 처음으로 '경찰서'라는 곳에 발을 디디던 날,
훈련소에 들어가는 군인의 마음으로 첫걸음을 내딛었습니다.

동대문경찰서 앞의 편의점은
제가 유일하게 쉴 수 있는 공간이었습니다.
삼각김밥 2개와 제가 제일 좋아하는 초코바와 바나나우유를 같이 먹으며
선배의 냉랭한 말투에 놀란 가슴을 스스로 다독였습니다.

강북경찰서의 화장실에서
선배의 목소리가 들려오는 핸드폰을 부여잡고 서럽게 울었을 땐
세면대에 고인 물에 코를 박고 싶었습니다.
형사 당직실에서 데스크 반장이 준 커피 한잔에 마음을 녹였습니다.

여경들의 눈치를 보느라 머리 한 번 제대로 감지 못했고,
꼬질꼬질한 모습으로 경찰서를 돌고 또 돌았습니다.

김수환 추기경이 돌아가셨을 때
명동성당 프레스룸에서 제 모습을 보신 모 선배는
노숙자가 왜 프레스룸에 들어와 있나 하셨다지요…
그러던 제가 이젠 머리도 감고, 세수도 하고
선배들 앞에서 웃으면서 인사도 하게 되었습니다.
보도국에서 오랜만에 절 보신 선배들은
"이제 좀 '사람' 됐다."고 하셨습니다.

이렇게 사람이 된 기념으로
사회 2부 선배들이 저희를 '야유회'라는 곳에 데려가 주신다고 합니다.
처음으로 선배들께 사람 대접 받으면서 함께 뒹굴 생각을 하니
벌써부터 마음이 설레고 떨립니다.

그동안 긴장해서 주눅들어 있던 막내들이
물 만난 고기처럼 파닥거리는 모습을 보고 싶으신 선배
후배들에게 기자생활의 애환을 전달해주고 싶으신 선배
보도국도 사람 사는 곳이라는 것을 보여주고 싶으신 선배들께서는
이번 야유회에 많이많이 성원해 주셨으면 합니다.
감사합니다.

14

모든 것은 연결돼 있다

1800년 경 독일의 젊은 탐험가 훔볼트는 5년에 걸쳐 남 아메리카 탐사 여행에 나섰다. 그는 칠레 앞바다에서 대왕오징어를 발견하고 어째서 이 바다에서만 대왕오징어가 잡히는지 연구했다. 그의 연구 결과 남아메리카 연안에서 시작해 태평양 동북부로 흐르는 해류를 따라 먹이사슬이 형성돼 있었기 때문이라는 사실을 발견했다. 맨처음 새우류가 해류를 따라 이동하자 새우를 먹기 위해 더 큰 포식 물고기가 모여들었고 이를 잡아먹기 위해 대왕오징어가 서식하게 된 것이다. 이에 훔볼트는 "모든 것은 연결돼 있다." 라고 선언했다.

그해 여름은 유난히도 더웠다. 20사단 양평 신병교육대에서 신물나는 6주간의 신병교육을 마치고 입대 동기 60여 명이 용문의 60연대 연대본부대에서 2박 3일간의 대기병 생활을 했다. 수시로 인사, 정보, 작전, 군수과 고참병들이 대기병 내무반을 기웃거리며 자신들의 부하사병을 선발하는 작업을 시작했다. 연대 본부대에 잔류할 특기병을 뽑는 것이다.

"타자기 칠 줄 아는 놈 있냐? 영어 좀 잘하는 새끼 있냐? 테니스 선수,

목수, 요리사, 사진 찍을 줄 아는 놈 있냐?"

여러 가지 특기병을 찾고 있었지만 불행하게도 나는 그 어떤 것에도 포함되지 않았다. 체념하고 있던 그 순간 카이로스가 찾아왔다. 카이로스처럼 머리카락이 긴, 처음 봤지만 제대를 앞둔 고참 병장이 쓰윽 내무반으로 들어오더니 이렇게 외쳤다.

"야, 여기 노래할 줄 아는 놈 있냐?"

귀가 번쩍 뜨였다. 노래? 저거다 바로 내 것이다. 난 대기병 내무반의 천장을 뚫을 듯한 기세로 오른팔을 높게 뻗어올리며 고함쳤다.

"네! 이병 최일구."

고참 병장이 나보고 따라오라고 하더니 연대본부대 내무반으로 데려갔다.

"야, 네가 노래 좀 한다고?"

"네! 이병 최일구."

나에게 기타를 건네 주면서 노래를 불러보라고 했다. 나는 즉시 신입생 장기자랑 대상에 빛나는 '로케트를 녹여라'를 연주하며 힘차게 노래불렀다. 중간쯤 불렀을 때 고참 병장이 눈을 동그랗게 치켜뜨며 소리쳤다.

"야, 임마 그게 무슨 노래야?"

"네, 제가 작사 작곡한 노랩니다."

"처음 듣는 거라 모르겠으니 아는 노래해 봐."

애창곡 조용필의 '돌아와요 부산항에'를 목청껏 불러제꼈다. 다음날 오전 연병장에 집합한 이등병들은 초조하게 선택을 기다렸다. 호명되면 연대 본부대에 남는 것이다. 예닐곱 명의 호명이 끝나고 드디어 '최일구' 이름 석 자가 튀어나왔다. 예하 부대인 대대로 내려가 개고생하지 않고 연대 본부에 남아 비교적 편하게 군생활을 할 수 있었다. 이렇다할 특기 하나 없는 나를 연대 본부에 남게 해준 비결은 어릴 때부터 사람들 앞에 나서기 훈련을 해온 덕분이었다. 초등학교 때부터 적면공포증 퇴치 연습을 해온 결과였다. 사람 앞에 나서는 능력을 계발하면서 내 안에 있던 '언어지능'을 찾아낸 덕분이다. 대기병 내무반에서 창피함을 무릅쓰고 '이병 최일구'를 외칠수 있었다. 방아쇠효과, 즉 '트리거이펙트(trigger effect)'다.

　20사단 신병교육대에서 사격 훈련을 할 때였다. 생전 처음 쏴보는 M16 소총이다. 첫 방아쇠는 극도의 긴장감 속에 당기게 된다. 그런데 한 발 쏘고 나면 그 다음부터는 편하게 방아쇠를 당기며 사격할 수 있다. 이때의 경험으로 나는 이런 심리적 현상을 '방아쇠효과'라고 부른다. 한번 창피함을 무릅쓰고 사람 앞에 나서면 점점 그 일이 재미있어진다. 한번 탄력을 받으면 연쇄반응을 일으키고 운명을 바꿀 수도 있다. 우리 속담으로 치면 "천리 길도 한 걸음부터"다.

　첫발 떼기가 어렵지 한번 걷기 시작하면 목적지를 향해 가게 된다. 목표를 향해 방아쇠를 당겨라. 인생은 '트리거 이펙트'다.

　첫발 떼기가 어렵지 한번 걷기 시작하면 목적지를 향해 가게 된다. 목표를 향해 방아쇠를 당겨라. 인생은 '트리거 이펙트'다.
　강사의 세계에도 이 트리거 효과가 있다. 강사를 초청하는 업체나 자치단체, 대학 등에서 누군가를 초대하기로 행사 일정을 잡고나면 강사섭외에 나선다. 이럴 때 기준은 무엇일까? 강연은 가수가 흥겹게 노래하고 가는 것과는 다르다. 뭔가 메시지 즉 의미가 있어야 하고 또 재미가 있어야 한다. 어떤 기업체는 사장이 직접 특정 강사를 찍어서 초대하기도 하고 직원들을 대상으로 복수의 강사를 놓고 인기투표를 해서 결정하기도 한다. 아니면 인터넷 서핑이나 강연 에이전시 등을 통해 소개받기도 한다. 예컨대 강연에서의 '트리거 효과'란 한 번 특강을 하면 입소문이 다른 곳으로 퍼져서 또 초대를 받는 것을 말한다.

서울에 있는 유한양행 본사에서 특강을 했더니 몇 달 뒤에 그 회사에서 또 연락이 왔다. 이번에는 지방의 공장에 가서 특강을 해달라는 것이다. 한 회사에서 두 번이나 특강을 하게 된 것이다. 처음에 나를 초청한 본사 임원이 공장장에게 '들어볼 만하다'며 적극 추천했다는 것이다.

1930년대 뉴욕 YMCA에서 한 무명 강사가 발표력 훈련 교실을 열었다. 당시 강좌가 그랬듯이 그의 강의는 이론이 중심이었다. 그러나 수강생들이 지루해했다. 어느 날 그는 이론 강의를 중단하고 뒷줄에 앉아 있던 한 수강생을 지목했다. 1분의 시간을 줄 테니 자기소개를 해보라고 시켰다. 짤막한 자기소개는 릴레이식으로 이어졌고 수강생들은 각자 두려움을 극복하고 만족스런 발표훈련을 마칠 수 있었다. 이 강좌가 인기를 끌자 다른 도시에서도 강의 부탁이 왔다. 강사는 이런 강의 방식을 통해 수강생들의 심리를 포착했다.

수강생들이 대인 관계를 좋게 만들어 출세하고 두려움과 걱정을 극복하는데 관심이 많다는 것을 알게 됐다. 그는 미국에서 성공한 인물에 대해 폭넓은 연구를 진행했다. 〈친구를 얻고 사람을 움직이는 법〉을 저술했다. 이 책은 곧바로 베스트셀러가 됐다. 1936년 출간 이래 전세계에 2천만 부 이상 팔렸다. 동서양의 문화를 접목시켜 인간경영 분야에 기념비적인 업적을 남긴 데일 카네기다. 데일 카네기 역시 강연의 트리거 효과로 세계적인 인물로 큰 것이다. 카네기는 훗날 이렇게 말했다.

"내가 뭘 하고 있는지도 모르는 상태에서 두려움을 정복하는 가장 좋은 방법을 우연히 발견했다."

도요토미 히데요시는 젊은 날 주군인 오다 노부나가의 말 시종이었다. 그는 주군의 눈에 들기 위해 갖은 애를 썼다고 한다. 겨울이면 주군이 방에서 나오기 전에 주군의 신발을 가슴에 품어 따뜻하게 만든 뒤 내다놓았다. 이 모습을 지켜보던 오다 노부나가는 히데요시의 충성심에 감복해 그를 후계자로 낙점했다고 한다.

중용 23장에 모든 것을 정성스럽게 하면 이뤄진다는 말이 있다. 자기가 하는 일에 열정과 진심을 담는다면 세상이 그것을 알아본다는 말이다. 지금 설사 말 시종 같은 일을 하더라도 진정성을 갖고 최선을 다한다면 그것이 쌓여서 그 사람의 브랜드로 자리매김될 것이다. 아무리 작은 일이라도 큰 일로 연결될 수 있다. 다시 한 번 훔볼트의 말을 곱씹어본다.

"모든 것은 연결돼 있다."

4장

하지 않아도
될 일을

굳이

하라

"

인생은 흘러가는 것이 아니라 채워지는 것이다.
우리는 하루하루를 보내는 것이 아니라
내가 가진 무엇으로 채워가는 것이다.

– 존 러스킨 –

"

1

노무현 대통령 특집뉴스
– 첫날부터 방송사고

드디어 2003년 10월 11일 토요일에 최윤영 앵커와 함께 주말 뉴스데스크 진행을 시작했다. 그런데 첫날부터 방송사고를 내고야 말았다. 9시 시보와 함께 새로 앵커를 맡게 됐다고 인사말을 하고 톱뉴스 앵커멘트를 읽어야 했다. 그런데 이날따라 노무현 대통령이 국민투표로 재신임을 받겠다고 폭탄 선언을 한 날이라 나에겐 첫날인데도 55분 특집 뉴스데스크가 돼버렸다. 보통 주말 뉴스데스크는 30분 정도만 한다. 최윤영 앵커와 둘이 나란히 앵커석에 앉아 초절정의 긴장감 속에 9시 시보를 기다렸다. 후배지만 방송 경험이 많은 최윤영 앵커는 차분했다. 삼성전자 애니콜 광고가 8시 59분 50초부터 시작된다. 비키니 차림의 브라질 여자들이 현란하게 삼바춤을 춰댔다. 삼바 댄스녀가 야속했다. 나는 긴장돼 죽겠는데 저 여인들은 뭐가 그리 좋다고 춤을 춰댈까.

"애니콜이 9시를 알려드립니다. 띠리 띠리 띠리리 땡!"

드디어 뉴스가 시작됐다. 아뿔싸! 긴장감으로 갑자기 눈앞이 하얘지면서 말을 더듬었다.

"여..여..여러분 안녕하십니까… 오늘부터 주말 뉴시…주말 뉴스데스크 진행을 맡게된 최일굽니다. 노… 노… 노무현 대통령이 오늘 재…재…재신임을 위해 국민투표를……."

"여·· 여·· 여러분 안녕하십니까·· 오늘부터 주말 뉴시··주말 뉴스데스크 진행을 맡게된 최일굽니다. 노·· 노·· 노무현 대통령이 오늘 재… 재…재신임을 위해 국민투표를……."

첫날 첫 멘트부터 개망신도 이런 개망신이 없다. 그러나 대화의 신이라는 래리킹도 마이애미비치 라디오 방송에서 데뷔하던 날 실수했다지 않는가. 첫날 '더 래리 킹 쇼'를 진행하는데 9시 시보가 울렸는데 떨려서 한마디 말도 못하고 음악 볼륨만 높였다 줄였다 하다가 겨우 말문을 열었다고 하지 않는가. 첫날 뉴스 진행을 마치고 뉴스센터에서 보도국 편집부로 걸어가는 내내 가슴이 쿵쾅댔다. 편집부 선.후배들이 뉴스 내내 모니터를 했을 텐데 이거 쪽팔려서 어떡하나·· 그래도 선배가 덕담을 건넸다.

"처음이라 그런 실수한 거야. 그래도 최일구 차장 목소리는 씩씩해서 좋던데."

눈물겹게 고마웠다. 그러나 시청자들의 반응은 싸늘했다. 분장을 물티슈로 지우며 MBC보도국 시청자 게시판을 보니 벌써 10여 건의 글이 올라와 있었다. 그때 캡쳐해둔 몇 가지 댓글을 그대로 보여드리겠다.

이름 : 000 | 조회 285
앵커 미스캐스팅이다. 지금 최일구 기자는 너무 더듬거리고
목소리톤도 앵커치곤 높네요.;;

이름 : 000 | 조회 199
최일구 앵커는 욕심만 앞서는 것 같습니다. 긴장한 탓인지 듣기 거북합니다.
눈동자도 쳐다보기 힘이 듭니다. 이래서야 어디 주말 뉴스를 보겠습니까. 차라
리 손석희 아나운서가 더 나을 것 같군요. 뉴스를 꼭 기자가 해야할 이유는 없
을 것 같은데요.
책임자께서는 어떻게 느낄지요. 엄기영 앵커는 얼마나 편하게 하시는지 아
시겠지요? MBC는 그렇게 인물이 없는지요? 다시 생각하시기를 바랍니다.
MBC를 사랑하는 사람으로 갑갑합니다. 시정하시길....

이름 : 000 | 조회 195
주말 남자 앵커..-_-;;; 으…목소리 톤이 너무 높아서 듣기가 거북합니다-_-;;
거북하다고까지 하긴 좀 뭐한가…암튼 차분한 뉴스의 이미지가 너무 정신없어
진 듯하고 집중이 안 되네요. 앵커의 목소리가 집중을 못하게 한다고 하는게
맞는 듯. mbc 평일 김주하 앵커랑 엄기영 앵커는 좋아하는데.. 주말은 kbs봅
니다.. 지금-_-;;; 다른 분으로 교체하는 게 좋을 듯한데. 뉴스 망하겠다.

2

주저앉은 온에어 램프

앵커 보직을 받고 한달 정도 나름대로 연습은 많이 했다. 주말 뉴스데스크 진행을 어떻게 하는지 선임 앵커들의 생방송을 뉴스센터 안에 들어가 숨죽이며 지켜봤다. 낮에 뉴스센터가 비는 시간에는 수시로 프롬프터 읽기와 생방송 메카니즘을 익혔다. 첫날의 사고는 사실 예상치 못한 '주저앉은 온에어 램프'에서 비롯됐다. 뉴스센터의 카메라 위에는 빨간 램프가 달려 있다. 빨간 불이 켜지면서 온에어가 되는 것이다. 빨간 불이 안 켜진 상태에서는 센터 안의 진행자가 고함을 질러도 방송되지 않는다. '그것이 알고 싶다'에서 진행자 김상중 씨가 시선을 이곳 저곳 차례로 돌릴 수 있는 것도 빨간 등이 켜진 카메라를 따라 시선을 주기 때문이다. 나도 연습할 때 많이 해봐서 알고 있다. 분명히 9시 시보가 울리는 순간 문제의 빨간 불이 켜져야 했다. 그런데 불이 안 들어왔다.

'시보는 울렸는데 오프닝 멘트를 해야하나 말아야하나.'

멈칫했다. 이때 밖에서 편집부 후배 임대근 기자가 이어폰으로 버럭 소리를 질렀다.

"최선배 안 하고 뭐해요?"

"최선배 안 하고 뭐해요?"

여기서 꼬인 것이다. 순간적으로 멍하고 있다가 후배의 고함에 놀라서 프롬프터의 멘트를 읽어 내려가다 방송사고를 낸 것이다.

가까스로 첫 멘트를 마치고 기자의 톱 리포트가 방송되고 있을 때 마주보고 있는 카메라 감독에게 물었다. 이때는 말을 나눠도 온에어되지 않는다.

"감독님 어째서 빨간 램프에 불이 안 들어와요? 고장났어요?"

감독은 "아 그랬어요?" 하면서 카메라 위를 살폈다.

"아‥ 이 램프가 주저앉아 있었네요. 죄송합니다."

온에어 램프는 90도 각도로 카메라 위에서 세워져 있기도 하고 누르면 주저앉게 돼 있었다. 9시 시보와 함께 램프에 불은 들어왔겠지만 앵커석에 앉은 상태로 보니 온에어 램프의 불이 보일 리가 없었던 것이다. '주먹 쥐고 일어서야할 온에어 램프'가 그만 '주저앉은 온에어 램프'가 돼 있었다. 방송 사고의 발단이었다.

3

봉두완 앵커

봉두완 앵커를 떠올렸다. 초등학생때 서울로 전학 와서 2년쯤 지났을 무렵 아버지는 큰맘 먹고 흑백 TV를 장만했다. 재산 1호다. 아버지는 밤마다 TBC(81년에 KBS2 TV로 흡수) '뉴스전망대' 뉴스 프로그램을 시청했다. 아버지는 이 뉴스를 사람들이 많이 보는데 뉴스 진행하는 저 봉두완이라는 사람이 말을 시원시원하게 해서 그렇다고 했다. 덕분에 나도 옆에서 거의 매일 시청했다. 봉앵커는 뉴스 끝에 매일 똑같은 형식의 클로징 멘트를 했다. 예를 들면 이런 식이다.

"TBC 뉴스 전망대에서 바라본 오늘의 세계…… 깜깜합니다."

박정희 정권 시절에 대놓고 얘기는 못하고 에둘러서 한국 사회를 풍자했던 것이다. 언젠가 봉선생의 자서전 〈앵커맨〉을 읽었다. 그런데 그 뒤에 멘트가 하나 더 있었다.

"왜 깜깜하냐구요? 지금 한밤중이니까요!"

정말이지 기막힌 앵커멘트였다. 한국 사회가 깜깜하다고 말을 던진 뒤 한밤중이라서 그렇단다. 멋진 풍자요 해학이 넘치는 멘트였다.

봉앵커는 또 이런 멘트를 한 적도 있다고 한다. 장모님이 전주에서 서울 사위집으로 올라오기로 한 날인데 밤 늦게 도착했다는 것이다. 그래서 왜 이렇게 늦게 오셨느냐고 장모님에게 물어보니 시외버스 타고 올라오는데 호남선 국도가 왕복 2차선이라 버스가 곳곳에서 정체 현상을 빚었기 때문이었단다. 다음날 봉앵커는 그래서 이런 멘트를 했다고 한다.

"경부선은 왕복 4차선 고속도로 뚫어놓고 왜 호남선은 왕복 2차선밖에 없습니까? 도로도 지역 차별하는 겁니까?"

"경부선은 왕복 4차선 고속도로 뚫어놓고 왜 호남선은 왕복 2차선밖에 없습니까? 도로도 지역 차별하는 겁니까?"

서울로 전학 와서 아버지 등 너머 흑백 TV를 통해 TBC 뉴스의 봉두완 앵커를 바라보던 안성 촌놈이 이제 MBC의 뉴스데스크 앵커가 된 것이다. 세상 참 재밌지 않은가? 내가 앵커가 되면서 롤모델로 떠올린 분이 바로 봉두완 앵커였다.

그래! 나도 어릴적 그 봉두완 아저씨같은 풍자와 해학 넘치는 멘트를 해보자!

4

앵무새, 독수리
'Think Different, Act Different'

앵커멘트는 어떻게 작성하는지 궁금했다. 같은 보도국에 있어도 앵커들이 어떻게 앵커멘트 쓰는지 앵커가 아닌 다른 기자들은 관심도 없고 알 필요도 없다. 편집부장 선배에게 물어보니 작가가 써주지는 않는다고 했다. 기자들이 쓴 원고를 그대로 읽든지 앵커 특성에 따라 약간의 수정하든지 하면 된다는 것이다. 나는 두 가지 모두 마음에 들지 않았다. 봉두완 앵커가 그랬듯이 나만의 독창적인 멘트를 하기로 했다. 나는 기자들이 작성한 원고를 기계처럼 낭독하는 아나운서가 아니지 않은가. 그렇게 하라고 앵커가 있는 것 아닌가.

그래서 컨셉을 새로 비유하면 '앵무새'가 아니라 '독수리'로 잡았다.

남이 쓴 원고를 영혼 없이 따라 읽는 '앵무새 형'이 아니라 뉴스를 뜯고 씹는 '독수리 형'으로 설정했다.

남이 쓴 원고를 영혼 없이 따라 읽는 '앵무새 형'이 아니라 뉴스를 뜯고 씹는 '독수리 형'으로 설정했다. 스티브 잡스처럼 "Think Different, Act Different' 하기로 했다. 잡스의 전기에 나온다. 애플의 중역이 잡스에게 자사 PC 신제품에 대해 설명하면서 장점만 나열했다.

"이 기능은 이래서 IBM보다 좋고 저 기능은 저래서 IBM보다 장점이 있습니다."

이때 잡스가 제지하면서 이런 식으로 지시했다.

"제품의 성능은 어느 회사나 비슷합니다. 소비자들은 '장점'보다 '다른 점'을 더 원합니다."

"제품의 성능은 어느 회사나 비슷합니다. 소비자들은 '장점'보다 '다른 점'을 더 원합니다."

잡스의 전기는 내가 앵커되고 나서 한참 뒤에 출간됐다. 그렇다고 내가 잘났다는 것은 아니다. 그냥 '남과 다르게 하자'는 생각을 하고 실천해보고자 했을 뿐이다.

5

시청자에게 말을 거는 앵커

대부분의 뉴스 진행자는 엄숙하다. 근엄하다. 연대장 포스다. 웃음기는 하나도 없다. 따라서 말투도 딱딱하다. 종결어미는 모두 '습니다'로 처리한다. 문어체다. 방송은 신문이 아니다. 말로 발표하면서 왜 문어체만 고집할까? 뉴스 진행자의 조상은 전부 문어인가? 나는 아닌데… 가장 큰 의문이 이것이었다. 시청자와 대화하듯이 말투를 바꾸고 싶었다.

이런 상상을 했다. 뉴스센터를 그 옛날 할아버지의 사랑방으로 생각하기로 했다. 사랑방에는 밤마다 동네 어르신들이 마실을 왔다. 등잔불을 밝히고 동네 어르신들은 화롯가에서 정담을 나눴다. 눈이 내리던 어느 겨울밤 나는 할머니가 마련한 밤참을 들고 사랑방에 들어갔다. 두부와 김치였다. 한 어른이 젓가락으로 두부 한 점을 집으셨다가 그만 화로에 빠뜨리고 망연자실한 표정을 지으셨다. 이때 할아버지가 화로에 빠져 재투성이가 된 두부를 젓가락으로 집어올리더니 그대로 입에 넣고 씹으셨다. 할아버지는 "들어가면 재나 두부나 다 똥되는 건데 왜 안 먹어?" 라고 말했다. 내 평생 잊지 못할 할아버지의 '어록'이다. 사랑방은 이런 곳이다. 이웃이 있고 정이 있고 해학이 있는 곳이다.

앵커석은 천장에서 쏟아지는 조명으로 환하다. 조명은 등잔불이다. 앵커석 앞에는 카메라 세 대가 서 있다. 이것은 화로라고 치자. 카메라 주변에 전국 시청자들이 그림자처럼 앉아 있다고 치자. 시청자의 그림자는 사랑방으로 마실온 마을 사람들이다. 나는 사랑방에서 동네 사람들에게 세상 돌아가는 얘기를 전해드리고 있다. 어린애부터 노인에 이르기까지 전부 다 모였다. 나의 어머니도 있다. 그래 어머니와 이웃들 앞에서 내가 직접 말하듯이 하자. 그러자면 말투부터 바꿔야했다. '…이랬습니다. …저랬습니다.' 하기가 오히려 어색했다. '‥습니다' 위주의 종결어미를 "했잖아요, 했거든요, 했는데요, 않았습니까?" 식으로 변화시켜야 했다. 읽듯이 말하는 '문어형'이 아니라 말하듯이 낭독하는 '대화형'으로 하자.

시청자들에게 말을 거는 앵커가 되기로했다.

시청자들에게 조심스럽게 말을 걸기 시작했다.

시청자들에게 조심스럽게 말을 걸기 시작했다.

"정부 과천 청사의 일부 공무원들이 퇴근 후에 다시 출근하고 있어요. 왜 그러는지 함께 보겠습니다."

"미 국방장관이 무리한 요구를 할 것 같은데요. 우리 국방부 장관님 준비 잘하셔서 협상 잘하시기 바랍니다."

6

사랑방 마인드 컨트롤 '대화형 멘트'

주말 뉴스 데스크 앵커를 하면 월요일은 쉰다. 오후에 전화가 한 통 걸려왔다. 문화일보 기자란다. 앵커 시작한 지 한달쯤 됐을 때다. 어떤 의도로 '습니다'로 안 하고, '있어요, 같은데요' 식의 '요, 까?' 종결어미를 사용하는지 물었다. 처음엔 이것 저것 그냥 묻는 줄만 알았다.

"잠깐만요. 지금 저를 취재하고 계신 건가요?"

"잠깐만요. 지금 저를 취재하고 계신 건가요?"
"네!"
누워서 전화받다 벌떡 일어나서 전화를 받기 시작했다. 시청자들과 대화하듯이 하고 싶어서 말투를 바꿨다고 했다. 이것 저것 꼬치꼬치 물었다. 나도 기자인데 내가 지금 취재를 당하는 것이다. 다른 사람들 취재만 하던 내가 생전 처음 취재를 당하다니 기분이 묘했다. 이후부터 나와 관련된 이야기는 예고도 없이 툭하면 지면에 등장했다.

다음날 아니나 다를까 문화일보에 방송란에 작은 박스 기사가 났다. 제목은 MBC 최일구 앵커가 '대화형 멘트'로 화제가 되고 있다는 것이다. 신문에 내 이야기가 실린 것이다. 신기했다. 한편으론 두려웠다. 내가 취재한 뉴스를 보면서 취재원이 얼마나 가슴 졸이며 뉴스를 봤을까하는 생각이 들었다. 기사를 신중하게 써야겠다는 다짐도 했다.

최일구 앵커는 '했습니다' 대신 '했어요'를 사용한다. 시청자 게시판을 중심으로 뜨거운 반응이 일고 있다. 공무원 야근비 챙기기 뉴스에서 "정부 과천 청사의 일부 공무원들이 퇴근 후에 다시 출근하고 있어요. 왜 그러는지 함께 보겠습니다." 한미 국방 장관 회담 소식에서는 "무리한 요구를 할 것 같은데 우리 국방부 장관님 준비 잘하셔서 협상 잘하시기 바랍니다"와 같은 의견을 최앵커가 덧붙였다. 뉴스데스크 게시판에는 "신선한 파격이다." "언저리 뉴스를 보는 것처럼 재미있었다. 같은 의견이 잇따랐다. 반면 일부 네티즌은 '낯설고 어색하다' 고도 했다." 이에 대해 최앵커는 "카메라를 고향에 계신 어머니라고 생각하고 서민의 마음을 헤아려 뉴스를 전하겠다는 소신을 갖고 앵커멘트를 작성하고 진행했을 뿐"이라고 말했다.

나는 특강할 때도 이 '사랑방 마인드 컨트롤'을 한다. 눈앞에 펼쳐진 공간과 청중의 규모는 상관하지 않는다. 넓든 좁든 많든 적든 그저 내 할아버지 사랑방에 청중이 모여 있다고 보는 것이다. 이같은 마인드 컨트롤은 심리적 안정감을 심어준다. 여러분에게도 '사랑방 마인드 컨트롤'을 적극 권한다. 이와 함께 잊지 말아야 할 점은 바로 문어체가 아닌 대화체로 발표하라는 것이다.

7

클로징 멘트는 국민이 듣고 싶은 쓴소리

마침 주말 뉴스데스크 시청률 1위가 된 것이 나에게는 큰 힘이 됐다. 내가 시도하는 새로운 진행방식과 시청률을 연관 짓지 않은 분석이 오히려 편했다. 만약에 시청률이 한달 전보다 오르지 않고 오히려 하락했다면 분명히 나에게 비난의 화살이 꽂혔을 것이다. 내가 한달간 형식을 깬 뉴스를 진행한 것이 시청률에 전혀 영향을 주지 않은 것이다. 더 용기가 생겼다. 계속해서 'Think Different, Act Different' 자세를 견지했다. 시청률이 다시 떨어져도 나와는 별로 상관없는 일이 된 것이다. 우리 뉴스의 품질에 문제가 있을 뿐이다. 몽니 부리듯이 용기를 냈다.

주로 클로징 멘트에 공을 많이 들였다. 이 클로징 멘트를 만들고 실제로 발표하기란 매우 어렵다. 잘못 말했다가는 논란에 휩싸일 수 있기 때문이다. 그래서 회사 내에서는 클로징 멘트 안 하기를 더 원했다. 그럼에도 불구하고 나는 하고 싶었다. 국민이 하고 싶은 소리를 내가 대신하는 것이다.

두 달째를 맞이하면서 처음으로 봉두완 앵커와 같은 풍자가 섞인 클로징 멘트를 해봤다. 대장금을 인용했다. MBC 드라마 대장금 시청률은 50%

대를 넘어섰고 대장금은 상징성이 있었다. 여야 정치권이 연일 난타전을 벌이고 있을 때였다. 그래서 이런 클로징 멘트를 했다.

"대장금은 맛있는 음식을 만들기 위해 노력하지 절대로 경연에서 이기기 위한 음식을 만들지 않습니다. 정치인들도 대장금처럼 국민에게 맛있는 음식을 만들어 바치겠다는 자세를 가질 필요가 있습니다. 주말 뉴스데스크 마칩니다. 시청해 주신 여러분 감사합니다."

"대장금은 맛있는 음식을 만들기 위해 노력하지 절대로 경연에서 이기기 위한 음식을 만들지 않습니다. 정치인들도 대장금처럼 국민에게 맛있는 음식을 만들어 바치겠다는 자세를 가질 필요가 있습니다. 주말 뉴스데스크 마칩니다. 시청해 주신 여러분 감사합니다."

다음날 임원회의에서 이 멘트가 화제가 됐고 이긍희 사장이 칭찬해줬다는 이야기를 국장으로부터 전해들었다. 뿌듯했다. 아 이런 거구나. 이것을 시작으로 자신감을 갖게 됐다. 한나라당의 대선자금 차떼기 보도가 연일 나오고 있었다. 나도 화가 났다. 정치권의 이런 구태에 염증을 느낀 시청자들의 속이 답답하고 꽉 막혔을 것 같았다. 가만히 있을 수 없었다. 국민이 듣고 싶어하는 쓴소리를 쏟아냈다. 막힌 속을 뻥 뚫어 드리고 싶었다.

"본의 아니게 또 땡전 뉴스를 보내드립니다. 옛날 '땡 전'이 아니라 돈 전자 '땡전' 뉴습니다."

"한나라당 사무총장이 대선 자금 차떼기 사건에서 추가로 밝혀진 몇 억은 푼돈이라고 했다네요. 큰돈은 차떼기로 받고 그럼 푼돈은 오토바이 퀵서비스로 받습니까? 뉴스데스크 마칩니다."

이런 클로징 멘트 하나 하는데 많은 시간이 소요됐다. 노골적으로 했다가는 정치권으로부터 역풍을 맞을 것이고 하나마나한 소리는 해봤자 효과도 없을 것 같았다. 절충안이 바로 은유와 풍자로 쓴소리를 하는 것이었다. 그런데 이런 멘트가 금방 만들어지지가 않았다. 어떤 때는 하루 종일 클로징 멘트 작성하는데 시간을 보내기도 했다. 시청자 게시판에 속시원하다는 반응이 올라왔다. 처음이었다. 이전에는 화제가 대화형 '말투'였으나 이제 '내용'으로 바뀌어 갔다.

이름 : OOO 조회 100
뉴스데스크 마지막 멘트 속이 좀 트이네요..

이름 : OOO 조회 234
중요 프로그램 시간에 그나마 정치인들을 꼬집는 거 같아 참으로 고맙게 생각합니다. 앞으로도 잘못된 점은 그런 식으로나마 지적을 해줄 수 없는지. 앞으로도 mbc 뉴스데스크의 따끔한 일침을 부탁드립니다. 속 타고 머리가 어지럽네.. 정치판 보면… 그럼 앞으로도 수고 부탁드립니다.

이름 : [HOTY77] 조회 96
뉴스데스크 마칠 때 아나운서 말씀 시원하네요. 네티즌 이메일이라고 소개시켜 주신 점 감사드립니다. 인터넷에서 활동하는 사람들이 기분이 처지고 의욕이 없었는데, 다시 힘을 내서 이 나라의 기둥이 되도록 노력하겠습니다.

8

보도국 내 갑론을박

신문, 인터넷, 보도국 게시판에는 나의 멘트에 대해 갑론을박이 이어졌다. MBC 주말 뉴스데스크 최일구 앵커 '파격 말투' 화제. 기존의 엄숙한 앵커멘트의 형식을 파괴했다. 뉴스 멘트가 말랑말랑해졌다. 주말엔 최일구 앵커 말투 들으면서 웃으면서 본다. 주말뿐이지만 즐겁게 뉴스를 시청한다. 저녁 먹으면서 뉴스 보다 밥알이 튕겨 나왔다. 뉴스 보고 서너 번은 웃었습니다. 다음 주도 기대합니다.

그러나 맘에 안 든다는 지적도 많았다. 앵커의 말투와 진행에 거부감을 드러내는 시청자들은 게시판에 불만을 표시했다. 어떤 시청자는 "우리나라에서 '-요'는 공적인 자리에서 쓰지 않는다." "불황이라 동전도 덜 찍어낸다네요." "오해는 마세요." 등과 같은 멘트는 뉴스에서 어울리지 않는다고 했다. 다른 네티즌은 "솔직히 편안한 분위기보다는 앵커의 자질 부족으로 해석되기 쉽다. 부디 그런 말투 사용을 자제하기 바란다."고도 했다. 어떤 분은 "최근 MBC 9시 뉴스는 형식의 틀을 깨려는 시도를 보여주고 있다. 이같은 파격적 행보는 변화가 진행형이라는 점에서 긍정적이지만 내실면에서도 변화가 뒤따랐으면 한다."고 당부했다.

그러나 외부의 시선보다 내부의 시선이 더 신경 쓰였다. 어떤 선배는 노골적으로 "야 너. 왜 품격 떨어지게 뉴스에서 자꾸 '요, 까'이런 말투를 쓰냐?" 또는 "뉴스 갖고 장난 치는 것 같다."고 했다. 내가 시청률 높여 보려고 대화하듯이 하려고 하는 거라고 설명해도 못마땅해했다.

심지어 나에게 주말 앵커를 적극 추천했던 보도국장도 주변에서 말을 많이 들었는지 나를 국장실로 호출했다.

"최차장. 클로징 멘트하는 건 어느 정도까지는 좋은데 말이야. 그날 뉴스에 소개되지도 않은 것을 소재로 삼지는 말게나."

물론 가끔 괜찮다고 말해주는 동료, 후배도 있었다.

1968년 멕시코시티 올림픽에서 높이 뛰기 종목에 출전한 미국의 한 무명 선수가 몸을 뉘어 바를 넘는 신기술을 선보였다. 2m 24cm라는 올림픽 신기록을 세우며 금메달을 땄다.

이전까지는 모든 선수들이 바를 정면으로 보고 뛰었지만, 이 선수는 바를 등지고 도약했다. 배면도(背面跳)라는 신기술이 세상에 처음 선보인 것이다. 신기술로 금메달을 따내자 전세계가 깜짝 놀랐다.

포스베리(Richard Douglas Fosbury)라는 무명 선수였다.

이 기술은 높이뛰기 종목에 일대 혁명을 일으켰다. 지금은 포스베리의 이름을 따서 '포스베리뛰기(Fosbury flop)'로 통용된다. 포스베리의 배면뛰기는 정면으로 도약하는 것보다 무게 중심을 끌어올려 더 높이 뛸수 있게 만들었다. 당시 그 운동장에 있던 각국 선수들과 8만여 관중, 기자들은 포스베리의 도약 방식이 우스꽝스럽다며 변화를 무시했다고 한다.

하긴 어느 분야나 변화에는 진통이 따르는 법이니까.

9

리더, 위너, 루저

앵커를 하면서 이렇게 신문에 기사가 나고 네티즌들이 댓글 다는 사태에 직면할 것이라고는 꿈에도 생각 못했다. 더욱이 사내(社內)의 반응은 나를 얼어붙게 만들었다. 풀이 죽었다. 한동안 클로징 멘트를 안 했다. 내 안에서 이런 생각이 떠올랐기 때문이다.

'일구야. 네가 대화형 멘트로 뉴스 진행한다고 월급이 더 오르는 것도 아니야. 괜히 여기 저기서 말만 시끄럽게 나오잖아. 이 사람 저 사람 눈치나 봐야 하고. 안 그래? 그냥 다른 사람 하던 대로 해.'

몇 주간 근엄모드로 돌아갔다. 그러자 네티즌들 사이에서 또 갑론을박이 이어졌다.

"전처럼 안 하니까 뉴스 보는 재미가 없다."

"최일구가 겁먹었다."

"튀는 멘트 안 하니까 오히려 보기가 편하다."

이래도 문제, 저래도 문제였다. 생각을 바꿨다. 초심으로 돌아갔다. 처음 시작할 때 차별화된 뉴스 진행으로 '시청률 1등'이라는 '변화'를 만들고 싶었는데 두 달만에 뜻을 접는 내가 비겁해 보였다. 앞으로는 누가 뭐라고 하든 내 방식대로 밀고 나가보기로 했다.

우리는 살면서 누구나 변화를 모색한다.

변화를 일으키면 '리더'가 되고 변화를 받아들이면 '위너'가 된다. 변화를 거부하면 '루저'다. 그런데 변화를 거부하는 이유는 뭘까?

변화를 일으키면 '리더'가 되고 변화를 받아들이면 '위너'가 된다. 변화를 거부하면 '루저'다. 그런데 변화를 거부하는 이유는 뭘까?

사람은 누구에게나 '두려움과 공포'가 마음속 깊은 곳에 자리잡고 있다. 이 두려움은 내가 어떤 변화를 이뤄내려고 할 때 불쑥 불쑥 찾아온다. 특히 침대에 누워 잠을 청할 때 가장 많이 찾아온다.

"너는 그거 못해낼 거야. 사람들이 조롱하고 비웃을 거야. 그러니 당장 때려쳐!"

두려움의 속삭임에 굴복하면 '루저'다. 따라서 우리가 변화를 하려면 '두려움'을 물리쳐야 한다. '두려움'의 천적은 '용기'다. 마음속엔 두려움만 살지 않고 '용기'도 산다. '용기'를 불러내 '두려움'을 떼버려야 한다.

'두려움'은 기생충이다. 사탄이다. 구충제를 먹고 기생충을 몰아내야 원기가 회복되듯이 '두려움'을 없애야 변화를 위한 행동에 나설 수 있다.

내 삶의 '위너'가 되고 싶다면 '두려움'을 버리고 '변화'를 받아들여라. 미국 대통령 프랭클린 루즈벨트는 국민에게 '변화'를 불러일으켰다.

"진짜 두려움은 두려움을 만들어 내는 상상력입니다."

이래서 미국을 중흥시켰다. 그는 그래서 '리더'다.

나는 다시 '루저'와 '위너'의 갈림길에서 '위너'의 길을 선택했다. '위너'가 되기로 다시 마음을 다잡았다. 그러자 이렇게 정리가 됐다.

"다들 내 방식이 도저히 맘에 안 든다고 하면 이까짓 앵커 그만두면 될 일이다. 앵커는 보직에 불과하다. 앵커 안 한다고 해고당하는 게 아니다. 다른 보직을 맡으면 되는 것이다."

연말 연시를 앞두고 국회가 마침 방탄국회한다고 시끄러웠다. 새해를 맞아 대학 등록금도 인상된다는 뉴스도 나왔다. 다시 클로징 멘트를 시작했다.

"국회가 또 방탄국회를 추진한다고 법석을 떨고 있네요. 글쎄요 국민이 그거 좋아할까요? 오늘 데스크 생각입니다. 그러지 말고 국회의원들에게 방탄조끼를 하나씩 나눠주면 방탄국회 필요 없는 것 아닙니까?"

"깨끗한 정치하자고 만든 법을 또 완화하자고 하면 어쩌자는 겁니까? 이런 거나 하라고 국회의원 시켜준 것 아닙니다."

"올해 대학 등록금과 고교 수업료가 대폭 인상된다네요. 지갑은 얇아지는데 공공 요금 오르죠. 등록금 오르죠. 서민들은 갈수록 허리만 휘어집니다."

"축구 국가 대표팀이 오늘 오만을 5대 0으로 이겼습니다. 오만을 이겼다고 오만해져서는 안 됩니다."

새해 들어 기자협회보는 보도형식 파괴에 '시선집중'이라는 제목의 기사를 실었다. 대전일보의 일인칭 독백기사와 묶어서 '대화형 뉴스'를 이렇게 분석했다.

"작년 10월부터 최앵커의 진행 방식에 대한 네티즌들의 찬반 의견이 꾸준히 올라오고 있다. 이에 대해 최일구 앵커는 "비판이 있는 것도 사실이지만 시청자의 80%는 호의적인 반응을 보이고 있다."며 "탈권위라는 시대적 흐름에 맞춰 뉴스가 근엄해야 한다는 편견이 사라지고 있는데 따른 결과인 것 같다.""

국민일보는 채널 산책이라는 코너에서 '시사보도, 변해야 산다!'는 제하의 기사를 실었다. 시인 겸 방송작가의 칼럼이다.

언저리 뉴스에서 한 수 배워온 것일까. 요즘 MBC주말 뉴스데스크의 남자 앵커 멘트는 언저리 뉴스 앵커멘트 못지 않다. "아..네.. 그렇다네요. 글쎄요" 식의 자유로운 일상어투에서 "방탄 국회의원들한테 방탄조끼 입히면 어떨까요?" 같은 개그식 마무리까지 근엄하고 권위적인 느낌의 메인뉴스 앵커로서는 파격적인 멘트를 구사하고 있다. 격의 없는 멘트의 느낌이 좋다. 그러나 그것이 그저 한 앵커의 개성에 의한 일시적인 파격인지, 작지만 뉴스의 변신을 알리는 시도인지 예의주시해 보겠다.

멘트에 대한 분석이 '말투', '내용'에서 이제 '탈권위'로 변하고 있었다.

멘트에 대한 분석이 '말투', '내용'에서 이제 '탈권위'로 변하고 있었다.

10

숙시원하다 vs 뉴스가 쇼냐

2004년은 17대 국회의원 총선이 있는 해였다. 새해 벽두부터 국회가 시끄러웠다. 틈만 나면 나는 국회를 서부영화 'OK 목장의 결투'를 빗대서 멘트를 했다. 여의도 국회를 'OK 목장'으로 국회의원은 '목동', '머슴'으로 일컬었다. 후보 시절엔 '머슴'시켜 달라며 온갖 아양을 떨다가 막상 배지만 달면 '상전'으로 돌변하는 그들의 행태에 일침을 가하고 싶었다. 반복적인 멘트로 시청자들에게도 '국회의원'은 그저 '머슴'에 불과하다는 것을 세뇌시키고 싶었다. 이제는 클로징 멘트뿐 아니라 뉴스에도 내 생각을 집어넣었다. 뉴스에 왜 앵커의 의견을 반영하느냐는 질타가 있었지만 '용기'를 갖고 실천에 옮겼다.

"내일 오후 2시 여의도 목장에 큰 싸움이 일어날 것 같습니다."
"어제는 각종 세금 오른다고 했는데 오늘은 서민 물가가 또 오른다는군요. 여의도 목장 목동들이 이런 일이 있다는 걸 알고나 있으면서 싸우는지 모르겠습니다."

"여의도 목장의 카우보이들이 목장 떠났다고 지난주에 말씀드렸잖습니까? 목동으로 취직시켜준 우리 국민을 우습게 아는가 보죠. 뭐!"

4월에 17대 총선이 치러졌다. 다음날 주말 뉴스에서 나는 이렇게 말했다.

"17대 당선자들은 오늘 하루 거리로 나가서 당선사례를 했습니다. 유권자들은 한결같이 깨끗하고 희망을 주는 정치 좀 해달라고 요구했습니다. 299명 당선자 여러분. 제발이지 싸우지 마세요. 머슴들이 싸움하면 그 집안 농사 누가 짓습니까."

"17대 당선자들은 오늘 하루 거리로 나가서 당선사례를 했습니다. 유권자들은 한결같이 깨끗하고 희망을 주는 정치 좀 해달라고 요구했습니다. 299명 당선자 여러분. 제발이지 싸우지 마세요. 머슴들이 싸움하면 그 집안 농사 누가 짓습니까."

어릴 적 고향 안성에는 머슴을 두고 농사 짓는 집도 있었다. 그런데 머슴이 새경을 놓고 주인과 틀어지면 며칠씩 가출했다가 돌아오거나 술에 취해 다른 집 머슴과 싸움을 벌이기도 했다. 그러면 그 집안 한 해 농사는 망친다. 국가의 머슴들인 국회의원들도 마찬가지다. 그 기억이 떠올라 17대 국회의원들에게 싸움하지 말고 국민 잘 섬기라고 힘주어 말했다.

17대 총선 직후 "머슴들아 싸우지 마라."고 한 말은 사람들로부터 많은 공감을 얻었다. 여러 매체에서 기사로 다뤘다. 동아일보는 방송면에 내 사진까지 게재하면서 제법 큰 박스기사를 썼다. 제목은 MBC 최일구 앵커의 '파격 멘트' 두 반응.

"속 시원하다" vs "뉴스가 쇼냐"

4월 30일자 기사 내용이다.

> 정부, 기업, 정계는 최앵커의 표적이다. 최앵커는 뉴스 진행 도중에 자신의 생각을 직설적으로 내뱉는다. 이 스타일에 대해 시청자들은 "속시원하다" "뉴스가 쇼냐"며 엇갈린 반응을 보이고 있다. 최 앵커는 "평범한 시청자들이 공감할 만한 범위 내에서 개인적 견해가 들어간 멘트를 한다. 실제로 그는 평범한 사람들의 공분(公憤)을 살 만한 힘있는 대상을 비판하는 경우가 많다.

11

나는 '쇼하지 않았다'

"뉴스의 기본은 사실을 객관적으로 전달해 시청자들에게 판단의 기회를 주는 것이지 앵커의 판단을 전달하는 것이 아니다. 앵커가 뉴스 프로그램 전반을 지휘하는 외국과 달리 기자들의 취재 내용을 전달하는 국내 앵커 시스템에서 앵커의 논평은 자제돼야 한다."

모 대학 신방과 교수가 나의 앵커 멘트에 대해서 코멘트를 했다. 반은 맞고 반은 틀린 평가다. 맞는 지적은 "뉴스의 기본은 사실을 객관적으로 전달해 시청자들에게 판단의 기회를 주는 것이다."이다. "앵커의 판단을 전달하는 것이 아니다."는 틀린 지적이다. "외국과 한국은 앵커 시스템이 다르기 때문에 논평은 자제돼야 한다."는 것도 동의할 수 없다. 뉴스를 앵커가 전달하는 방법에 '원칙'은 없다. 존재하지도 않는다. 여기서 '외국'은 아마도 미국을 염두에 둔 것 같다. 앵커의 효시가 미국이고 뒤이어 일본, 한국이다.

한국 앵커는 논평을 자제하라고 한다. 이를 뒤집어 보면 미국 앵커는 논평을 해도 된다는 말인가? 사대주의적 발상으로 보인다. 미국 앵커나 논평하는 것이지 한국 같은 조무래기 앵커들이 감히 의견을 내냐는 소리로밖에 안 들린다. 권위주의적 발상이다.

그런데 미국 앵커들은 논평해도 된다는 주장은 자가당착이다. "뉴스의 기본은 앵커의 판단을 전달하는 것이 아니다."는 논리와도 배치된다. 이 논리라면 전세계 앵커들은 절대로 '자기 생각'을 발표해서는 안 된다.

1950년대 미국 매카시즘의 광풍에 맞서 싸웠던 CBS앵커 애드워드 머로는 연좌제의 희생양으로 공군에서 강제 전역당한 마일로 라둘로비치 사건을 보도했다. 그 전까지 애드워드 머로는 사실보도 외에 사건에 대한 논평을 하지 않았다고 한다. 이 보도 이후 그는 항상 클로징 멘트를 이렇게 했다.

"Good night, and good luck! (오늘 밤도 안녕히 주무시고 행운이 함께 하기를 기원합니다.)"

"Good night, and good luck! (오늘 밤도 안녕히 주무시고 행운이 함께 하기를 기원합니다.)"

공포의 시대를 사는 시청자들의 안녕을 기원하는 간절한 바람이다. 애드워드 머로는 부당한 사건이 벌어지고 있을 때 어느 누구의 편도 들지 않는 것은 불가능하다는 신념을 바탕으로 뉴스를 했다고 한다.

미국 CBS의 월터 크롱카이트는 미국인들이 가장 신뢰하는 앵커라고 한다. 그는 미국의 베트남전 현장을 취재했다. 참담한 현실과 미군 지휘관의 근거없는 낙관론 사이에서 자신이 택해야할 방향을 새삼 다짐했다. 그는 귀국한 뒤 이렇게 클로징 멘트를 했다.

"이 참담한 전쟁은 끝내야 합니다."

이에 대해 어떤 책에서는 월터 크롱카이트가 '주장 저널리즘'을 시작했다는 평가를 내렸다. 월터의 현장 취재 보도와 "전쟁은 끝나야 한다."는 한마디는 미군의 베트남전 개입을 돌아보게 하는 도화선이 됐다. 미국인들은 월터 크롱카이트를 '월터 아저씨(Uncle Walter)'로 부른단다.

우리 한국 사회에서 애드워드 머로, 월터 크롱카이트와 비견될 저널리스트는 누구일까? 나보고 꼽으라면 주저없이 JTBC의 손석희 앵커다.

> 우리 한국 사회에서 애드워드 머로, 월터 크롱카이트와 비견될 저널리스트는 누구일까? 나보고 꼽으라면 주저없이 JTBC의 손석희 앵커다.

지상파 3사와 다른 종편이 가급적 축소 또는 외면하는 의제를 끄집어낸다. 세월호 사건에서 그는 팽목항에서 한달간 현지 진행했다. 이후에도 손앵커의 자세는 흔들림이 없다. 많이 힘들 것이다. 그에게 격려의 박수를 보내며 나도 손앵커를 이렇게 부르려 한다.

'Uncle Hand – 손 아저씨'.

우리나라도 '주장 저널리즘'은 70년대부터 있어왔다. 앞서 봤던 봉두완 앵커가 그랬다. 87년 전두환 대통령의 4.13 호헌 조치가 발표됐다. 헌법을 바꿔서 다음 대통령부터는 직접선거로 뽑자는 국민적 요구를 거부한 것이다. 그냥 현행 헌법으로 장충체육관에서 통일주체국민회의 대의원들의 투표로 간접선거 방법으로 뽑겠다는 것이다. 독재정권이 빼앗은 국민의 투표권을 돌려주지 않겠다는 것이다. 이날 MBC의 9시 뉴스 중간에서 이런 해설이 방송됐다. 대통령이 '고뇌에 찬 결단'을 했다며 특유의 '주장 저널리즘'을 펼쳤다.

"오늘 대통령의 특별담화는 무엇보다도 단임 실천으로 헌정 사상 최초의 평화적 정부 이양을 기필코 수행하고 올림픽을 성공적으로 수행함으로써 선진 민주 국가를 창조해야 되겠다는 국정 최고 책임자의 고뇌에 찬 결단을 담고 있습니다."

이 4.13 호헌조치는 재야에서 '민주헌법쟁취 국민운동본부' 결성을 촉발시켰다. 두 달 뒤엔 87년 체제라는 6.10민주항쟁이 전국에서 불길처럼 번지게 됐다.

내가 뉴스를 진행하고 나면 입방아에 자주 올랐다. 그런데 모든 뉴스 아이템을 소개할 때마다 이렇게 하지 않았다. 평일 뉴스는 일주일에 5일 하면서 매일 30개 정도의 아이템을 소화한다. 반면에 주말 뉴스는 시간이 짧아 보통 16개 아이템을 처리한다. 남녀 앵커가 공동의 분량을 진행하기 때문에 내가 소개하는 뉴스는 8개 안팎이다. 그리고 클로징 멘트다. 이 8개 아이템 중에서도 두 개 정도만 내 생각을 전했다. 만약 내가 뉴스를 쇼로 만들 의도였다면 8개 전부에 내 판단과 의견을 냈을 것이다. 그렇게 했다면 쇼가 맞다. 물리적으로 하기도 힘들다. 나는 그날 뉴스 앵커멘트를 준비하면서 두 개 정도만 골라서 타겟으로 삼았다.

몇 시간씩 한마디를 위해 줄담배를 피워가며 고민했다. 명예훼손이나 오보가 되지 않도록 취재기자나 해당 데스크와도 상의했다. 나는 나 스스로를 앞세우기 위해 튀는 멘트를 하지 않았다. 그래서 나는 뉴스진행하면서 쇼하지 않았다. 뉴스의 품격을 최소한 유지하는 선을 고수하면서 '고뇌에 찬 멘트'를 했을 뿐이다.

12

이미지의 배반

지인들의 격려 문자가 쇄도했다.

"나도 오늘부터 만두 먹으련다. ㅋ ㅋ"

"민들레 좋았어요."

"정말이지 일본 사람들 우기지 말게 해주세요."

나는 뉴스를 진행하면서 마음껏 내 방식만의 '언어'를 쏟아냈다.

그러나 이 멘트는 네티즌들로부터 비난을 사기도 했다.

"그래도 저는 냉면 먹겠습니다."

"그래도 저는 냉면 먹겠습니다."

냉면 육수에 식중독균 득실이라는 기사는 어릴 때부터 여름철이면 등장하는 단골 손님이다. 이런 뉴스 내보내봐야 냉면집 주인들만 장사가 안 될 것 같았다. 냉면 먹다 식중독에 걸릴 우려가 있다는 앞 뉴스가 끝나자 마자 "그래도 저는 냉면 먹겠습니다."라고 했다. 르네 마그리트의 '이미지의 배반'과 같은 셈이다. 벨기에 초현실주의 화가 르네 마그리트는 담배 파이프를 그려놓고 "이것은 파이프가 아니다."라는 문구를 넣었다. 이미지와 대상, 언어와 사고 사이의 관계를 뒤집어 놓는 것이다.

프랑스 화가 마르셀 뒤샹은 날마다 사용하는 기성 산업제품을 예술이라는 고상한 차원으로 끌어올렸다. 남성용 소변기를 'Fountain(샘)'이라는 작품으로 선보였다. 레오나르도 다빈치의 '모나리자'를 패러디한 작품도 있다. 뒤샹은 루브르 미술관에서 모나리자 기념엽서를 한 장 사서 얼굴에 콧수염을 그려 넣고 작품으로 출품했다. 제목은 'L.H.O.O.Q.' 프랑스어로 읽으면 '엘 아쉬 오 오 퀴'로 빨리 읽으면 "그녀는 뜨거운 엉덩이를 가졌다."라는 뜻이란다. 그가 작품을 내놓을 때마다 화단(畵壇)에서는 비난 일색의 반응이 나왔고 그의 작품은 논란의 중심에 서야 했다.

나 역시 "그래도 냉면 먹겠다."는 한마디로 논란의 중심에 서야 했다. 시청자 게시판에는 항의성 글이 올라왔다.

"저 앵커 미친 사람 아닙니까? 식중독균에 감염될 위험이 있다고 해놓고 그래도 냉면 먹겠다는 게 말이 됩니까?"

"뉴스에서 장난 치는 겁니까?"

그러나 여의도 내 단골 냉면집 주인은 좋아했다. 뉴스에서 '냉면' 멘트 한 것을 봤단다. 그러면서 고맙다고 했다.

"냉면에 식중독균 나온다는 뉴스 보면서 올여름 장사 망쳤다고 생각했는데 최앵커가 그래도 냉면 먹겠다고 해서 힘을 내고 있습니다."

마르셀 뒤샹은 혹시 이런 생각한 것 아닐까? 작품이 꼭 권위 있어야만 하는가. 장난 치는 듯한 것은 왜 작품이 안 될까? 그는 훗날 현대 전위미술의 개척자로 우뚝섰다. 지금은 그가 태어났던 시대보다 100년 이상 지났다.

13

인지부조화

나는 지금도 시청자들의 반응 중에 이해가지 않는 것이 있다. '안전'은 우리 생활에서 중요한 분야다. 하루에도 수많은 안전 관련 사건 사고들이 일어난다. 이런 일이 재발되지 않도록 경각심을 주기 위해 다음과 같은 멘트를 했다.

"고철 모으기 운동까지 벌어지는 가운데 한쪽에서는 맨홀 도둑이 기승을 부리고 있습니다. 사고 위험이 큽니다. 훔쳐 가신 분들 빨리 제자리에 갖다 놓으시기 바랍니다."

"항공기 상대로 장난 전화하면 큰일나니까 장난전화하지 마세요. 징역 3년입니다."

"엘지전자 압력밥솥이 최근 전국에서 펑펑 터지고 있지 않습니까? 엘지전자 밥솥 쓰시는 분들, 지금 당장 모델 확인해서 빨리 바꾸시고 5만 원도 받아가세요."

그런데 이런 멘트가 웃긴다고 하는게 웃긴다. 나는 시청자들에게 정보를 제공했을 뿐이다. 사회부 기자하면서 뚜껑 없는 맨홀로 차가 빠지는 사고를 취재한 경험이 떠올랐다. 60년대엔 서울 시내에 맨홀 뚜껑이 예산 부족으로 없는 곳이 많았다. 여름날 서울 시내에 폭우가 쏟아지면 물길에 맨홀 속으로 휩쓸려 빠져죽는 어린이들도 많았다는 사실도 그때 알았다. 당시엔 예산부족으로 맨홀 뚜껑을 설치하지 못한 곳이 많았다. 이처럼 맨홀 뚜껑은 아무것도 아닌 것 같지만 인명 피해가 날 수 있는 중요한 안전시설인 것이다. 이 맨홀 뚜껑을 훔쳐가는 사람은 '좀도둑'이 아니라 '살인자'인 셈이다. 그래서 빨리 갖다 놓으라고 했다. 뉴스 도중 이 멘트를 했더니 뉴스센터 카메라 감독이 갑자기 '큭큭'대며 웃었다. 멘트 끝나고 관련 리포트가 나갈 때 감독에게 물어봤다. 이때는 말을 해도 된다.

"감독님! 안전사고 날 것 같으니까 맨홀 뚜껑 갖다 놓으라고 한 건데 그게 웃겼어요?"

"죄송합니다. 웃어서. 근데 웃기는 걸 어떡해요?"

대한항공 여객기에 폭발물을 설치했다고 협박 전화한 사람이 검거된 뉴스다. 잡고보니 장난 전화였다. 장난이라도 여객기의 안전을 위협하는 일은 더 이상 일어나서는 안 된다는 점을 강조하고 싶었다. 대한한공 홍보실에 알아봤다. "장난 전화라도 최고 징역 3년까지 받을 수 있다."는 것이다. 글이나 말이나 짧게 끊는 게 최고다. 긴소리 안 하고 "징역 3년입니다."라고 했는데 이게 또 웃긴다고 하니 웃긴다.

압력밥솥 신고하고 5만원도 받아가시라는 멘트도 마찬가지다. 나는 전혀 웃기려고 한 멘트가 아니었다. 당시 LG전자는 신문 전면 광고까지 해가면서 해당 제품의 '리콜'을 실시하고 있을 때였다. 리콜 광고에 "신고

하는 고객에게 5만원 드립니다."는 문구가 선명하게 보였다. 나는 이 중요한 정보를 관련 뉴스를 소개하는 김에 알려드린다는 생각뿐이었다. 그런데 웃긴다는 것이다.

페스팅거(Festinger)의 인지부조화(認知不調和 cognitive dissonance)다. 인지부조화는 신념과 행동이 불일치되는 상태를 말한다. 예를 들어 담배가 몸에 해롭다는 신념을 갖고 있으면서 실제로 흡연을 하는 상태를 말한다. 인지부조화가 발생한다. 뭔가 찜찜하고 불편하다. 평형 상태를 유지하려는 경향 때문이다. 자기합리화를 해야 한다. 신념을 바꾸거나 행동을 바꿔야 마음이 편안해진다. 혹자는 실제로 행동으로 옮겨서 금연한다. 그렇게 못하는 사람은 신념을 바꾼다. '흡연은 정서적 안정을 위해 필요한 것'이라며 흡연을 계속한다. 이를 통해 인지조화를 이뤄 편한 감정을 느낀다. 보통은 '행동'보다는 '신념'을 바꾸게 되는 경향이 있다고 한다.

나는 앵커멘트에 대한 신념이 '정보를 드린다'인데 '행동'은 '웃기고 있다'로 나타났다. 여기서 부조화가 생겼다. 나는 행동보다 신념을 바꿨다.

'시청자들이 웃기고 있다고 해도 이대로 계속 가자. 나의 멘트는 팩트가 틀린 것이 없는 정보가 맞기 때문이다.'

'시청자들이 웃기고 있다고 해도 이대로 계속 가자. 나의 멘트는 팩트가 틀린 것이 없는 정보가 맞기 때문이다.'

14

'만두, 냉면' 먹다가 실검 1위

어느 날 오후 뉴스 준비를 하다 담배를 피우기 위해 야외 흡연실로 갔다. 일본에서 취재팀 코디네이터를 하는 친구로부터 전화가 걸려왔다. 인사말이고 뭐고 생략하고 다짜고짜 나에게 물었다.

"야. 너 어제 뉴스하다가 만두시켜 먹었다는 멘트했나?"

"그래 했지. 그런데 그걸 일본에 있는 네가 그걸 어떻게 아나?"

"어떻게 알긴. 인터넷 야후코리아에 지금 실시간 검색어 1위로 '최일구 만두'가 올라왔으니까 알지."

"뭐야?"

전화를 끊고 자리로 돌아와서 검색해보니 정말이었다. 야후만 실검에 오른 게 아니라 다음, 네이버에도 올라 있었다. 전날 밤 뉴스에서 "저희들도 저녁 때 만두시켜 먹었습니다."라고 했던 멘트였다. 이 멘트의 의도는 '이렇게 깨끗한 손만두는 드셔도 됩니다.'였다. 관련 기사가 한두 개 올라와 있는 것은 알고 있었는데 실시간 검색어에 오를 줄은 몰랐다. 내 기사가 매체에 등장하는 것은 제법 익숙해졌는데 실시간 검색어에까지 오르니 당황스러웠다.

영국 시인 바이런은 유럽 여행을 마치고 쓴 〈차일드 해럴드의 편력〉으로 "자고 일어나보니 유명해졌다."라고 말했다. 나는 '만두와 냉면' 먹다보니 유명해졌다.

영국 시인 바이런은 유럽 여행을 마치고 쓴 〈차일드 해럴드의 편력〉으로 "자고 일어나보니 유명해졌다."라고 말했다. 나는 '만두와 냉면' 먹다보니 유명해졌다. 그러나 바이런이 갑자기 유명해진 것은 아니다. 그는 첫 시집을 자비(自費)로 내야할 만큼 문단과 독자들로부터 인정받지 못했다. 한쪽 다리를 저는 장애인이었다. 그는 이런 역경 속에서도 굴하지 않았다. 끊임없이 고뇌하면서 외롭게 시를 썼다. 결코 자고 일어났더니 유명해진 것이 아니다. 때가 된 것이다. '명성'은 저절로 얻어지는 게 아니다. 온갖 어려움 속에서도 용기를 잃지 않고 목표를 향해 걷는 자에겐 눈물겨운 스토리가 있다. 그런 눈물을 흘려본 자만이 '명성의 월계관'을 쓸 수 있다.

평일 앵커인 엄기영 선배가 여름휴가를 가면서 내가 평일 뉴스도 진행했던 적이 있다. 평일 뉴스는 분량이 많다 보니 앵커멘트 손보는데 시간도 배로 걸렸다. 힘들었다. 훗날 엄 선배가 주재한 술자리에서 대타 출격 때의 고충을 토로했다.

"일주일 해보니까 정말 힘들던데요. 뉴스도 길고요. 엄선배는 그 힘든 일을 어떻게 오래하실 수 있어요?"

말이 끝나기 무섭게 선, 후배들의 시선이 나에게로 쏠렸다. 이렇게 말한 나도 이상했다. 마치 너무 앵커 오래하는 것 아니냐로 와전되는 분위기였다.

"아니 엄선배 그게 아니고요…… 제가 일주일 해보니까 너무 힘들었다는 얘기를 강조한 것입니다."

15

내가 사인을 하는 이유

많은 사람들이 내 얼굴을 알아보기 시작했다. 점심때 동료와 여의도 식당을 가는 길에 나를 힐끗 힐끗 쳐다보는 사람들이 생겼다. 나는 전혀 모르는 사람들이 나를 알아보자 처음엔 우쭐한 마음이 앞섰다. 그러나 점점 많아지면서 무서워졌다. 불편했다. 내가 길거리에서 함부로 담배를 피울 수도 없었다. 급하다고 횡단보도 신호를 무시하고 급히 뛰어건너는 것도 꺼려졌다. 휴일에 움직일 때면 운동모자는 필수가 됐다. 안경점에 들러 돗수 없는 뿔테 안경을 구입해서 썼다. 이런 안경만 세 개가 있다. 검은 선글라스를 써봤지만 이건 오히려 역효과다. 더 잘 알아본다. 여의도에서만 그런 게 아니었다. 지방에 출장을 가도 제주도부터 강원도까지 알아보는 사람은 나를 다 알아봤다. 소위 '공인'이 된 것이다. 공인이라는 진실은 불편하다. MBC에 출연하기 위해 여의도 사옥을 찾는 연예인들의 차는 전혀 내부를 들여다볼 수 없게 검정색으로 선팅이 돼있다. 그 이유가 이젠 이해됐다.

나에게 '사인'을 해달라는 시청자도 있었다. 신체검사를 위해 여의도 성모병원에서 수면내시경 준비를 했다. 침대에 누워 차례를 기다리고 있는데 간호사가 다가왔다. 그런데 나에게 차트판을 내밀면서 "사인 좀 해주세요."라고 했다. 차트판에 깨끗한 A4용지 한 장이 보였다. 생전 처음 사인해달라는 요청을 받았지만 거절했다. 사인을 해준다는 게 건방져 보였다. "제가 연예인도 아닌데 무슨 사인을 해요? 됐습니다."라고 제법 정중하게 말을 건넸다. 20대 초반의 간호사였다. 밝게 웃으며 나에게 다가왔던 간호사는 실망했다는 쓸쓸한 표정을 지으며 차트판을 거둬들고 돌아섰다. 이 0.1초 찰나의 간호사 얼굴 표정은 지금도 생생하다.

뭔가 일이 잘못됐다고 직감했다. "간호사님. 잠깐만요. 사인해드릴게요. 저는 건방져 보일 것 같아서 안 해드린다고 한 건데요 해드릴게요." 차트판을 받아들고 사인을 하고 '최일구 앵커' 몇년 몇월 몇일이라고 적었다.

뭔가 일이 잘못됐다고 직감했다. "간호사님. 잠깐만요. 사인해드릴게요. 저는 건방져 보일 것 같아서 안 해드린다고 한 건데요 해드릴게요." 차트판을 받아들고 사인을 하고 '최일구 앵커' 몇년 몇월 몇일이라고 적었다. 나는 가수 조용필 광팬이다. 만약 MBC로비에서 조용필 씨와 우연히 마주친다면 나도 쫓아가서 사인을 받고 싶다. 그런데 그게 잘 안 된다. 그 바쁜 조용필 씨에게 쫓아가서 사인 좀 해달라고 하려면 '용기'가 필요하다.

고등학생때 신세계 백화점 옆 새로나 백화점 강당에서 포크송 가수 공연을 봤다. 공연이 끝나고 가수는 급히 기타를 챙겨들고 매니저와 공연장을 빠져나가고 있었다. 나는 '용기'를 내서 쫓아가 종이와 볼펜을 내밀며 "사인좀 해주세요."라고 소리쳤다. 그러자 그 가수는 나를 한심하다는(내 생각에) 표정으로 힐끗 잠시 보더니 계단을 내려갔다. 이 가수를 나는 MBC사옥에서 많이 봤다. 로비에서도 구내식당에서도 조우했다. 그럴 때마다 쫓아가서 "왜 그날 사인을 해주지 않았느냐."고 따져 묻고 싶었지만 참았다.

성모병원의 간호사가 고등학생때 나의 모습과 같다는 생각이 들었다. '용기'를 내서 사인을 해달라고 나에게 왔는데 내가 일언지하에 거절했다. 내가 '간호사의 용기'를 내 생각만 앞세워 꺾어버릴 뻔했다. 만약 간호사를 불러세워서 사인을 해주지 않았다면 그 간호사는 내가 뉴스에 나올 때마다 부모나 친구들에게 나를 '사인도 안 해주는 건방진 사람'이라고 소개했을 것이다. 이날 이후 누가 사인해달라면 무조건 했다. 장례식장에서도 했다. 함께 조문왔던 동료가 이 모습을 보더니 타박했다.

"야, 최일구. 장례식장에서도 사인하냐. 너무 잘난 척하는 것 아니냐?"

"야, 최일구. 장례식장에서도 사인하냐. 너무 잘난 척하는 것 아니냐?"
내가 왜 사인을 장례식장에서도 해야 하는지 설명했다. 10분 정도 설명했는데도 동료는 완전히 이해 못한 것 같았다. 하지만 앞으로도 계속 이렇게 살 것이다.

16

개표방송도 축제다

2008년 제18대 총선이 있는 해였다. 선거방송 기획단에서 3월초 연락
이 왔다. 나에게 개표방송 진행을 맡아보라는 것이다. 2004년에 17대 총
선 개표방송은 2시간 정도 해봤다. 그때는 내가 주말 앵커였다. 개표방송
은 방송사의 역량이 총동원되는 주요 프로그램이다. MBC는 '선택 2008'
같은 슬로건을 특허청에 특허까지 내고 타 방송사와 차별화를 기하며 항
상 모든 개표방송에서 우위를 점하고 있었다. 컨트롤 타워는 보도국의
'선거방송 기획단'이다. 대선, 총선은 일년 전부터 기획단이 가동된다. 기
자, 아나운서, PD, 기술, 미술의 고수들만 모여서 TF팀을 만든다. 개표방
송 사흘 전부터는 여의도 MBC사옥에 가장 크고 넓은 스튜디오에 개표
방송 스튜디오를 새로 만든다. 일년간 준비해온 콘텐츠를 투,개표 방송
당일에 보여주고 철거한다. 그 전면에 나서는 사람이 바로 진행자다.

18대 총선때는 내가 앵커가 아니었다. 보직은 '스포츠 에디터'다. 처음
엔 망설였다. 앵커도 아닌데 내가 무슨 그 중차대한 개표방송 진행을 맡
느냐며 몇 차례 고사했다. 내가 기획단장 선배에게 제안을 했다. 내가 마

음껏 진행할 수 있게 내버려둔다면 해보겠고 했다. 선배는 고민 끝에 "개표방송 망칠 생각은 아닌거지?" "당연하죠!" 이래서 맡게 됐다. 김주하 앵커가 코 앵커로 나섰다. 남은 시간은 한달이다. 개표방송에 필요한 각종 정보를 수집해 공부했다. 개표방송은 6시 방송사의 출구조사가 발표되고 나서 9시 정도까지만 긴장감이 있고 그 전후는 사실 시청자들의 눈길을 끌지 못한다. 공동으로 출구조사하고 선관위의 자료를 동시에 처리한다. 어느 방송사나 비장의 무기라며 현란한 컴퓨터 그래픽을 선보인다. 아이디어 싸움이다. 여기까지는 다 비슷하다. 그래서 나는 타 방송 개표방송과의 차별화를 도모했다. 그 차별화 코드는 '유머'였다.

선거를 민주주의의 축제라고 한다. 축제는 즐거워야 한다. 그렇다면 방송사의 개표방송도 축제 분위기로 이끌어야 했다.

선거를 민주주의의 축제라고 한다. 축제는 즐거워야 한다. 그렇다면 방송사의 개표방송도 축제 분위기로 이끌어야 했다. 결국 말의 성찬이다. 시청자들을 MBC 개표방송에 붙잡아두기 위해서는 유머를 사용해야겠다는 것이 내 생각이었다. 개그집을 5권 구입해 틈나는 대로 외웠다. 개표방송 큐시트에 표시했다. '아 이 유머는 이 부분에서 사용해야겠다.' 그렇다고 개표방송이 큐시트대로 움직이지는 않는다. 변화무쌍하다. 별도의 큐카드도 만들었다. 리허설할 때는 별로 유머를 하지 않았다. 리허설은 큰 틀에서만 할 수밖에 없다. 총선 개표방송은 대선과 지방선거와는 또 다르다.

2008년은 이명박 정부가 출범한 해이기도 했다. 이 전 대통령은 '비지니스 프렌들리'를 강조했다. 한 장관 후보는 '오렌지'를 '아륀지'로 발음해야 한다고도 했다. 이를 단초로 잘 안 되는 영어 발음을 구사했다. 시작하면서 앙드레 김 특유의 영어를 썼다. 개표방송 스튜디오는 휘황찬란하다. 그곳에 앉아서 개표방송을 하는 내가 자랑스럽기도 했다.

"김주하 앵커! 자화자찬이긴 합니다만 MBC 스튜디오 정말 판타스틱하고 엘레강스하지 않습니까?"

"네. ㅎㅎㅎ"

"저희는 시청자 프렌들리하고 몰입하는 개표방송을 진행해 드리자구요."

"대통령이 공무원은 국민의 머슴, I'm a servant, 영어 좀 썼습니다. 머슴이 돼야 한다고 했는데, 저는 국회의원은 공무원보다 더 머슴이 돼야 한다고 생각합니다. 공무원은 시험 봐서 되는 것이지만 국회의원은 국민이 뽑아줬기 때문입니다."

대통령의 '공무원 머슴론'을 빗대 말했다. 후배인 김수진 기자가 총선 분석을 위해 옆자리에 앉았다. 장난기가 발동했다.

"김수진 기자, 영화 〈괴물〉 이후 오랜만에 함께 하는 것 같네요."

김수진 기자와 영화 〈괴물〉에 뉴스 앵커역으로 카메오 출연했던 일이 갑자기 떠올랐다.

8시부터 10시까지 개표방송은 평일 메인 앵커들이 진행했다. 나는 진작부터 "밤 10시에 다시 찾아오겠습니다."라는 안내 멘트를 어떻게 할까 고민을 많이 했다. 이렇게 했다.

"저희는 2시간 뒤 10시부터 다시 찾아뵙겠습니다. 김주하 앵커 우리도 빨리 짜장면 한 그릇씩 먹고 오자구요."

　이명박 정부가 당시에 자장면을 가격관리 대상 생필품 52개에 선정한 것을 염두에 둔 계산된 멘트였다. 또 저녁 먹으러 갈 시간도 없이 바쁜 밤이라는 점을 부각시키고 싶었다. 자장면이 표준 발음이지만 그대로 짜장면으로 발음했다. 실제로는 선거기획단에서 준비한 도시락을 먹었다.

　밤 10시 이후부터는 서서히 당선자들의 윤곽이 나타났고 본격적인 당선자 화상 인터뷰가 시작됐다. 299명 모두 인터뷰할 수는 없다. 선거기획단이 준비 중인 당선자 인터뷰는 화제의 인물이나 접전 지역에서의 당선자들이다. 여기에 초점을 맞춰 '유머'를 가동했다.

　첫 대상자는 홍준표 의원이었다. 화상 전화로 연결됐다. 홍의원은 대선당시 BBK 사건에서 한나라당의 방패였다. 인사치레하고 나서 준비한 유머를 했다.

　"지난 대선에서 BBK사건의 '방패'였잖아요? 저는 그 BBK를 '브라보 브라보 코리아'라는 건배사로 썼으면 좋겠는데 어떠세요?"

　BBK 사건을 반어법으로 표현하려는 의도였다. 내가 그런 의도로 질문했을 거라는 것을 홍의원이 모를리 없어 보였다. 역시 고수였다. 질문이 끝나기 무섭게 활짝 웃으며 이렇게 화답했다.

　"아 그거 참 좋은 생각이십니다."

　강적이었다.

　홍정욱 의원과의 인터뷰는 진짜 썰렁 유머를 활용했다. 개그집에서 외워둔 에피소드다.

　"여자들은 큰 거 원하지 않습니다. 작은 거 원합니다. 다이아반지 같은 거요."

"제가 왜 이런 말씀을 드리느냐면요. 국민이 원하는 게 큰 게 아니라는 겁니다. 제발 싸우지 말고 일들이나 열심히 하라는 뜻입니다."

"제가 왜 이런 말씀을 드리느냐면요. 국민이 원하는 게 큰 게 아니라는 겁니다. 제발 싸우지 말고 일들이나 열심히 하라는 뜻입니다."

"잘 알겠습니다. 그 말씀 명심하고 의정활동에 나서겠습니다."

생방송으로 정신 없이 이 사람 저 사람 인터뷰하다보니 내가 만든 큐카드 순서에 따라 질문했다. 복불복이다. 민주노동당 권영길 당선자와 화상 인터뷰 순서가 됐다. 88년 MBC파업할 때 전국언론노동조합 초대위원장했던 서울신문 출신 언론계 대선배다. 어떤 당선자건 간에 질문하겠다는 심산으로 준비했던 큐카드 메모가 눈에 들어왔다. "국회의원하면 뭐가 좋으냐?"는 거였다. 민노당 당선자에게 하기는 어색한 질문이었지만 어쩔 수 없이 물었다. 다른 질문한다고 큐카드를 뒤적거리다 방송 사고를 낼 수는 없었다.

"제가 기자를 하며 여러 부처를 돌았는데 국회만 못 가봤습니다. 그래서 여쭤보는 건 데 국회의원하면 뭐가 가장 좋습니까?"

"(잠깐의 침묵이 흘렀다.) 저희 민노당은 국회의원이 좋아서 한다기보다 노동자들의 삶을 개선하기 위해……."

17대 당선됐을 때도 권의원에게 이런 질문을 했다. 이때는 권의원의 "국민 여러분 행복해지셨습니까? 살림살이 좀 나아지셨습니까?"를 패러디했다.

"이제 당선돼셨는데 행복해지셨습니까?"

"저희 민노당은 국회의원 개인의 행복이 아니라 국민의 행복을 찾아드리는……."

두 번씩이나 언론계 선배에게 결례를 한 것 같아 지금도 미안한 마음 금할 수 없다. 민주당 최철국 의원에게도 복불복 질문을 했다.

"정치인들은 유세만 하면 왜 꼭 시장을 갑니까? 시장 상인들 바쁠 텐데요."

"아…… 상인들도 만나 뵙고 재래 시장에 가면 사람들이 많으니까요."

"오늘 당선돼셨는데 그럼 내일부터도 시장방문 계속하십니까?"

"오늘 당선돼셨는데 그럼 내일부터도 시장방문 계속하십니까?"
꼭 최의원에게만 한 질문이 아니라 전체 국회의원들을 향해 물었던 것이다.

포털사이트 인기 검색어 순위에는 '최일구', '최일구 어록' 등이 상위권에 올랐다. 일부 시청자들부터는 "너무 산만하다"는 지적을 받기도 했다. 그러나 적지 않은 시청자들은 "속 시원했다", "지루하지 않고 재밌었다"고 호평했다. 시청률도 1등 했다. MBC (10.2%), KBS 1TV(9.8%), SBS(6.0%)였다. 4년 뒤 2012년 4월 19대 총선 개표방송은 MBC가 꼴찌했다. KBS 13.3%, SBS 8.6%, MBC가 4.4%였다.

MBC는 170일 파업 중이었다.

17

다시 8시 주말 뉴스 앵커로!

2011년 가을 개편에서 MBC는 주말 뉴스데스크를 9시에서 1시간 앞당긴 8시로 변경했다.

2011년 가을 개편에서 MBC는 주말 뉴스데스크를 9시에서 1시간 앞당긴 8시로 변경했다. 내가 다시 앵커가 됐다. 배현진 앵커와 함께 진행을 하기로 했다. 회사는 대대적인 홍보를 했다. '무릎팍 도사'에 나를 출연시켰다.

8시 주말 뉴스에 새바람을 일으키고 싶다는 고민을 갖고 강호동 씨와 토크쇼를 하는 것이다.

'무릎팍 도사'는 강호동, 유세윤, 우승민 3명이 함께 진행했다. 2회 20분씩 방송됐는데 녹화하는 데만 무려 6시간이나 걸렸다. 당시 파란색 추리닝 차림으로 앉아 있던 우승민과는 XTM 〈국가가 부른다〉에서 공동 MC를 맡기도 했다. 내가 대장MC, 우승민과 특전사 출신 멋쟁이 방창석은 부관 MC였다.

6.3빌딩에서 기자회견도 열었다. 여의도 사옥 10층짜리 한 면 전체에 내가 ENG카메라와 마이크를 들고 팔짝 뛰는 사진을 래핑 처리했다. 지하철, 시내버스, 옥상광고판, 네이버, MBC 홈페이지 등에 예고 광고가 나갔다. 예능 PD인 후배 최원석이 합류했다. 예고 광고 CF를 촬영했다. 세 가지 버전이다. 영화 전우치 패러디 버전, "비켜~!"라고 고함을 지르며 8시 뉴스를 허겁지겁 준비하는 버전, 인터뷰 버전이다.

"비켜~!" 소리지르면서 내가 보도국과 복도를 뛰어다니는 예고 광고가 가장 많이 나갔다. 홍보실에서는 '선덕여왕' 예고 비용보다 주말 뉴스데스크 홍보 비용이 더 들었다고 했다.

MBC는 40년간 전통적으로 9시에 메인뉴스를 했다. 내가 15년차 때까지만 해도 MBC는 뉴스 시청률을 고려하지 않았다. 항상 1등이었다. 그러다가 KBS와 엎치락 뒤치락하다가 만년 2등으로 주저앉고 있었다. 이때 김재철 사장이 취임하면서 주말만 8시로 가기로 했다. 주 5일제가 정착되면서 시청자들의 휴일 밤 TV시청의 패턴이 변화됐다는 것이 명분이었다. 그러나 주말이라도 KBS와의 경쟁을 피하자는 의도가 깔려 있었던 점도 사실이었다. 어깨가 무거웠다. 회사 내에서 관심을 한몸에 받게 됐으니 안 그렇겠는가.

18

마이크를 빌려드립니다

주말 뉴스부가 신설됐다. 편집 역할만 하는 게 아니라 전담 기자를 두고 주말 뉴스만을 위한 심층 뉴스를 하기로 했다. 지휘는 입사 동기인 홍순관 부국장이 맡았다. 여기에 최원석 PD도 합류했다. 후배인 최 PD는 이미 보도국과 인연도 깊었다. 예능 PD였지만 시사프로그램인 '뉴스 서비스 사실은 신강균'과 '뉴스후' 프로그램의 PD를 했다. 나와는 연말 특집 프로그램을 두 번이나 함께 했다. 한달 넘게 매일 새로운 아이디어 회의를 했다. 주말 뉴스 전담 기자들의 심층 취재물과는 별도로 나는 앵커가 직접 발로 뛰는 코너를 맡게 됐다.

일방적으로 취재기자들이 마이크를 들이대며 질문하는 게 아니라 국민에게 마이크를 빌려주고 하고 싶은 말을 실컷 하도록 하자는 컨셉이다.

일방적으로 취재기자들이 마이크를 들이대며 질문하는 게 아니라 국민에게 마이크를 빌려주고 하고 싶은 말을 실컷 하도록 하자는 컨셉이다.

　이름하여 '마이크를 빌려드립니다'라는 새로운 코너다. 나와 최원석 PD와 스태프는 매주 전국을 돌아다니며 시청자들에게 마이크를 빌려드렸다.

　가장 먼저 찾은 곳은 '무안' 뻘밭이었다. 서울시에서 낙지머리가 오염됐다는 발표를 하는 바람에 전국 낙지 어민이 서울시에 몰려와 시위까지 했다. 대표적 낙지 생산지인 전남 무안을 갔다. 어민과 함께 뻘밭에서 낙지를 잡고 '낙지 탕탕이'를 안주 삼아 소주 한잔 하면서 어민에게 하고 싶은 얘기가 있었으면 실컷 하라고 했다.

　SSM(기업형 슈퍼마켓)으로 상권이 죽어가는 도봉구의 재래시장 상인들에게도 마이크를 빌려드렸다. 시장에서 만난 초로의 아주머니는 울분을 토로했다. 육두 문자를 써가면서 국회의원들이 선거때 와서 굽신거리기만 하지 거들떠보지도 않는다고 했다. "서민은 먹고살 것이 없어서 죽을 판인데 정치인들은 뭐하는 거여? 국회를 가서 때려부셔야 혀."라고도 했다. 그대로 방송했다. 육두문자만 '삑' 소리로 음성을 가렸다.

　경기도 안성과 경북 의성의 들판을 돌아다니며 FTA를 앞둔 농민의 절규를 들었다. 멧돼지 피해를 입고 있는 충남 금산의 농가도 찾아가 날밤을 새며 멧돼지 추적을 했다. 일본과 독도 분쟁이 있어서 독도에 입도해 1박 2일간 머물렀다. 동도와 서도에서 오르락내리락하며 독도의 소중함을 체감했다. 다음날 운 좋게 동도 앞바다에서 흑범고래떼와 마주친 덕분에 생생한 화면으로 방송했다.

　청년실업으로 연애, 결혼, 출산을 포기한다는 3포 세대 청춘을 만나 그들의 아픔을 들으며 함께 눈물 흘렸다. 우리 사회의 대세로 자리잡아 가지만 여전히 적응에 어려움을 겪는 다문화 가정 엄마들의 딱한 사정도

들었다. 어린이집을 찾아가 우리나라에서 젊은 엄마들이 왜 애 키우기가 힘들다고 하는지와 보육교사들의 처우도 형편없다든지 하는 고충을 들었다. 배춧값이 폭락해 울상 짓는 배추 농가, 탄저병에 신음하는 충북의 농가도 찾아갔다.

정치인들의 병역 특혜가 이슈가 됐을 때는 내가 다시 징병검사장에서 신체검사를 받았다. 쉰 살이 넘었는데도 현역판정이 나왔다. 수능시험을 40일 앞두고 경기도 덕소고등학교 고3 교실 학생들에게도 마이크를 빌려 줬다. 대학 입시를 위해 고군분투하는 남녀학생들의 이야기를 들어봤다. 연말에는 연탄 한 장이 없는 독거노인의 쓸쓸한 실태와 연탄나르기 자원봉사도 했다.

골목마다 자리잡은 자영업자들의 '떡볶이 전쟁'을 취재했다. 이른둥이로 태어난 자녀와 부모가 겪어야 하는 고충을 곁에서 지켜봤다. 어렵게 직장에 취업해 추운 바다에서 극기훈련하는 젊은이들과 함께 해병대 훈련을 체험했다. 이날 서해바다에서 얼어죽는 줄 알았다. 눈 덮인 전방 부대를 찾아가 장병들의 자주포 사격 훈련을 지켜보면서 씩씩한 군인들에게도 마이크를 빌려줬다.

연예인들도 만났다. 나에게 가수의 꿈을 심어줬던 가왕 조용필 씨를 만났다. 조용필의 '바람의 노래'를 직접 불러보며 어떠냐고 물었다. 가왕은 내 노래 실력을 이렇게 평가했다.

"대단한데요~."

그대로 뉴스에 나갔다. 심형래 씨가 〈갓 파더〉라는 영화를 만들었다. 인사동에서 영화 제작 후일담을 인터뷰했다.

2012년 새해에는 흑룡대길의 용의 해를 맞아 동해바다로 가서 희망

찬 일출장면을 취재해서 시청자들에게 보여드렸다. 다시 주말 앵커 진행을 시작한지 한달쯤 지났을 때였다. 출근 준비를 하고 있는데 주말뉴스 편집부장의 문자가 휴대폰에 떴다.

"형님! 어제 KBS까지 누르고 1등 했습니다. 감격스럽습니다."

"형님! 어제 KBS까지 누르고 1등 했습니다. 감격스럽습니다."
지금 SK텔레콤 홍보전무로 옮긴 윤용철 부장이다.
MBC 14%, KBS 10%, SBS 7%였다. 앵커가 직접 뉴스 현장을 뛰어다니며 소통하는 뉴스를 만든 것이 주효했던 것이다.
그러나 2012년 '흑룡대길'은 MBC에겐 '불길'이었다. '흑룡의 해(SUN)'에게는 마이크를 빌려주는 게 아니었다. 이 방송이 나가고 노조는 기나긴 파업에 돌입했고 끝난 뒤에도 여전히 정상화의 길은 멀다.

그러나 2012년 '흑룡대길'은 MBC에겐 '불길'이었다. '흑룡의 해(SUN)'에게는 마이크를 빌려주는 게 아니었다. 이 방송이 나가고 노조는 기나긴 파업에 돌입했고 끝난 뒤에도 여전히 정상화의 길은 멀다.

19

연평도 포격 사건 '전쟁과 평화'

연평도 포격 사건이 발생했다. 화요일이었다.

연평도 포격 사건이 발생했다. 화요일이었다. 보도국에서는 주말 뉴스 데스크 진행을 연평도 현지에서 하기로 했다. 연평도 주민 대다수가 인천으로 피란을 나와 있을 때다. 국방부와 협의 끝에 어렵게 토요일 점심 무렵 연평도에 도착했다.

연평도에서 가장 높은 언덕에 위치한 조기역사관으로 갔다. NLL(북방한계선) 너머로 해안포를 발사한 북한군의 섬요새 '무도'가 빤히 내려다보였다. 보도국의 권혁용 카메라 기자가 스탠바이 상태로 취재중이었다. "북한군이 대포 쏘면 어쩌려고 그러냐."고 물었다.

"겁나긴 해도 저희 카메라 기자들의 일인데요, 뭐."

나는 후배의 기자정신에 감탄했다.

연평도에는 주민은 거의 없고 국내외 언론사 기자들과 해병대 군인들만 있었다. 밤 8시 뉴스 현장 세트를 급조했다. 민가였지만 포격으로 초

토화된 공터에 스태프가 주위온 원형 테이블을 놓고 앉았다. 11월 말의 밤바람은 몇 겹으로 무장한 옷도 뚫고 들어왔다. 세찬 바람을 타고 포탄 연기 냄새가 날아다녔다.

뉴스를 마치고 칠흑같은 어둠에 빠져 있는 연평도 일대를 돌아다녔다. 주민은 단 한 사람도 얼씬거리지 않았다. 경찰들만이 야간 순찰을 돌고 있었다. 스탭과 함께 민가 골목을 살펴보며 연평도 르포취재를 시작했다. 한쪽 편은 포탄에 맞아 민가가 폐허가 됐는데 맞은편 민가는 멀쩡했다. 그런데 어디선가 방 안의 불빛이 보였다. 누군가 피란을 안 가고 집 안에 남아 있는 것이다. 창문을 두드리며 인기척을 확인했다.

"저희는 MBC인데요. 왜 피란을 안 가셨나요?"

중년 남성의 목소리는 두려움에 떨고 있었다.

"안 간 게 아니라 못 간 겁니다"

"아니 왜요?"

"눈이 안 보여서 그냥 있는 겁니다."

"포격 당시에도 그럼 방 안에 계셨던 겁니까?"

"네."

섬칫했다. 간발의 차로 포격을 면한 것이다.

다음날 일요일 오전 10시 무렵 연평도 민박집에서 짐을 챙겨 부두로 가기 위해 승합차에 올랐다. 그 순간 사이렌이 울렸다. 잠시 후 스피커를 통해 면사무소에서 안내방송이 흘러나왔다.

"지금 즉시 가까운 방공호로 대피하시기 바랍니다. 북한군의 포진지가 열린 것으로 확인됐습니다. 다시 포격 도발을 일으킬 가능성이 있으니 방공호로 대피하십쇼. 실제 상황입니다."

곧 북의 포탄이 연평도 곳곳에 날아들 분위기였다. 일행은 부랴부랴 차에서 내려 근처 방공호로 몸을 숨겼다. 방공호 안에 있으면서도 불안했다. 마치 방공호 앞에 포탄이 떨어져 파편이 내부로 날아들지는 않을까 공포에 떨었다. 30분 쯤 지나자 다시 해제 방송이 나와 인천 연안부두행 페리호에 몸을 싣고 연평도를 빠져나왔다.

인천행 페리호를 타고 나오면서 북측 바다를 바라봤다. 언제든지 NLL을 사이에 두고 민족간의 전쟁이 일어날 수 있겠다는 생각이 들었다.

6.25를 경험하지 못한 나같은 전후세대가 동족상잔의 비극을 어찌 알 수 있을까.

전쟁은 일어나선 안 된다. 평화 유지와 경제 번영을 부탁하며 국민은 지도자를 뽑는다. 평화와 경제는 민초의 힘으로 이뤄지는 게 아니다. 믿고 뽑은 지도자들의 몫이다.

이 무렵 탤런트 현빈 씨가 해병대에 입대했다.

"현빈 씨의 본명이 김태평이었군요. 현빈 씨의 입대로 서해안이 무사태평했으면 좋겠습니다."

"현빈 씨의 본명이 김태평이었군요. 현빈 씨의 입대로 서해안이 무사태평했으면 좋겠습니다."

20

희로애락(喜怒哀樂)

'뉴스(NEWS)'의 사전적 의미는 일반에게 잘 알려지지 아니한 새로운 소식이다. 우리말로 하면 '새 소식'이다. 영어 New Things의 약어다. 나를 둘러싼 세상이야기다. 내 주변 사방팔방 동서남북의 소식이다. 삶의 희로애락이다.

첫 번째 앵커할 때의 컨셉은

1. 다른 앵커와 전혀 다르게 한다.

2. 앵커멘트를 구어체가 아니라 대화형으로 하자.

3. 시청자의 가려운 곳을 긁어주자였다.

다시 두 번째 앵커를 맡으면서 이런 컨셉을 추가했다.

1. 앵커는 뉴스를 파는 세일즈맨이다.

2. 초등학생도 뉴스를 보게 만들자.

3. 웃기는 뉴스를 전할 때는 시청자를 웃겨보자다.

이 컨셉에 맞춰 뉴스센터에서 벗어나 전국의 소외된 이웃들에게 마이크를 빌려드렸다. 앵커가 직접 현장에 나가서 세일즈맨처럼 MBC뉴스를 홍보하고 판매했다. 전문적이고 어려운 용어보다는 초등학생도 알아들을 정도로 쉬운 어휘를 선택했다. 뉴스가 삶의 '희로애락'이라면 즐겁고 웃기는 뉴스는 웃기게 소개하기로 했다. 그러나 웃기는 뉴스는 가뭄에 콩 나듯이 있다. 우리 뉴스의 99%는 노엽고 슬프다. 그나마 1% 정도는 기쁘고 즐겁다. 나는 이 1%를 '유머'를 활용해서 시청자를 작정하고 웃기기로 했다. 사람들은 나를 '웃기는 언저리 뉴스 앵커'라고 한다. 하지만 내가 웃기게 한 것은 1%에 불과하다. 뉴스에서 '웃기게' 멘트하는 앵커를 처음 보니까 시청자와 네티즌들이 놀랐고 그것이 전체인 양 굳어진 측면이 크다고 본다.

서울대공원에서 말레이곰 한 마리가 탈출했다. 사실 곰은 탈출한 게 아니라 문고리가 열려 있으니까 본능대로 나간 것이다. 내가 볼 때 웃기는 뉴스였다. 곰이 우리에서 나간 이 사건은 일주일 내내 전국에 뉴스로 나갔다. 주말 뉴스하는 날인데도 잡히지 않고 있었다. 나는 곰이 이 추운 겨울에 남의 나라에 와서 고생하는 것 같았다. 이름이 말레이곰이다. 말레이 말레이 그러니까 마치 경상도 사투리 "뭐뭐 하지 말레이!" 하는 듯했다. 경상도 사투리를 빗대서 웃기기로 했다. 배현진 앵커와 앵커멘트를 주고받다가 마지막에 이렇게 말했다.

"저는 말레이곰에게 이런 말 해주고 싶어요. 자꾸 도망다니지 말레이~!"

이 멘트하고 얼마 뒤 서울대공원에 가족과 함께 놀러가 있다는 후배가 사진 한 장을 보내왔다. 서울대공원이 말레이곰 우리를 보수하는 작업을 하는 가림막에 내걸린 횡단막 사진이다. 횡단막에는 이렇게 적혀 있었다.

"새집 지어줄게. 도망다니지 말레이~!"

'마이크를 빌려드립니다'에서 내일은 심형래 씨 취재한 것을 방송한다고 예고하면서 이렇게 클로징 멘트를 했다.

"내일은 제가 잘 모드겠는데요. 심형래 씨를 인터뷰합니다."

옆에 있던 배앵커가 웃느라 어쩔 줄 몰라했다. 인터넷에 최일구가 심형래 흉내냈다고 난리가 났다. 보도국에서는 너무 심했다고 다음날 사과 멘트를 하라고 했다.

"어제 제가 심형래 씨 흉내내서 많이들 놀라셨죠. 죄송합니다."

악플도 많이 달렸다.

나는 썰렁 개그집 들여다보는 게 취미다. 어느 날 가수 비의 입대 소식을 알리는 뉴스를 소개했다. 이것도 웃기는 뉴스라고 판단했다. 남자라면 다 가는 군대인데 유명인이라고 뉴스를 내는게 논리에 안 맞았다. 연예 프로그램에서 다루면 될 사안이었다. 어떻게 웃길까 고민하다가 개그집에서 본 비와 관련된 에피소드가 떠올랐다. 이런 넌센스 퀴즈였다.

"가수 비가 LA로 공연 간다를 네 글자로 줄이면? LA갈비. 가수 비의 매니저 이름을 네 글자로 줄이면? 비만관리."

뭐 이런 것이다. 그런데 비가 군대를 간다? 그럼 '군대갈비'잖아.

"LA갈비가 아니라 군대갈비군요."

짧게 한마디했다. 심각한 뉴스도 아닌데 시청자들 웃으라고 한 것이다. 그러나 결과는 참담했다. 악플만 3천 개 넘게 달렸다.

"또라이 같은 놈."

"개콘 나가려고 그러냐?"

"50대 앵커가 웃기는 소리로 전국이 난리다."

"ㅂㅅ"

난 이 "ㅂㅅ"은 도저히 해독 불가능했다.

21

풍자(satire, 諷刺)의 실종

　　미국에는 풍자 코미디 프로그램이 많다. 우리나라도 2012년 대선 당시 tvN의 'SNL코리아'가 '여의도 텔레토비'로 대선 후보들을 마음껏 풍자했다. 지상파 앵커를 하다 SNL코리아를 진행하려니 생소했다. 안상휘 PD는 나에게 "떨지 말고 차분하게 진행하시면 돼요."라며 용기를 줬다. 예능의 독보적인 PD였다. 신동엽씨는 리허설때 말투나 연기지도를 아끼지 않았다. 신동엽은 알고보니 청운중학교 10년 후배였다. 안PD를 필두로 신동엽, 안영미, 김민교, 정성호, 권혁수, 강유미, 유세윤, 김원해 등은 토요일 밤의 생방송을 위해 열정을 불살랐다.

　　'최일구의 끝장토론'을 맡은 옥지성 PD도 핵심을 짚어가면서 프로그램의 완성도를 위해 작은 부분까지도 놓치지 않았다. 옥PD와 함께 끝장토론을 제작한 김수현, 김민수, 류복열 후배PD들은 일에 미친 친구들이었다. 그러나 끝장토론은 2회분을 녹화까지 해놓고 아쉽게도 불방됐다. '끝장토론'이 '끝장난' 것이다. 'SNL코리아'의 '위크앤업데이트'는 안영미와 함께 진행했다. MBC에서보다 풍자의 폭이 넓었다.

"노벨상에 댓글 분야가 있다면 우리 국정원이 받아야겠어요"

이같은 풍자를 하다가 다섯달 만에 그만뒀다.

풍자는 남의 결점을 빗대어 공격하는 것을 말한다. 풍자와 해학은 차이가 있다. 풍자는 찌를 자(刺)를 쓴다. 상대와 대립각을 세우며 비판적으로 비꼰다. 반면에 해학(諧謔)은 대상을 한층 넓고 깊게 통찰하면서 동정적으로 감싸준다.

김영삼 전 대통령과 관련한 유머가 있다. 경상도 사투리가 심한 김대통령이 92년 대선후보 시절 제주도 유세하러 갔다.

"제주도를 세계적인 강간도시로 만들겠습니다."

유머의 핵심은 사투리로 인해 '관광도시'가 '강간도시'로 변했다는 것이다. 이런 유머도 있다. 전직 대통령들이 열심히 밥통 만들고 밥을 지어 놨는데 김대통령이 밥통을 잃어버렸다. 이는 97년 IMF 체제로 가게된 것을 빗대서 한 유머다. 앞에 것은 해학이다. 그냥 웃자고 하는 얘기고 개그다. 그러나 후자는 풍자다. 똑같이 웃기기는 하지만 실정(失政)을 공격한 것이다.

	공통점	차이점	표현 방법	김영삼 전 대통령 관련 유머 사례
풍자	유머	공격적	부조리 고발	전직 대통령들이 만든 밥통을 IMF 때 분실
해학	유머	동정적	상식 파괴	제주도를 세계적 강간도시로 만들겠습니다

그러나 TV 예능 프로그램에서조차 풍자는 실종되고 있다. '개그콘서트 민상토론'과 '무한도전'이 방통위의 징계를 받았다.

2015년 7월 14일 연합뉴스 기사다. 제목은 "표현의 자유 억압…'표적심의' 등 위험성" 이다.

"방송통신심의위원회는 지난달 24일 중동호흡기증후군(메르스)에 대한 정부의 부실 대응을 풍자한 KBS 2TV 코미디 프로그램인 '개그콘서트 (개콘)'의 시사풍자 코너 '민상토론'에 대해 행정지도인 '의견제시'를 결정했다. 이어 이달 1일에는 MBC '무한도전'에 대해서도 같은 결정을 내렸다. 방통심의위는 '민상토론'에 대해 "정부가 뒷북만 쳤다는 건가" 등의 발언이 방송의 품위유지 규정을 위반했다고 봤으며, '무한도전'은 '중동지역'임을 특정하지 않은데다 관련 멘트가 객관성 규정을 어겼다고 판단했다. 이에 대해 한국PD연합회 측은 "심의위의 자의적인 해석에 따라 표현의 자유를 극도로 억압하는 코미디"라며 방통심의위의 결정에 반발하고 있다."

웃자고 만든 예능에도 당국의 규제가 이뤄진다. 이러니 우리 코미디는 항상 "저질시비, 풍자 실종, 억지웃음만 강요"의 대명사가 되고 있다.

우리 조상들의 풍자는 어땠을까. 지금보다 훨씬 신랄한 풍자가 공공연히 이뤄졌다. 고성 오광대 놀이, 봉산탈춤에는 항상 말뚝이가 등장해 양반을 조롱한다. 봉산탈춤 제 6과장의 말뚝이 대본이다.

"양반 나오신다아! 양반이라고 하니까 노론(老論), 소론(少論), 호조(戶曹), 병조(兵曹), 옥당(玉堂)을 다 지내고 삼정승(三政丞), 육판서(六判書)를 다 지낸 퇴로재상(退老宰相)으로 계신 양반인 줄 아지 마시오, 개잘량이라는 '양'자에 개다리 소반이라는 '반'자 쓰는 양반이 나오신단 말이오."

나는 이 풍자를 부조리를 고발하는 뉴스를 전하는데 많이 사용했다. 노골적인 방법이 아니라 에둘러 표현하면서 웃음 속에 상대를 비판하기 위해서였다. 개그맨이 정치인에게 고소당하는 사건이 있었다. 나는 미국의 코미디언들도 고소당하는지 살펴봤다. 오바마 대통령조차도 자신을 비하하는 코미디를 해도 고소하는 일은 없었다.

"정치인이 풍자 개그맨 고소해서 진짜 개그라는 소리 나오지 않습니까? 미국요? 성역 없습니다. 대통령까지 풍자대상입니다. 오바마가 고소하냐고요? 오바하지 않습니다. 우리요? 아직 멀었죠"

과거엔 수시로 대중가요에 금지곡 딱지가 붙여졌다. 그런데 요즘에는 전면 금지곡이 아니라 '19금 노래'가 선정되고 또 선정 기준도 모호하다는 뉴스였다. 과연 이런 것을 나라가 규제에 나설 만한 것인가? 소비자들에게 맡겨 두면 될 일을 쓸데없이 규제하지 말라는 취지로 이런 멘트를 했다.

"옛날 대중가요 금지곡 마냥 요즘에는 '19금 노래'가 있답니다. 술, 담배 이런 말 들어간 노래인데요. 선정 기준이 들쭉 날쭉이라서 논란이 많습니다. 설마 제 이름이 일구라서 주말 뉴스가 '19금' 되는 일은 없겠죠?"

에어백이 제대로 작동 안 되는 차량이 많다는 보도였다. 에어백만큼 안전에 중요한 것이 어디 있겠는가. 그런데 제조업체는 변명으로 일관한다는 내용의 뉴스다. 제조업체에 일침을 가하고 싶었다.

"이번에는 안 터져서 문제인 에어백에 대해 집중보도하겠습니다. 업체는 충돌조건을 맞춰야 터진다고 합니다. 무슨 사고가 조건 맞추면서 납니까? 그게 무슨 에어백입니까? 고무풍선만도 못한 거죠."

22

언어유희(言語遊戲)

조선후기 방랑시인 김병연 선생은(1807~1863년) 김삿갓으로 더 알려져 있다. 추운 겨울 어떤 서당을 찾아가 훈장에게 하룻밤만 재워달라고 했지만 문전박대 당했다. 김삿갓은 야박하고 인정없는 훈장에게 오언절구의 한시를 남기고 떠났다.

辱說某書堂 (욕설모서당)
書堂乃早知(서당내조지) 房中皆尊物(방중개존물)
生徒諸未十(생도제미십) 先生來不謁(선생내불알)

풀이하면 이런 뜻이다.

"내가 일찌감치 알고 있는 어떤 서당을 찾아왔더니, 방 안에는 모두 귀한 분들일세. 제자들은 모두 열 명도 안 되는데 선생은 나와서 나에게 인사도 하지 않고 내쫓는구나."

5언 절구 한자는 그럴 듯하다. 그런데 소리내서 읽어보면 저급한 성적

비하의 욕설로 범벅이 돼 있다. 언어유희다.

말이나 글자를 소재로 하는 놀이를 언어유희라고 한다. 개그 프로그램에 많이 등장하고 사람들은 피식 웃어볼 수 있다. 주말 뉴스에는 평일보다 기획, 심층 뉴스가 많다. 인터넷 도박에 중독돼 돈을 바보처럼 잃기만 하는 사람들에 대한 실태를 보도하는 기획 뉴스가 있었다. 그 피해자를 '짱구'라는 은어로 부른다고 한다. 기획 뉴스는 일찌감치 원고를 볼 수 있다. '짱구'라는 단어를 보는 순간 초등학생들이 좋아하는 만화 〈짱구는 못말려〉가 떠올랐다. 짱구 캐릭터를 갖고 웃기는 멘트를 해보기로 했다. 몇 시간 동안 나도 '짱구'를 굴렸지만 맘에 드는 아이디어가 안 나왔다. 궁즉통(窮則通)이라고 했던가. '짱구'에 포커스를 맞추지 말고 '말린다'에 초점을 맞춰봤다. 말리는 게 뭐가 있을까? 오징어가 생각났다.

> "짱구들은 이러다가 노름에 중독되고 맙니다. 오징어는 말려도 짱구는 못 말리는군요."

"짱구들은 이러다가 노름에 중독되고 맙니다. 오징어는 말려도 짱구는 못 말리는군요."

물론 말린다의 뜻은 다르다. 언어유희다.

물가가 오르고 있다는 달갑지 않은 뉴스를 소개할 때는 "물가가 스카이 콩콩도 아닌데 너무 뛰고 있습니다."라고 했다. 그러다 어린이들이 먹는 과자값도 인상된다는 뉴스를 소개할 때였다. 초등학생때 10원짜리 '라면땅'도 아껴먹던 시절이 떠올랐다. 물론 제과업체로서도 원자재값 상승으로 어쩔수 없다는 명분이 있지만 못마땅했다. 우리 초등학생들이 속상

해할 것이 분명했다. 뭔가 멘트를 하기로 했다. 초점은 '인상'이었다.

"과자 값도 오를 것 같군요. 과자 회사들이 권장 소비
자 가격을 100원씩 올렸습니다. 물가 인상 불똥이 이젠
애들 먹는 과자에까지 튀는 형국인데요. 눈만 뜨면 인상,
인상, 인상입니다. 인상 쓰게 만들죠?"

"과자 값도 오를 것 같군요. 과자 회사들이 권장 소비자 가격을 100
원씩 올렸습니다. 물가 인상 불똥이 이젠 애들 먹는 과자에까지 튀는 형
국인데요. 눈만 뜨면 인상, 인상, 인상입니다. 인상 쓰게 만들죠?"

내가 했던 언어유희의 최고는 마을 이름과 관련된 기획뉴스였다. 충주
MBC 심충만 기자의 뉴스로 심기자가 웃기는 동네 이름을 기획했다. 비
속어처럼 들리는 시골의 마을 이름을 주민이 나서서 변경을 추진하고 있
다는 뉴스다. 동네 이름이 '야동(洞)' '대가리(里)'니까 동네 이름만 대면
인터넷 야한 동영상물이나 고스톱 화투를 연상케 한다는 것이다. 그러니
당연히 개명을 추진하는 것이다. 야동하니까 '야동 순재'가 떠올랐다. 인
터넷으로 '웃기는 마을 이름'으로 검색해 앵커멘트에 추가했다.

"인터넷 시대라 '야동'하면 '야동 순재' 이순재 씨부터 떠오르는데요.
그런데 동네 이름 중에 '야동' '대가리'가 있네요. 이렇게 비속어처럼 들리
는 지명을 바꾸자는 논의가 활발합니다. 더 알아보니까 '고도리' '지지리'
'설마리'' 구라리' 참 많더군요. 보도할 기자 이름도 마음이 충만하다는
뜻인가요? 심충만 기잡니다."

23

앵커의 하루

앵커가 되면 점심 무렵 출근해 주요 뉴스를 살펴보다 오후 2시에 열리는 보도국 편집회의에 다른 부장들과 함께 참석한다. 회의가 끝나면 곧바로 앵커 준비를 한다. 그날 방송될 뉴스 아이템을 살펴본다. 남녀 앵커는 각각 자신에게 배정된 뉴스 아이템을 놓고 앵커멘트를 작성한다. 나는 대부분 고쳐썼다.

예를 들어 '망가지는 홍도'라는 제목의 뉴스를 내가 앵커멘트를 해야한다면 취재기자가 작성한 앵커멘트를 먼저 본다. 앵커멘트는 취재기자가 기사 작성하기 전에 먼저 쓴다. 그 뒤에 데스크가 고치기도 한다. 최초 기자가 작성한 앵커멘트는 이렇다.

"빼어난 아름다움을 지녀 섬 전체가 천연기념물인 홍도가 망가지고 있습니다. 쓰레기가 넘쳐나고 오폐수가 흘러들어 주변해역을 오염시키고 있습니다. 박영훈 기자가 보도합니다."

나는 박영훈 기자의 기사 본문을 몇 차례 읽어본다. 뉴스의 영상이 궁금하면 이미 동영상 편집을 마친 뉴스 테이프를 보며 확인한다. 그런

후 다음처럼 내가 수정한다.

　"홍도는 빼어난 아름다움을 지녀 섬 전체가 천연기념물입니다. 그러나 지금의 홍도는 쓰레기와 오폐수로 오염되고 있습니다. 아직 가보지도 못했는데 홍도가 울고 있습니다. 박영훈 기잡니다."

　"홍도는 빼어난 아름다움을 지녀 섬 전체가 천연기념물입니다. 그러나 지금의 홍도는 쓰레기와 오폐수로 오염되고 있습니다. 아직 가보지도 못했는데 홍도가 울고 있습니다. 박영훈 기잡니다."

　이렇게 수정한 앵커멘트는 프롬프터 담당 직원에게 전송한다. 앵커멘트를 수정하는 과정에서 별도로 데스크를 받는 일은 없다. 그러나 가끔 보도국장과 부국장으로부터 지적을 받기도 한다. 앵커멘트 작성 프로그램의 열람 권한을 갖고 있기 때문이다. 이런 앵커멘트 작업을 하다가 분장을 한다. 나에겐 가장 귀찮은 시간이다. 두 눈을 감고 분장실 의자에 앉으면 먼저 물 스프레이 세례를 받는다. 고역이다. 크림도 바르고 파운데이션도 바르고 눈썹화장에 립스틱도 바른다. 다음은 머리를 드라이한다. 눈을 감고 15분 넘게 앉아 있으면 어지럽다.

　분장이 끝나면 보도국 한 켠에 있는 옷방으로 간다. 코디네이터들이 체형에 맞춰 옷을 갖다놓는다. 와이셔츠와 양복 상하의 넥타이가 옷걸이에 걸려 있다. 바지는 갈아입지 않는다. 귀찮다. 갈아입어 봤자 카메라에 안 잡힌다. 야외에서 뉴스를 진행하면 코디네이터가 현장까지 옷을 들고 따라온다. 본 뉴스 앞에 나가는 주요 뉴스를 쓰고 뉴스센터로 가서 녹화

한다. 지하 구내식당에서 남녀 앵커, 스태프와 함께 저녁식사를 한다. 이제 남은 시간은 두 시간 정도다. 앵커멘트 손보느라 정말 바쁘다.

　뉴스 10분 전에는 자리에서 일어나 뉴스센터로 이동해야 한다. 한손에는 인쇄된 앵커멘트를 다른 한손엔 물이 든 컵을 들고 천천히 이동한다. 빠르게 이동해서 앵커석에 앉으면 숨이 거칠어진다. 뉴스 중간 중간에 물 한 모금씩 마시며 목을 축인다. 이때는 기자의 리포팅이 방송되기 때문에 물 마시는 모습이나 남,녀 앵커끼리 나누는 대화는 방송이 안 된다. 카메라 앞에 달린 프롬프터에는 내가 쓴 앵커멘트가 고딕체 흰 글씨로 노출된다. 기자 리포팅이 나갈 때 다음 앵커멘트가 자동으로 나타나는데 틀리지 않도록 큰소리로 예독해본다. 인쇄된 앵커멘트는 탁자 위에 올려 놓고 있다가 (그런 경우는 거의 없지만) 프롬프터가 작동 오류를 일으킬 때 대비해서 예비로 사용한다.

　뉴스는 생방송으로 한다. 이미 큐시트상에 편집순서가 정해져 있지만 긴급 뉴스를 전하거나 중간에 다른 사정이 생기면 편집부장이 순서를 바꾼다. 이럴 때가 가장 혼란스럽다. 나와 여성 앵커에게 배당된 뉴스가 뒤바뀔 때가 그렇다. 문제가 생기는 경우는 내가 작성한 앵커멘트를 여성 앵커가 읽어야 할 때이다. 이럴 때 여성 앵커는 프롬프터에 내가 올려 놓은 앵커멘트를 포기하는 경우가 많다. 원래 취재기자가 작성한 앵커멘트를 다시 프롬프터에 띄워 놓으라고 한 뒤에 그것을 읽는다. 내가 고쳐 놓은 앵커멘트가 "말레이곰아 도망다니지 말레이." 따위라면 멘트를 할 수 없기 때문이다.

　뉴스 앵커들은 출연료를 별도로 받지 않는다. 방송사 직원이기 때문이다.

24

앵커하는 보람

어린 학생들의 위문 편지를 많이 받았다. 이메일이 있는데도 고사리 같은 손으로 깨알같이 글씨를 써서 보내주는 초등학생들의 편지를 받을 때마다 앵커하는 보람을 느꼈다. 대부분의 내용은 이랬다.

"아저씨 덕분에 뉴스를 보게 됐어요."
"제 컴퓨터 바탕화면이 '유노윤호'였는데 최일구 아저씨 사진으로 바꿔놨어요."
"말레이곰아 도망가지 말레이라고 하셨을 때 빵 터졌어요."

어린 학생들은 내가 초등학생때 봉두완 앵커를 보면서 가졌던 느낌을 갖고 있으리라. 나는 그때 '저 아저씨 같은 앵커가 돼야지.'라고 생각해 본 적은 없었다. 그런데 편지를 쓴 학생들 가운데는 "저도 나중에 아저씨 같은 앵커가 돼야겠다고 결심했습니다."라고 포부를 밝히기도 했다.

경제부의 후배 기자가 하루는 백지를 내밀며 사인을 해달라고 했다.

유통 담당 기자였다. "같은 직원들끼리 무슨 사인이냐?"고 했더니 유통회사 부장의 요청이라고 했다. 사정을 물었다. "부장의 아들이 중3인데 공부는 안 하고 매일 게임에만 빠져서 아들을 각성시키는 사인을 받고 싶다."는 것이다. 이런 문구를 적고 사인을 해서 건네줬다.

"00학생! 미국 케네디 대통령은 목욕할 때도 책을 읽었단다. 최일구 앵커 아저씨가"

미국 케네디 대통령은 목욕할 때도 책을 읽었단다.
-최일구 앵커 아저씨가

보름 뒤에 후배 기자가 수입산 천연 꿀 2통을 건네줬다. 사인을 요청한 유통업체 부장이 나에게 선물로 보낸 것이란다.

내가 사인한 것을 아들에게 건네줬더니 그날부터 정말로 목욕할 때 책을 읽더라는 것이다. 뿌듯했다. 나의 사인 한 장이 게임에만 빠져 지내던 중학생에게 변화를 일으킨 것이다.

25

미래존재

경기도 양평에서 군 복무하던 시절 소위 동네 방위병들과 보급품 창고 작업을 함께 하곤했다. 방위병들 가운데 미싱으로 재봉작업을 매우 잘하는 친구가 있었다. 나는 최상병이었고 그는 김일병이었다. 김일병은 군복 수선하는 일이 세상에서 가장 재미있고 재봉틀 앞에만 앉으면 행복하다고 했다. 그럴 때마다 나는 상급자로서 그에게 핀잔을 줬다.

"김일병! 여자라면 몰라도 남자가 할 일이 없어 재봉질이냐? 정말 그게 재밌냐?"

일년쯤 지나 김일병은 제대를 했고 나는 그를 까맣게 잊고 살았다. 20여 년 뒤 어느 날 보도국 야근을 하면서 뉴스데스크 모니터를 하고 있을 때였다.

경제부 후배 기자의 리포트 화면이 방송되고 있는데 갑자기 낯익은 얼굴이 인터뷰이로 등장했다. 시간은 흘렀지만 말투와 외모 그리고 자막의 이름을 보니 그 김일병이었다. 후배 기자에게 인터뷰이가 누구인지 물어보니 평화시장의 제법 큰 옷가게 사장이라는 것이다. 연락처를 알아내

그와 통화했다.

"김일병이 아니라 이제 김사장님이 됐네? 어떻게 하다 사장까지 됐어?"

그러자 김 사장은

"제가 재봉질 좋아했잖아요. 그래서 제대 후에 평화시장에서 밑바닥부터 시다(조수)생활했고, 고생 끝에 겨우 가게 하나 차려서 먹고살 만하게 됐어요. 언제 한번 놀러오세요."

재봉일이 행복하다고 했던 그는 이제 방위병이 아니라 동대문 평화시장에서 어엿한 의류회사 사장님으로 성공해 있었다.

꿈을 꾼다는 것은 오롯이 나만의 고유한 삶의 방식을 선택하는 것이다. 그러나 나만의 꿈을 선택하는 일에는 큰 용기가 필요하다. 남들의 시선을 의식하지 않을 수 없기 때문이다.

앞서 평화시장 옷가게 사장과 저녁을 함께했다. 내가 군대 생활할 때 재봉질한다고 핀잔 줘서 미안하다고 했다. 그러자 그는 나한테만 그런 소리 들은 게 아니라고 했다. 친구들이나 특히 집안에서도 반대가 심했다고 했다. 모두들 "남자가 할 일이 없어서 재봉질이냐"고 했지만 자신은 잘하는 일이 이것뿐이라 재봉틀에 인생을 걸었다고 했다.

사람은 세상에 우연히 내 던져진 존재다. 이때 금수저를 물고 나올 거야 하면서 태어나지는 않는다. 세상에 던져진 이상 내가 원하는 일은 내 스스로 결정해야 한다. 그러나 원하는 일을 내 스스로 결정해도 불안하다. 이유는 아직 '미래의 나'가 완성되지 않았고 '현재의 나'에서 벗어날 수도 없기 때문이다. '나'라는 '존재'가 즉 '현재존재'가 앞으로 어떻게 될지 우리는 항상 고민하며 산다. 내가 원하는 일과 모습은 나의 '미래존재'

다. 내 '미래존재'의 모습을 그려 보는 일이 꿈꾸는 일이다. '미래존재'를 구체화시켜 나가는 일이 도전이다. 그런 과정 끝에 나의 '미래존재'를 세상에 선보이는 것이 그토록 갈구했던 꿈의 완성이고 원하는 일을 실현시키는 것이다.

사람들이 미켈란젤로에게 그토록 아름다운 피에타 상을 어떻게 조각할 수 있었느냐고 물었다. 그는 피에타 상을 조각한 것이 아니라 대리석 안에 피에타 상이 들어있다고 상상한 뒤 필요 없는 부분을 깎아냈을 뿐이라고 답했다. 미켈란젤로는 대리석 안에 '피에타 상'이라는 '미래존재'가 들어있다고 꿈을 꾼 것이다. 그리고는 조각상에 필요 없는 부분을 정성껏 깎아내는 도전을 했다. 끝으로 산모의 자궁 속에서 갓난아기를 받아내는 산파처럼 대리석 안에서 피에타 상을 꺼냈다. 꿈의 완성이며 원하는 일을 실현시킨 것이다. 미켈란젤로의 대리석에는 다비드 상도 있었다. 미켈란젤로만이 꿈꿀 수 있는 '미래존재'다. 인간은 각자에게 주어진 자신의 환경 속에서 자신만의 '미래존재'를 꿈꾸고 실현해 나갈 수 있다.

위인이 위대한 것은 자신이 처한 환경의 유불리를 떠나 이전 사람들이 해내지 못한 새로운 가능성을 인류에게 보여줬기 때문이다.

위인이 위대한 것은 자신이 처한 환경의 유불리를 떠나 이전 사람들이 해내지 못한 새로운 가능성을 인류에게 보여줬기 때문이다. 부처는 안락한 왕자의 신분을 팽개치고 스스로 고행길에 나서 대중에게 삶의 진리를 설파했다. 헬렌켈러는 악조건을 딛고 스스로 자신의 가능성을 기획하고 실천하며 살았다. 부처나 헬렌켈러나 '미래존재'를 실현시킬 수 있다는 믿음이 있었기에 가능한 일이다.

이제 우리는 나만의 대리석에 어떤 모습을, 어떤 원하는 일을 품고 있는지 스스로에게 물어봐야 한다. 진정으로 내가 원하는 일을 나의 대리석에 넣어두었는지 물어보자. '현재존재'인 청춘은 자신만의 대리석에 자신만의 '미래존재'를 상상해야 한다. 혹시 우리는 '우리 사회가 평균적으로 요구하는' 비슷 비슷한 조각상을 넣고 사는지 의심해보자. 나는 피에타 상을 원하는데 주변 존재들의 요구로 다비드 상을 넣고 사는 것은 아닌지 살펴봐야 한다.

어느 중학교 미술 시간에 선생님이 교탁에 꽃병을 올려 놓고 수채화를 그리라고 했다. 60명 전원이 그린 그림은 비슷비슷했다. 누군가 꽃병 그리기에서 1등을 차지했지만 친구들은 고개를 갸우뚱했다. 1등의 그림과 1등을 받지 못한 그림이나 큰 차이가 없었기 때문이다. 미술 선생님은 다음 과제로 빨래비누로 집에서 각자 생각나는 대로 조각을 해오라는 숙제를 내줬다. 한 학생은 무엇을 조각할까 고민고민하다 가장 쉬워 보이는 오뚝이 인형을 조각했다. 잘록한 부분을 조각하다 빨래비누 한 장을 버리고 다시 새것으로 사서 완성시켰다. 친구들이 제출한 조각품도 어느 것 하나 같은 것이 없었다. 사과, 축구공, 자동차, 전화기, 사자, 토끼, 인물 흉상 등등으로 제각각이었다. 선생님은 제출된 조각품을 교탁 위에 모아놓은 뒤 이렇게 말했다.

"꽃병 그림은 같은 피사체였기 때문에 우열을 가릴 수 있었다. 그러나 이번 조각품 숙제에는 점수를 줄 수가 없다. 너희가 각자 생각해서 만든 조각품이기 때문이다. 조각품의 점수는 너희들이 친구 것과 비교해서 각자 매기도록 해라."

　미술 숙제가 아니라 인생 숙제로 빨래비누 조각을 한다면 우리는 어떤 조각품을 완성시킬 것인가. 빨래비누 한 장과 조각칼 한 자루가 책상 앞에 있다고 가정하고 어떤 '미래존재'를 조각을 할 것인지 생각해 보자. 미술 숙제는 어떤 것이든 조각해서 낼 수 있고 마음에 안 들면 새 비누를 사서 조각하면 된다. 그러나 인생의 조각 숙제는 쉽게 '미래존재'를 상상하기가 어렵다. 머릿속에는 여러 가지 미래존재의 모습이 떠오르지만 미켈란젤로의 피에타 상처럼 확신이 들기는 어렵다. '미래존재'를 상상했지만 그 조각 과정이 힘들어 보이고 실수로 빨래비누를 깨버릴 것 같은 두려움이 들기 때문이다. 특히 조각을 처음 해보는 사람일수록 무엇을 조각할 것인지 모른다. 또 조각하다가 빨래비누가 깨질까봐 불안해 한다.

　사회 진출을 앞둔 청년들이 흔히 범하는 '빨래비누 조각상의 오류'다. 내 인생에 빨래비누는 단 한 장밖에 없다고 생각하는 것이다. 나도 청년 시절엔 그런 오류를 범했다. 이런 오류에 빠지면 강박관념에 사로잡힌다. 한 번의 기회밖에 없는데 비누를 깨뜨리지 말고 처음부터 조각을 잘해야 돼! 30년이 흐르고 실패를 맛본 지금의 생각은 달라졌다. 삶은 한 번뿐이지만 삶의 과정에서 기회는 여러 차례가 있다. 재료를 단 한 차례도 파손시키지 않고 '미래존재'를 조각해 내는 사람은 없다.

　삶은 한 번뿐이지만 삶의 과정에서 기회는 여러 차례가 있다. 재료를 단 한 차례도 파손시키지 않고 '미래존재'를 조각해 내는 사람은 없다.

실패 없는 사람이 없다는 것이다. 나도 열심히 나의 '미래존재'를 조각해오다 오십 중반에 빨래비누를 깨뜨리고 말았다. 깨진 비누를 바라보니 나의 '미래존재'도 깨져 있었다. 머리와 몸통이 분리된 채 바닥에 나뒹굴었다. 다리는 여전히 비누 속에 숨어 있었다.

'미래존재'를 새로 조각할 새 비누를 장만하기는 어려웠다. 주섬주섬 비누 조각들을 주워모아 가마솥에 넣고 끓였다. 내가 30년간 깎아온 조각상이 형체도 없이 사라졌다.

'미래존재'를 새로 조각할 새 비누를 장만하기는 어려웠다. 주섬주섬 비누 조각들을 주워모아 가마솥에 넣고 끓였다. 내가 30년간 깎아온 조각상이 형체도 없이 사라졌다. 이제 과거의 나는 실패했다. 열이 식으면서 새로운 형태의 비누가 만들어졌다. 과거의 비누와 과거의 '미래존재'는 사라졌지만 새 비누의 재료는 나의 역사였다. 나는 조각칼을 다시 집어들고 새 비누 속에 새로운 '미래존재'를 조각하기 시작했다. 실패 선생이 청춘에게 조언한다.

"비누 깨질까 두려워 말라. 비누는 얼마든지 있다. 너만의 '미래존재'를 마음껏 조각하라."

26

공포터널 여행자

나의 '미래존재'를 꿈꾸는 데 두려워하지 말자.

그리고 나이가 많다고 주저할 것도 없다.

그런데 문제는 어떤 방식으로든 자신의 '미래존재'를 설계했어도 이 길이 맞는 것인지 자신감이 서지 않는 데 있다.

자신감이 생기지 않는 이유는 한밤중에 오솔길을 걷고 있는 것과 같다.

어릴 적 어두운 밤길을 가다보면 무섭다. 희미한 돌덩이나 나무만 봐도 마치 귀신처럼 보인다. 길도 잘 안 보인다.

착시현상이다. 착시현상은 놀이공원의 '공포터널'에서도 나타난다.

어두운 미로를 걷다보면 느닷없이 도깨비나 입가에 피를 묻힌 처녀귀신이 나타나 입장객들로 하여금 비명을 지르게 만든다.

만약 '공포터널'이 깜깜하지 않고 대낮같이 밝다면 도깨비가 나타나도 덜 무서울 것이다. 또 공포터널을 다시 한 번 걸어본다면 역시 덜 무서울 것이다. 몇 발짝 앞에 처녀귀신이 나올 것을 경험상 알고 있기 때문이다.

나의 '미래존재'는 '한밤중의 오솔길'과 '공포터널'이 끝나는 지점에 존재한다.

청년세대가 자신의 미래존재를 찾아가는 동안 두려움에 떠는 이유는 단 한 번도 경험해 보지 못했기 때문이다.

그러나 동지 섣달 긴 밤도 여명과 함께 끝난다.

아침이 밝아오면서 나의 미래존재를 만나는 순간 깨닫게 된다. 나를 공포에 질리게 했던 것들이 돌과 나무요 소품용 귀신이었다는 것을.

어둠은 아직 빛이 없는 시간일 뿐이고 청년은 단지 그 어둠 속을 홀로 걷는 여행자일 뿐이다.

'공포터널로의 여행'은 청년기에만 떠나는 것이 아니다.

나는 다시 여지껏 경험해 보지 못했던 새로운 터널 입구에 세워졌다.

마치 애써 작성한 글이 키보드 작동 실수로 모두 날아가 백지 문서로 변할 때와 같은 허탈함이 밀려왔다. 그러나 어쩌랴. 처음부터 다시 출구를 향해 걷기 시작하고 있다.

뚜벅 뚜벅 뚜벅.

새로운 '공포터널'엔 이전에 걷던 터널과는 다른 두려움이 존재하고 있다. 이미 나는 지금까지 '공포터널'을 체험했던 경험이 있기에 놀라지 않으려 애를 써보지만 공포감의 강도는 여전하다.

두 번째 '공포터널' 여행을 하다가 바위 위에 걸터앉아 여유롭게 피리를 부는 중년의 신사를 만났다. 신사는 피리를 내려놓고 나를 향해

"어이 친구 오랜만일세."

고등학교 동창이었다. 이십여 년만의 조우였다.

친구는 커피 한잔을 건네주며 쉬었다 가라고 했다.

터널 안은 조용했다.

가끔씩 벽에서 물방울 떨어지는 소리가 정적을 깨고 있을 뿐이었다.

친구는 소문으로 내가 '공포터널'에 들어왔다는 소식을 듣고 가던 길을 멈추고 나를 기다렸다고 했다.

나는 '두 번째 공포터널'에 들어오게된 사정을 짤막하게 들려줬다.

그러자 친구는 껄껄 웃으며 내 손을 부드럽게 잡았다.

친구는 대학 졸업 후 대기업에 입사했다. IT버블이 한창일 때 이곳 저곳에 투자해서 거액을 거머쥐었다고 했다. 이때 더 나은 미래를 위해 다니던 직장을 그만두고 사업을 시작했다. 그러던 어느 날 IT버블이 붕괴되면서 자신이 쌓아올린 탑이 순식간에 무너져 내렸다고 했다.. 지금도 이런저런 사업을 하고는 있지만 여전히 생활은 제자리걸음이라고 했다. 친구는 그러면서 이렇게 말했다.

"자네는 '두 번째 공포터널'에 들어왔다고 했지? 이보게 친구. 나는 몇 번째인 줄 아는가? 자네는 이 터널이 두 번째라고 하지만 나는 벌써 '열 번째 공포터널 여행'일세. 자그마치 15년 동안 이 터널에서 저 터널로 여행하고 있다네. 지금 당장이야 자네가 공포로 전율하겠지만 지나 보면 아무것도 아니라네. 힘내게."

친구는 다시 피리를 집어들었다. 그리고는 자신은 천천히 갈 테니 나보고 먼저 길을 떠나라고 재촉했다.

"지나 보면 아무것도 아니라네. 힘내게."

27

뷔리당의 당나귀

아리스토텔레스는 개는 좌우 양쪽 똑같은 거리에 먹이가 있을 때 아무쪽이나 닥치는 대로 선택해서 먹는다고 했다.

14세기 프랑스 신학자 뷔리당은 아리스토텔레스의 개를 당나귀로 바꿔 전혀 다른 해석을 했다.

당나귀는 좌우 양쪽 똑같은 거리에 똑같은 양과 질의 건초가 있으면 개처럼 즉시 선택하지 못하고 우물쭈물한다는 것이다.

오른쪽 건초를 먹으려고 몇 발짝 떼다보면 왼쪽 건초 더미가 맛있어 보인다. 그래서 이번엔 왼쪽으로 몇 발짝 떼다가 다시 오른쪽 건초 더미가 더 좋아 보여 다시 오른쪽으로 발걸음을 옮긴다.

이런 일을 반복하던 당나귀는 결국 굶어 죽는다.

바로 '뷔리당의 당나귀' 우화다.

이솝우화에 등장하는 어리석은 당나귀처럼 유럽에서 당나귀는 어리석음의 대명사다.

물론 선택은 신중하게 해야 하지만 선택의 시간이 너무 길어지면 누구나 '뷔리당의 당나귀'꼴이 될 수 있다.

삶에 정답은 없다.

누구에게 물어본다고 되는 일도 아니다.

사람마다 집집마다 처한 상황은 다 다르다.

각자 처한 상황에서 최선을 다하는 것이 행복이다.

나는 힘든 시간을 거치면서 행복과 불행의 공식을 만들었다.

$$행복 = 자존감 > 타존감$$
$$불행 = 자존감 < 타존감$$

행복해지려면 남을 존경하지 말고 나를 존경하는 마음이 더 커야 한다.

다른 사람을 부러워하지 말라는 것이다.

남을 부러워하고 비교하기 시작할 때 불행은 시작된다.

뷔리당의 당나귀가 된다.

나만의 길을 선택하고 끈기 있게 나아가자.

5장

앞으로의 인생이 두렵다.
그러나 후회하지 않는다.

"

아무것도 바라지 않는다.
아무것도 두렵지 않다. 나는 자유롭다.

— 카잔차키스 —

"

1

절 싫으면 중이 떠나라

정동 MBC 5층에 보도국이 있었다. 입사동기 수습기자들이 회의실에 모였다. 보도국 부국장이 들어왔다. 대뜸 이랬다.

"요즘의 언론 상황은 여러분이 잘 알고 있을 겁니다. 중이 절 싫으면 누가 떠나야겠습니까? 절입니까? 중입니까?"

"요즘의 언론 상황은 여러분이 잘 알고 있을 겁니다. 중이 절 싫으면 누가 떠나야겠습니까? 절입니까? 중입니까?"

황당했다. 언론이 정부의 눈치를 보는 것쯤은 이미 들어서 알고는 있었지만 청운의 꿈을 품고 갓 입사한 햇병아리 기자들에게 대선배로서 이런 말을 해도 되는 걸까? 한마디로 "알아서 기어."라는 엄포였다.

입사 일 년을 맞이하면서 시국은 혼돈 속으로 빠져들기 시작했다. 서울대 박종철 군 고문치사 사건이 발생했다. 연세대 이한열 군도 최루탄에 맞아 시위 도중 사망했다. 분신, 투신으로 항거하는 학생들이 속출했다. 그러나 MBC뉴스는 침묵했다. 시위대에게 욕먹기가 다반사였다. 하루 종일 시위대 취재를 하다 저녁 무렵 회사로 돌아오면 곳곳에서 선배들이 재채기를 했다. 최루탄 가스를 경찰기자들이 묻혀 들어왔기 때문이다. 시위 취재 기사를 밖에서 열심히 불러줘도 그 기사는 사회부장 옆자리 쓰레기통에 처박혀 있는 꼴도 여러 번 봤다.

6월 10일 시작된 민주항쟁이 절정으로 치닫고 있었다. 중심지는 명동성당 주변이다. 명동성당 주변은 최루가스로 범벅이 됐다. MBC 뉴스는 민중의 뜨거운 민주화 열망에 대한 보도를 심도 있게 다루지 않고 있었다. 항쟁 6일 만인 15일은 명동성당에 피신했던 시위대 천여 명이 신부들의 중재로 연행되는 사태를 피하고 귀가하기로 한 날이다. 나는 취재차를 타고 수많은 인파로 붐비는 명동성당 입구를 지나 성당 안으로 올라가고 있었다. 경찰팀의 취재차량은 백색 르망이다. 앞문 양쪽에 MBC로고가 선명하게 새겨져 있었다. 인파에 갇혀 천천히 오르고 있는데 갑자기 군중 속에서 이런 외침이 들렸다.

"야! 저새끼들 MBC다."

순식간에 군중심리가 발동됐다. 십여 명의 청년이 취재차량으로 달려들었다. 발길질에 채여 순식간에 양쪽 백미러가 부서져 나갔다. 문을 조금만 늦게 잠갔으면 문이 열리고 운전하던 기사 형님과 나는 꼼짝없이 차에서 끌려나올 뻔했다. 누군가는 본네트와 지붕 위에까지 올라가 쿵쿵 뛰고 있었다.

"형님 차 빨리 뺍시다."

지체했다가는 불상사가 날 위기일발의 순간이었다. 가까스로 조금씩 후진하면서 성당 입구까지 빠져나오는데 성공했다.

속에서 뜨거운 분노가 치밀어 올랐다. 차량을 부수려던 군중이 아니라 보도국 선배들에 대한 울분이었다. 시민은 MBC 뉴스의 소극적 시위보도에 분노한 것이다.

속에서 뜨거운 분노가 치밀어 올랐다. 차량을 부수려던 군중이 아니라 보도국 선배들에 대한 울분이었다. 시민은 MBC 뉴스의 소극적 시위보도에 분노한 것이다.

함께 명동성당 주변에 있던 사건기자 선배와 동기 기자들이 연락을 받고 모여들었다. 취재차가 부서진 경위를 설명하고 회사에도 보고했다. 다들 씩씩거릴 뿐 말이 없었다. 피신했던 시위대는 해산길에 나서고 있었지만 성당 주변은 오히려 2만여 명의 시위대로 가득했다. 그동안 시위대가 더 불어난 것이다. 성당 주변 빌딩에서는 넥타이를 맨 회사원들이 화장지를 던지며 시위에 호응하고 있었다.

이때 사회부 데스크에서 오늘 밤 뉴스데스크 아이템에 대한 지시가 내려왔다. '평온을 되찾은 명동'으로 뉴스가 나갈 테니 리포트 준비를 하라는 것이다. 어이가 없었다. 평온해진 것이 아니라 오히려 시위가 더 악화되고 있다고 현장 상황을 설명해도 전혀 먹히지 않았다. 최문순 선배(지금 강원도지사)와 나, 입사동기인 홍순관 기자 등 예닐곱 명이 성당 앞 타임다방에 모여 대책을 논의했다.

1시간여 회의 끝에 우리는 '제작거부'에 뜻을 모았다.

1시간여 회의 끝에 우리는 '제작거부'에 뜻을 모았다. 사보타주(sabotage)다. 이로 인한 역풍을 최소화하기로 했다. 제작거부도 오후 5시 40분부터 1시간 10분 동안으로 잡았다. 취재하지 않고 회의한 시간이다. 상징적 의미였다. 파업을 6개월씩 했던 지금의 MBC 노조입장에서 보자면 코미디같은 제작거부다. 그러나 당시엔 바람막이가 돼줄 노조가 없었다. 모든 시국 관련 뉴스는 '보도지침'에 따라 하는 때였고 안기부와 경찰이 회사에 상주해 있을 때였다. 코미디 같은 제작거부 행위도 용기를 내야만 했다. 우리는 '경찰출입기자 일동' 명의로 성명서를 순화하고 순화해서 썼다. A4용지 한 장에 제목도 없고 몇 줄밖에 안 되는 성명서다.

우리 경찰기자는 6.10 대회 이후 본연의 임무인 '취재'에 전념해왔다. 그러나 MBC 보도에 불만을 품은 시민들에게 급기야 15일 15시 30분 취재차량이 공격당하는 극한 상황에 이르렀다. 이런 상황에서 데스크로부터 '평온을 되찾은 명동'이라는 아이템 제작을 지시받았다.

그러나 취재팀은 성당 주변에 2만여 명에 육박하는 시민이 몰려드는 등 당시 상황을 송고했음에도 불구하고 내려지는 데스크의 부당한 취재 지시에 불만을 품고 오후 5시 40분부터 1시간 10분 동안 취재를 거부했다. 이는 조직을 파괴하려는 행위가 아니며 MBC의 발전과 취재기자로서의 자긍을 위한 행동이었음을 밝힌다. 취재팀은 이러한 상황이 재발돼서는 안 된다는데 의견을 같이하고 이의 시정을 촉구한다.

1987. 6. 15. 경찰출입기자 일동

지난 10부터 6일동안 계속된 6.10대회 관련시위로 인헤 사진취재팀은
인심동체로 최선을 다했왔다.
또한 6.10대회에 대한보도는 2.7. 3.3. 5.18의 경우와는 달니 공정을
기하려는 흔적이 엿보여 취재팀은 이에 힘을얻어 본연의 임무인
'취제'에 전념해왔다.
그러나 MBC의 보도방향에 대한 누적된 감정으로 인헤 시민들이
MBC를 대하는 시선은 갈수록 차가와져 급기야 15일15시30분 취재차량이
시위 군중들로부터 공격을 당하는등 극한 상황에 이르렀다.
이러한 상황아래서 취재팀은 15일오후 데스크로부터 '평온을 뒤찾은 명동'
이라는 주제의 제작을 요구 받았다.
그러나 취재팀은 성당주변에 2만여명에 육박하는 시민들이 몰려드는 당
당시상황을 이미 송고했음에도 불구하고 내려지는 데스크로부터의
부당한 취재 지시에 불만을 품고 오후 5시40분부터 1시간 40분동안
취재를 거부하기에 이르렀다.
취제팀의 이같은 행동은 조직을 파괴하려는 행위가 아니며
MBC의 발전과 함께 취재기자로서의 최소한의 자긍을 위한 행동이었음을
밝힌다.
따라서 취재팀은 앞으로의 보도로인헤 이러한 상황이 재발돼서는
안된다는데 의견을 같이하고 이의 시정을 촉구한다.

1987. 6. 15
경찰출입기자일동

▲ 6.15일 경찰출입기자일동 성명이미지

인쇄를 해야 했다. 막내인 나와 홍순관 기자 둘이 맡았다. 성당 건너
편 중부경찰서 주변엔 인쇄소가 많았다. 서너 군데를 돌아다니며 인쇄를
부탁했지만 내용을 보더니 거절했다. 중부경찰서 정보과에 걸리면 가게
문을 닫아야 한다는 것이다. 마지막으로 찾아간 인쇄소 사장은 달랐다.
자기네 인쇄소에서 인쇄했다는 사실만 밝히지 않겠다는 조건으로 2백여
부를 인쇄했다. 우리는 밤 10시가 넘어 야근자만 있는 보도국에 들어가
이 성명서를 곳곳에 뿌리고 도망쳤다. 이제 원본은 없고 누군가 복사본

(방송언론의 민주화를 위한 우리의 다짐)

　　현금의 시국은 그 누구도 막을 수 없는 도도한 민주화의 흐름속에 있다.
우리는 그동안 현실에 안주한채 진실을 외곡, 조작함으로써 전국민의 여망을 외면·배반했음을
뼈저리게 반성하며 이제부터 공정한 보도로 국민의 눈과귀가 되기위해 끝까지 투쟁할것을
선언한다.

첫째 - 허울뿐인 공영 방송체는 실패되어야 한다.
　　　방송 통폐합이후 KBS 와 MBC 는 급이 현성권의 홍보 방송으로 전락해 전국민의
　　　불신을 받기에 이르렀다.
　　　이에 우리는 앞으로 누가 집권을 하든 방송매체를 다시 사유화할수 없음을
　　　천명하며 대통령선거등 향후전개될 일련의 정치 일정에 절대 공정 불편 부당의
　　　보도 자세를 견지하도록 해야한다.
둘째 - 현 왕실밀 사장을 비롯한 관선 경영진은 즉각 퇴진해야한다.
　　　언거번의 거래가 논의되고 있는 현시점에서 앞으로 MBC 가 나아가야할 방향에
　　　대해 우리의 의사가 반영되어야 함을 자명하다.
　　　이를 포장하기 위해 권력의 충성한 하수인 노릇을 하며 전횡을 일삼아 온
　　　현 경영진은 스스로 물러나야 한다.
세째 - 기관원의 사내 출입은 전면 금지되어야 한다.
네째 - 해직기자들은 전원 복직되어야 한다
　　　우리는 과거 방송언론의 자유를 위해 투쟁하다 마외에 의해 MBC 를 떠나야
　　　했던 해직기자들을 우리의 훌륭한 신배로 생각한다.
　　　우리는 이상의 요구 사항을 관철시키기 위해 예상되는 어떤 압력에도 끝까지
　　　맞서 싸울것을 다짐한다.
　　　아울러 이와 같은 우리의 각성이 뒤늦은 것임을 자인하며 일부 MBC사 간부들과
　　　선배들은 지금 까지의 기회주의적 태도를 버리고 방송언론 민주화의 대열에 동참할
　　　것을 촉구한다.

　　　　　　　　　　　　　　　　　　　1987. 7. 13.

　　　　　　　　　　　　　　　　　　　문화방송 보도국 기자 일동

▲ 7.13일 보도국기자일동 성명서 이미지

238

으로 갖고 있던 성명서를 어렵게 구해서 소장하고 있다. 이마저도 보관하고 있다가 물기로 쭈글쭈글해졌다. 볼품없지만 나에겐 소중한 자료다.

다음날 아침 사회부장의 호출이 왔다.

"제작거부보다 성명서를 살포한 행위가 더 엄중한 사안이다. 너희들의 돌출 행위로 회사가 들쑤셔졌다. 책임을 묻겠다."

그러나 우리의 제작거부는 보도에 불만을 품고 있던 다른 선후배 기자들을 응집시키는 도화선 역할을 했다. 7월 13일 밤 보도국이 봉기했다. 공공연한 비밀로 알려진 H아워는 밤 8시. 뉴스데스크 준비하느라 한참 바쁜 시간이다.

최용익 선배가 "자 이제 시작합시다."라고 외치며 라디오 편집부 책상으로 뛰어올랐다. 부장들이 제지했다. "지금 뭐하는 거야?" 호통이 터졌다. 그러나 물꼬는 터져버렸다. 나를 비롯해 평기자들이 부장들을 밀어내고 기민하게 책상 주변에 인의 장막을 쳤다. 최선배가 쩌렁쩌렁한 목소리로 성명서를 낭독했다.

'방송언론의 민주화를 위한 우리의 다짐'이라는 성명서다.

성명서 주요내용이다.

> "현금의 시국은 그 누구도 막을 수 없는 도도한 민주화의 흐름 속에 있다.
>
> 첫째, 허울뿐인 공영 방송제는 철폐돼야 한다. 방송 통폐합 이후 KBS와 MBC는 현정권의 홍보 방송으로 전락해 전국민의 불신을 받기에 이르렀다.
>
> 둘째, 정권의 하수인 노릇을 하며 전횡을 일삼아온 현 경영진은 스스로 물러나야 한다.
>
> 셋째, 기관원의 사내 출입을 전면 금지시켜야 한다.

넷째, 80년 언론 통폐합 당시 해직기자들은 전원 복직돼야 한다. 우리는 과거 방송언론의 자유를 위해 투쟁하다 타의에 의해 MBC를 떠나야 했던 해직기자들을 우리의 훌륭한 선배로 생각한다.

우리는 이상의 요구를 관철시키기 위해 맞서 싸울 것이다. 일부 데스크급 간부들과 선배들은 지금까지의 기회주의적 태도를 버리고 방송언론 민주화의 대열에 동참할 것을 촉구한다.

1987. 7. 13. 문화방송 보도국 기자 일동."

보도국은 이어 '방송민주화추진협의회'를 결성했다. 11월에는 노동조합이 출범했다. 언론사로는 한국일보에 이어 두 번째고 방송사로는 최초다. 이듬해 8월 MBC노조는 방송사상 최초로 전면파업에 돌입했고 청와대가 임명한 사장은 퇴진했다. 87년 6월 15일 경찰기자들의 제작거부와 성명서 노동조합 결성으로까지 연결된 것이다. 나비효과다. 나와 홍순관은 책임을 져야 했다. 나는 내근 부서라 다들 기피하는 '라디오 편집부'로 홍순관은 '심의실'로 쫓겨났다. 이제 입사한 지 만 2년된 햇병아리 기자였다. 현장을 팔팔 날아다녀야 할 새끼 독수리들을 새장에 가뒀다. 그것도 2년이 넘게.

현장을 팔팔 날아다녀야 할 새끼 독수리들을 새장에 가뒀다. 그것도 2년이 넘게.

2

50대에 파업이라니-'오라누이'의 동참

내가 갓 입사했을 때 "절 싫으면 중이 떠나야 한다."고 엄포를 놓았던 선배가 당시에 보도국 부국장이었다. 이제 내가 그 부국장 직급을 얻었다.

내가 갓 입사했을 때 "절 싫으면 중이 떠나야 한다."고 엄포를 놓았던 선배가 당시에 보도국 부국장이었다. 이제 내가 그 부국장 직급을 얻었다. 보직은 주말 뉴스데스크 앵커. 나이는 쉰을 넘겼다. 이명박 정부가 들어서더니 김재철 씨가 MBC사장으로 취임했다. 김사장은 보도국 선배다. 정권 초기 이명박 정부는 MBC의 뉴스나 PD수첩으로 확산된 광우병 시위로 곤욕을 치러야 했다. 새로 취임한 김사장은 노조와 젊은 기자, PD들과 갈등을 빚기 시작했다. 정권에 안 좋은 뉴스를 의제에서 빼는 일이 자주 발생했다. 내가 사회부기자때 명동성당 시위대로부터 두들겨 맞은 것처럼 시위대에게 폭행당하는 기자나 카메라기자들이 보도국 인트라넷에 보도국 수뇌부를 성토하는 글을 올리기 시작했다. MBC뉴스가 어떻게 해서 여기까지 오면서 시청자들의 신뢰를 쌓아왔는데 서서히 무너지고 있는 모습이 보였다.

2012년 1월말 보도국 기자회가 제작거부에 돌입하자 노조는 월요일부터 총파업에 들어가기로 했다. 그 전날인 일요일 밤 주말 뉴스데스크 진행이 끝나고 문지애 앵커에게 물었다.

"지애씨도 내일부터 파업에 들어가는 거야?"
대답은 짧았고 단호했다.
"네. 방법이 없잖아요"

"지애씨도 내일부터 파업에 들어가는 거야?"
대답은 짧았고 단호했다.
"네. 방법이 없잖아요"

이듬해 문지애 앵커도 사표를 내고 MBC를 떠났다. 훗날 tvN 현장토크쇼 〈택시〉에 문앵커가 출연했다. 사표를 낸 이유에 대해 문자 이렇게 대답했다.

"파업 이후 회사에서 필요하지 않은 존재가 됐어요. 방송하고 싶어서 프리 선언했습니다."

그 다음 주말부터 뉴스데스크는 나홀로 5분에서 8분 정도만 진행했다. 2월말까지 한달을 이렇게 혼자서 진행했다. 점심시간이 돼서 엘리베이터를 타고 로비로 내려오면 정다운 후배들이 로비를 가득메우고 '김재철 퇴진'을 외치고 있었다. 보도국의 후배들은 마치 어미가 먹잇감을 갖다줄 때 하듯이 짹짹거리며 나를 쳐다보는 것 같았다. 특히 이정신 기자의 애처로운 표정은 아직도 눈에 선하다. 그러면서 나 스스로가 변하기 시작했다. 후배들에게 힘을 실어주고 싶었다. 후배들의 뜻이 옳고 맞았다. MBC뉴스를 더 이상 망가뜨려서는 안 되겠다. 이런 나의 생각을 세상에 알려야 했다. 그러려면 결국 나도 다시 조합원 자격을 획득하고 파업에 동참하는 길밖에는 없었다.

어느 날 오후 정형일 문화과학부장 자리로 갔더니 정부장이 상자를 책상에 올려놓고 짐을 싸고 있었다.

"정부장 뭐하는 거야?"

"저도 파업에 합류하려고 합니다."

"………………"

"한정우 국제부장과 민병우 사회1부장도 파업에 같이 참여하기로 했어요."

나도 속으로 파업참여를 결심했다. 후배지만 다들 쉰이 넘은 아저씨들이고 부장들이다. 이후 파업에 이런 간부들이 대거 동참했다. 보도, PD, 기술, 편성, 미술, 경영 부문의 남녀 간부들이다. MBC 역사상 처음 있는 일이다. 파업에 참여한 100여 명의 간부들을 우리는 '오라누이'라고 불렀다. 오라버니와 누이의 합성어다.

일요일 밤 마지막 뉴스데스크 진행을 마치면서 나는 이런 클로징 멘트를 하려했다.

"시청자 여러분 그동안 감사했습니다. 안녕히 계십시오."

그러다 결국 "오늘 뉴스 여기서 마치겠습니다."로 바꿨다.

뉴스가 끝나고 자리로 돌아왔다. 보도국은 적막했다. 분장을 티슈로 지운 뒤 미리 준비해온 여행용 가방에 서랍 안에 든 잡동사니를 모두 챙겼다. 책상 위 PC에 있는 저장물은 모두 USB에 담거나 삭제했다. 책상은 완전히 정리됐다.

　뉴스가 끝나고 자리로 돌아왔다. 보도국은 적막했다. 분장을 티슈로 지운 뒤 미리 준비해온 여행용 가방에 서랍 안에 든 잡동사니를 모두 챙겼다. 책상 위 PC에 있는 저장물은 모두 USB에 담거나 삭제했다. 책상은 완전히 정리됐다.

　금연이지만 담배를 한 대 피워 물며 상념에 잠겼다. 이제 내일 오전에 파업동참을 노조 후배들에게 알리기만 하면 된다. 그런데 과연 이 자리로 내가 언제쯤 다시 돌아올 수 있을까? 짧게는 두 달 길게는 석 달로 봤다. 그러나 모두 틀렸다. 그 이후로 나는 단 한 번도 내가 앉았던 자리에 가보지 못했다.

3

MBC 파업참여, 정직 3개월

다음날 나와 입사동기인 김세용 부국장의 파업 소식이 로비에서 농성 중인 후배들에게 알려졌다. 그 현장에 나는 없었지만 후배들이 환호했다고 한다. 나는 기자로서 몇 년 남지 않은 MBC기자 생활을 정직하게 살고 싶었다. 일주일 뒤 인사위원회가 열렸다. 나와 김세용 부국장 두 명에게 정직 3개월이 내려졌다. "회사에서 나보고 더 정직하게 살라는 취지에서 정직 3개월을 내렸구나."라고 웃어넘겼다.

그날 밤 후배들이 나에게 보신각 앞에서 야간 집회가 있는데 가서 후배들에게 격려사를 해달라고 부탁했다. 3월초였다. 보슬비가 내렸고 집회 참가자들이 모두 하얀 우비를 뒤집어썼다. 나는 무대에 올라서 큰소리로 외쳤다.

"지금 MBC 하늘 위로 불공정보도의 유령이 배회하고 있습니다. 이 유령을 몰아내는 일에 여러분이 앞장섰고 이제 저도 동참했습니다…… 그런데 후배 여러분들. 지금 저녁시간이면 기사 쓰고 오디오 읽으러 다녀야 하는데 여기서 너희들 뭐하는 거야?"

여기까지 말하자 울컥했다. 한 순간 눈가가 촉촉해졌고 카메라 플래시 불빛이 번쩍였다. 이날 밤 종로에서 후배들과 술을 마셨다. 곤죽이 되도록 말이다.

이튿날 아침 일찍 휴대폰이 울렸다. 정형일 부장이었다.

"아침부터 웬 일이야?"

"알구형!(내 별명이다) 알구형이 어제 집회에서 연설하던 장면이 경향신문 1면에 사진으로 실렸어!"

신문을 구해봤다. 눈물 흘리는 내 얼굴이 클로즈업 돼서 신문 1면에 정말로 게재돼 있었다. 후배들은 좋아했다.

"성님 덕분에 우리 파업 홍보가 엄청됐어요!"

갑자기 파업 전면에 나선 '투사'로 변신한 듯했다.

이날 이후 나는 바빠졌다. 먼저 기자들과 인터뷰에 응해야 했다. 경향신문에 인터뷰 기사가 나갔는데 지인이 그걸 오려서 액자로 만들어 선물로 줬다. 제목은 '최일구 "앵커직 사퇴는 공정보도 못한 나를 단죄한 것"'이다. 문지애 앵커와 여의도 텐트 농성장에서 한 매체와 인터뷰 취재를 마쳤다. 취재기자와 셋이서 길 건너 레스토랑에 갔다. 마침 점심을 먹고 나가려던 손석희 선배와 마주쳤다. MBC는 떠났고 JTBC 사장으로 가기 전이었다. 손선배는 "고생 많다."며 흔쾌히 우리 몫까지 계산을 해줬다.

노조 행사에도 단골 초대 손님이 됐다. 후배들이 일만 있으면 나에게 연락을 해왔다.

"여의도 광장에서 방송 3사 노조 합동 문화제가 밤에 있는데 가서 5분간 연설 좀 해주세요."

한밤중에 열린 문화제에는 만여 명의 시민이 참여했다. 그날도 비가

왔다. 내 앞 순서는 드렁큰 타이거라는 젊은 친구 2명이 힙합을 하는데 도저히 알아듣지 못하겠다. 다만 '00새퀴' 'XX새퀴' 소리만 들렸다.

"서울 시청 앞 광장에서 김재철 퇴진 촛불집회가 있는데 토크쇼 사회 좀 봐주세요"

아나운서도 아닌 내가 여야 정치인들 옆에 앉아 사회를 봐야 했다.

"홍대 앞에서 전단 나누기 행사 있는데 전단 좀 돌려주세요."

함께 파업 중인 지역 MBC노조의 초청도 받았다. KTX편으로 지역 노조의 파업 현장을 찾아 지지연설을 했다. 덕분에 훌륭한 후배들을 만날 수 있었다. 광주 MBC 김낙곤 위원장, 박태영 PD, 창원 MBC 우동일 위원장, 김태석 기자, 이상훈 기자, 전우석 PD, 전주 MBC 김한광 위원장, 여수 MBC 박광수 위원장, 목포 MBC 김성환 위원장, 장용기 기자, 진주 MBC 남두용 위원장, 정대균 MBC 본부수석부위원장이다. 내가 파업참여를 하지 않았다면 만날 수 없었던 후배들이다.

일련의 이런 일들이 부담되는 것이 사실이지만 나는 기꺼이 응했다. 후배들의 제안을 뿌리치는 것은 나의 파업참여 의지의 진정성을 의심케 하는 것이고 비겁한 행위로 생각했기 때문이다.

"보도국 기자들이 광화문에서 1인 릴레이 시위를 하는데 첫 번째로 형님이 나가주세요."

후배 기자인 김수진 씨와 둘이서 두 시간 동안 땡볕에 보드판 목걸이를 맨 채 서 있었다. 보드판에는 "박성호, 이용마 해고기자를 살려내라." 고 적혀 있었다. 뒤에서 이순신 장군이 내려다보고 있었다. 지나가는 시민도 힐끗 힐끗 나를 쳐다봤다. 이때 문득 이런 생각이 들었다.

'80년 봄 회기동 경희대에서 여기 광화문까지 스크럼 짜고 시위하러 왔었지. 87년에는 6.10 민주항쟁 취재하러 이곳에 서 있었지. 그런데 2012년 봄 쉰 살이 넘은 지금 큰 칼을 목에 차고 세 번째로 여기 광화문에 서 있구나. 도대체 내가 죽기 전에 이 땅에 진정한 민주주의와 언론의 자유가 넘치는 날을 볼 수는 있는 것인가?'

▲ 2012년 6월 서울 광화문

4

인생에 정답은 없다

　기나긴 파업은 결국 패배로 끝났다. 파업 종료와 함께 정직자들의 정직이 발효됐다. 나는 3개월을 받았다. 무노무임이다. 반년이 넘는 파업기간에 3개월 더 정직이니 돈이 없었다. 10월부터는 드디어 정직이 해제되고 인사명령을 받았다. 3개월 교육이다. 출근 장소는 여의도 MBC 내 자리가 아니라 잠실 신천의 MBC아카데미였다. 이곳엔 이미 교육명령을 받은 수십 명의 '역적 무리'가 우글거리고 있었다. '삼청교육대'를 빗대 '신천교육대'라는 조어도 생겼다. 일산에서 '신천교육대'까지는 너무 멀었다. 주유비를 아끼려 대중 교통을 이용해야 했다. 일산에서 M버스를 타고 강남역에서 내려서 지하철 2호선으로 환승했다.

　고백하건대 삼십 초반부터 자가용을 끌고 다닌 이래로 버스와 지하철 대중 교통을 본격적으로 이용하기는 처음이었다. 지금이야 지하철 이용이 자연스럽지만 그때는 정말로 어색했다. 지하철 탑승에는 무리가 없었지만 버스는 마치 외국인 관광객처럼 물어물어 타야 했다. 일산이나 강남역이나 모두 버스 중앙 차선제로 운영됐다. 내가 타야할 버스가 어디에서는지를 알 수가 없었다. 첫날 일산으로 가는 버스를 타려고 횡단보도를 건너 중앙 버스정류장에서 기다렸다. 30분을 기다려도 내가 타려는 버스가 오지 않았다. 도대체 어찌된 영문인지 건너편을 보니 그 버스가 길가 정류장에서 출발하고 있었다. 어떤 승객은 내릴 때도 교통카드를 요금 단말기에 갖다댄다. 왜 그런지 '신천교육대' 동료에게 물어보고 나서야 이유를 알았다.

'신천교육대' 교육은 별거 없었다. 오전 오후 특강을 듣거나 브런치를 만들거나 맥주 감별을 하거나 예술의 전당에 가서 반 고흐 전시회를 관람하는 것이다. 전날 나는 이 반 고흐 전시회를 반공 전시회로 잘못 알아들었다. 이 나이에 웬 반공 전시회를 가냐고 했더니 화가 반 고흐 전시회란다. 이렇게 2012년이 하릴없이 지나갔다.

2013년 새해가 밝았지만 신천교육대원들은 밝지 않았다. 인사부에서 2월 초에 또다시 인사위원회를 열어 나는 또다시 정직 3개월을 받아야 했다. 인생 이모작은 이래서 시작됐다.

2013년 새해가 밝았지만 신천교육대원들은 밝지 않았다. 인사부에서 2월 초에 또다시 인사위원회를 열어 나는 또다시 정직 3개월을 받아야 했다. 인생 이모작은 이래서 시작됐다. 내 입사 동기들은 앞으로 몇 년 더 정규직으로 근무하다 은퇴할 수 있다. 나는 은퇴 후에도 인생 이모작으로 뭐든지 할 거라면 몇 살 더 젊은 지금 단행해보자는 선택을 했다.

사람은 중요한 고비마다 누구나 선택한다. '선택'이란 무엇인가. 한정된 정보로 미래를 위해 결정하는 합리적 판단이다. 그래서 누구나 선택할 때는 이런 이유를 내세운다. "그래! 내가 지금 내리는 선택이 최선이다." 그러나 내가 한 선택이 다 올바르다면 얼마나 좋을까. 그렇지 않은 경우가 더 많다.

내가 결정한 선택에 대해서 후회는 금물이다. 왜? 나 스스로 결정한 것이니까. 삶은 내가 내린 선택을 정답으로 만들어 가는 과정이다. 그리고 인생에 정답은 없다. 두 개가 더 없단다. 비밀과 공짜!

내가 결정한 선택에 대해서 후회는 금물이다. 왜? 나 스스로 결정한 것이니까. 삶은 내가 내린 선택을 정답으로 만들어 가는 과정이다. 그리고 인생에 정답은 없다. 두 개가 더 없단다. 비밀과 공짜!

5

10년 후를 내다보라

살면서 이런 생각을 가끔씩 했다. 내가 기자가 안 됐으면 뭘 하고 살았을까?

역사에서 의미를 찾아내듯 내가 살아온 삶을 평가는 할 수 있다. 정의와 도덕, 인간애의 잣대를 들이대며 잘 살아왔는지 그렇지 않은지를 반추한다. 그러나 '다가올 삶'은 질문이 불가능하다. 아직 가지 않은 길이기에 그렇다.

청춘의 방황기에 자주 들여다봤던 로버트 프로스트의 시 '가지 않은 길'을 인생 이모작을 준비하면서 다시 들여다본다. 그런데 남이 가지 않은 길을 선택하기가 이제는 어렵다. 중년의 아저씨가 됐기 때문이다. 이제는 청춘이 아니다. 중년의 인생 이모작 선택은 '지나온 삶'을 바탕으로 '다가올 삶'을 설계해야 한다. 내가 잘하고 좋아하는 것이 뭔지를 어느 정도는 알게 된다. 나는 그것을 '연륜의 나이테'라고 정의한다.

내가 잘하는 일은 방송이다. 그리고 숱하게 취재하고 기사를 써왔고 즐겼다. 그래서 내가 이 책을 쓰는 지도 모른다. 이 책을 냄으로써 세상에 나의 존재를 알리고 누군가에게 나를 선택해달라는 몸부림일지도 모른다. '연륜의 나이테'가 많기 때문에 가능하다.

내가 잘하는 일은 방송이다. 그리고 숱하게 취재하고 기사를 써왔고 즐겼다. 그래서 내가 이 책을 쓰는 지도 모른다. 이 책을 냄으로써 세상에 나의 존재를 알리고 누군가에게 나를 선택해달라는 몸부림일지도 모른다. '연륜의 나이테'가 많기 때문에 가능하다.

청춘에게는 '연륜의 나이테'가 없다. 그래서 책이나 선생이나 멘토는 '잘할 수 있는 일, 좋아하는 일'을 선택하라고 멘토링한다. 청춘에게는 공허한 메아리다. 청춘이 어떻게 그걸 알겠는가. 어떤 신도 어떤 부모도 어떤 선생도 그 길을 알려주지 못한다. 청춘은 '단풍 숲 속 두 갈래 길'에서 가지 않은 길을 걸어야 한다. 그게 인생이다. 선택에 정답은 없다. 선택한 길을 묵묵히 걸어갈 뿐이다.

하루라도 젊었을 때 길을 선택하고 떠나라.

'단풍 숲 속 두 갈래 길'에서 언제까지 텐트 쳐놓고 캠핑생활을 할 것인가. 그러는 사이 여러분의 친구는 가지 않은 길을 뚜벅 뚜벅 저만치 걸어가고 있을 것이다. 두 갈래 길이지만 어느 지점에서는 서로 이어진다. 가던 길이 내 길이 아니라고 생각되면 다른 길로 걸으면 된다. 바로 내가 걷던 길에서 벗어나 새로운 길에 접어든 것이다.

TV에 노량진 학원가에서 서른 살이 넘도록 공무원 시험에 매진하는 청춘을 본다. 꿈을 포기하지 않는 자세는 물론 중요하다. 그러나 한 번밖에 없는 청춘을 소비하지 마라. 안 되면 옆으로 돌아갈 생각도 해야 한다. 길은 직선도로만 있지 않다. 우회도로를 가도 목표 지점에 도착한다. 시간이 지체될 뿐이다. 세상엔 우리가 모르는 일거리가 참 많다. 기자로 살다보니 번듯한 학력이 없어도, 밑바닥부터 시작했어도 기업의 대표가 된 사람을 많이 봤다.

수도권을 돌아다니며 폐 PC를 수거해 수리한 뒤 중고품으로 판매했던 20대 중반의 사나이가 있었다. 그는 폐 PC의 양이 폭발적으로 늘어나자 새로운 사업에 눈을 돌렸다. PC 부품 중엔 금이 소량 있다고 한다. 작은 공장을 차려놓고 폐 PC를 분해하고 용광로에서 금을 채취하기 시작했다. 이름하여 '도시광산'이다.

휴대폰 속에도 금이 있단다. 이제는 중국, 동남아시아에서 쏟아져 나오는 폐 PC까지 수입해 금은 물론 다른 금속류도 채취한다. 공장도 제법 커졌다. 매일 저녁 무렵이면 순도 99%의 손바닥만한 금덩이가 나온다며 내게 보여줬다. 당시 금시세로 5천만 원이라고 했다. 여기까지 오는데 15년 걸렸다고 한다. 고생은 이루 말할 수 없다고 했다.

도시광산 사장만 고생했겠는가. 누구나 성공하기는 이처럼 힘들다. 날 때부터 금수저를 달고 나오지 않는 한 말이다.

사장은 경리직원을 뽑았던 얘기도 들려줬다. 지방대 4년제 회계학과 졸업자를 신입 경리로 채용했다고 한다. 출근 전날 아버지와 함께 수도권에 위치한 공장 견학을 온 뒤 다음날 바로 그만뒀단다. 직원 아버지가 "이런데 취직하게 하려고 너를 4년 동안 공부시켜 준 게 아니다."라고 했단다. 사장은 자기 밑에서 일하던 직원 2명은 여기서 기술을 배워 동종 사업체를 운영하고 있다고 했다. 직원들이 사업체를 차릴 때 도움을 줬고 그들과 협업체계를 유지하고 있다고 귀띔했다. 그러면서 청년 실업 얘기들 많이 하지만 정작 먼 미래를 보지 않는 근시안적 발상이라고 했다. 그런 식이라면 어느 세월에 취직하고 일해서 돈 벌겠느냐는 것이다.

나도 공감한다. 청춘에게 권하건대 멀리봐라. 청춘이여 언제까지 3포세대를 훈장처럼 달고 다닐 것인가. 이런 말하는 나를 향해 "당신은 MBC에서 잘 먹고 잘살았던 사람이잖아! 한가한 소리 그만해!"라는 볼멘 소리가 곳곳에서 들린다. 맞다. 나도 잘나갔다. 승승장구했다. 그러다 치명적인 KO패를 당해 밑바닥부터 다시 올라가야 한다.

그러는 여러분에게 한마디만 하겠다. 청춘은 금세 지나간다. 인생은 한 번이다. 지금은 나도 빈털터리로 인생 2막에 나섰다. 자영업자다. 정규직에서 비정규직이 됐다. 나도 여러분처럼 이제 새로운 꿈을 꾸는 도전자다. 나와 청춘의 공통점이다. 여러분은 20대고 나는 50대다. 차이점이다. 나는 청춘보다 인생 경험이 풍부하다. 그래서 어떤 꿈을 꿔야 할지 구체적으로 알고 있다. 이것은 나의 장점이다. 청춘은 나보다 오래 살고 나는 여러분보다 더 빨리 죽는다. 청춘의 장점이다. 청춘과 내가 선수로 데뷔한 이후 새로운 챔피온 결정전 타이틀 매치에 나선 복서라고 생각하고 다음과 같은 비교표를 만들었다.

	청춘	최일구
공통점	도전자	도전자
나이	25세	55세
전적	데뷔전	30전 29승 1KO패
스타일	매니 파퀴아오	록키 발보아
지명도	없음	높음
출전기회	65회	35회
체력	좋음	나쁨
연륜나이테	0개	30개

누가 이길 것 같은가? 전적 면에서 보자면 청춘 선수보다 최일구 선수가 다양한 테크닉을 구사할 수 있다. 선수 지명도도 내가 훨씬 높다. 이것만 보면 내가 이길 수 있다. 그러나 나이와 스타일, 출전 기회, 체력을 보라. 그래도 최일구가 더 나아 보이는가? 그런 청춘이 있다면 이런 제안을 하겠다. 나와 청춘을 맞바꾸자!

그래도 최일구가 더 나아 보이는가? 그런 청춘이 있다면 이런 제안을 하겠다. 나와 청춘을 맞바꾸자!

6

가지 않은 길

나는 MBC에서 27년여 기자를 했다.

오직 내세울 것이 있다면 '주말 뉴스데스크 앵커'했다는 것이 전부다.

직장생활하면서 내 신조는 한 가지였다.

'나 자신에게 부끄럽지 않도록 충실하자.'

라디오 편집부 내근을 하면서도 라디오 뉴스 시그널을 시대 조류에 맞게 새로 만들었다. 서울시 출입기자였을 때는 데스크를 설득해 매일 아침 '수도권 현장 고발' 코너를 신설해 고군분투했다.

정보통신부를 담당하면서 복잡한 IT관련 기사를 쉽게 풀어서 1년간 매일 방송했고 공로상이라는 결과물도 얻었다.

스포츠 뉴스 팀을 이끌면서 앵커의 뒷배경을 앵커의 어깨 위에 1/4 크기로 표시하지 않고 전체 화면으로 띄우는 변화도 이끌어냈다.

인터넷 뉴스 에디터 시절에는 87년부터 2007년까지의 뉴스데스크를 디지털 DB로 만들었다. '20년 뉴스'다. 지금 MBC 홈페이지에서 1987년 이후 뉴스테스크를 볼 수 있다. 주말 뉴스 앵커를 시작하면서 'Think

Different' 정신으로 뉴스에 변화도 시도했다.

생애 첫 강의 요청을 결국 받아들였고 덕분에 다른 사람 앞에서 나의 경험과 생각을 발표할 수 있는 기회도 얻었다.

후배들의 뜻이 맞다고 판단해 부국장이라는 직급임에도 파업을 함께했다. 그러면서도 숨지 않았다.

나만의 길을 걸어왔다. 남이 가지 않은 길을 선택하며 살아왔다. 결과는 전혀 새로운 삶을 살게 됐다.

나는 줄서기를 배격했다.

내가 파업에 동참하자 사내 간부들 사이에 수군거림이 들렸다. 김재철 사장이 주말 앵커를 시켜줬고 MBC 50년 역사를 빛낸 사원 중의 한 사람으로 상까지 줬는데 배신했다는 것이다.

이것은 조폭논리다.

MBC는 조폭조직이 아니라 공영방송이다. 국민이 주인인 방송이다.

내가 민간 회사를 다녔다면 어땠을까. 안 하느니만 못한 상상이다.

나는 불평꾼도 싫어한다. 할 말이 있으면 정정당당하게 앞에 나와서 얘기해야 한다.

뒤에 숨어서 누군가를 향해 손가락질하지 마라. 상대에게 손가락질하면 엄지와 검지는 상대를 향해도 나머지 세 손가락은 나를 향하고 있다는 점을 잊지 마라.

평생 직장으로 여겼던 MBC에 사표를 던지고 인생 이모작에 나섰다.

앞으로의 인생이 두렵다. 그러나 후회하지는 않는다.

앞으로의 인생이 두렵다. 그러나 후회하지는 않는다.

마음속에 나는 5383이라는 숫자를 새겼다. 53세부터 83세까지 열심히 살자는 나만의 구호다. 오롯이 30년의 내 인생이 남아 있지 않은가.

내가 하기 어려운 일에 도전하지는 않을 것이다. 내가 좋아하고 잘할 수 있는 일에 집중하려 한다. 변화시킬 수 있다는 '마음의 평온'이 필요하다. 내가 변화시킬 수 있는 것은 변화시키겠다는 '마음의 용기'가 필요하다. 그리고 '평온'과 '용기'의 차이를 알 수 있게 만드는 '마음의 지혜'가 필요하다.

삶은 오로지 나의 몫이다.

삶은 오로지 나의 몫이다.

다른 사람이 알아봐주길 원하지 말아야 한다. 누가 시키지 않아도 내가 할 일을 찾아나서야 한다. 그것이 후회 없는 인생을 만든다. 이런 생활이 최선을 다하는 삶이다.

자기 삶의 성공을 위해 일을 만들어라.

숨지 마라.

나만의 창의적인 방식을 생각하라. 그리고 행동하라

7

MBC정상화는 해고자 복직에 달렸다

2012년 벽두부터 MBC는 연중기획으로 '소통'을 주제로 잡았다. 여의도 사옥 외벽에는 '통 통 통'이라고 쓴 대형 플래카드가 내걸렸다. 회사는 문지애 앵커와 내가 등장하는 소통 캠페인을 자사 스팟 광고로 제작해 연초에 수시로 방송했다. 시청자들과의 소통에 최선을 다하겠다는 의지였다.

그러나 MBC는 이미 내부적으로 소통이 아니라 불통이었다. MBC만큼 사내 소통이 잘되는 회사도 없었다고 자부한다. 후배는 선배에게 쓴소리를 많이했고 선배는 후배에게 호통보다는 경청했다. 그 이유로 MBC 구성원들은 주인이 없는 공영방송을 꼽는다. 오너가 있는 민영방송이 아니기 때문이다. 그러나 주인은 있다. MBC의 주인은 누구인가? 바로 시청자들인 국민이다. 주인인 국민에게 올바른 정보와 공정한 시각을 제공해줘야 하는 것이 MBC의 존재이유다.

노동조합이 출범하기 전 5공의 암울한 시기에는 보도지침에 짓눌려 누구하나 입을 열지 못했다. 전두환 정권의 4.13 호헌 조치(계속해서 간접선거로 대통령을 선출한다는 방침)를 '고뇌에 찬 결단'이라고 말하는 방송이었다. 그러나 6.10 민주항쟁의 덕분에 MBC는 할말을 하기 시작했다. 국민이 만들어준 열린 공간이었다.

이 공간에서 MBC뉴스와 PD수첩은 정치와 경제 권력을 비판하는 언론 본연의 감시자 역할을 하기 시작했다. 이같은 활발한 사내 소통문화 덕분에 MBC는 뉴스와 시사 예능 전 프로그램에서 시청률 1위를 차지했고 시청자들로부터 '마봉춘'이라는 애칭을 얻기도 했다. 20년간 이랬던 MBC가 망가지기 시작했다. 이명박 정권 이후 선임된 사장들은 정권의 입맛에 맞게끔 뉴스와 시사교양물에 재갈을 물리기 시작했다.

정부에 비판적인 클로징 멘트를 했다는 이유로 신경민 뉴스데스크 앵커를 하차시켰다. 이러면서 시청자들과의 소통은 불통으로 변질됐다. 시청자들은 점점 MBC뉴스에 등을 돌렸고 시위 현장에서 카메라기자가 폭행당하는 일이 발생했다. 1987년 6월 명동성당에서 내가 당했던 20년 전으로 회귀한 것이다.

보도국의 젊은 후배들은 이때부터 더 이상 뉴스를 이대로 방치해서는 안 된다는데 의견을 모으기 시작했다. 2012년 1월 말부터 후배들은 파업에 돌입했다. 보도국 부국장인 나도 앵커를 그만두고 노동조합에 새로 가입해 동조 파업에 나섰다. 사태를 이 지경까지 만들게 된 데는 선배인 나에게도 책임이 있다고 생각했고 스스로를 단죄한다는 동기에서 비롯됐다.

간부들 가운데 나만 파업에 나선 것이 아니다. 머리가 희끗희끗한 부장급 부국장급 수십 명이 동조 파업을 하면서 후배들에게 힘을 실어줬다. 오라버니와 누이급들이라 해서 '오라누이'로 불렸다. 노조 설립 이후 수많은 파업을 했지만 이처럼 '오라누이'가 등장한 것은 처음이었다. 간부급들마저 이대로는 안 된다는 생각들이 지배적이라는 점을 증명한 것이다.

　김재철 사장 퇴진을 요구하며 촉발된 시위는 한겨울에 시작해서 한여름에 끝났다. 이렇게 장기 파업이 끝났지만 얻은 것은 하나도 없었고 희생자들만 생겼다. 노조의 간부도 아닌 최승호 PD와 보도국 박성제 부장은 아무런 이유 없이 해고됐다. 최근에 알려진 경영진 녹취록에서도 확인됐다. 묻지마 해고였다. 보도국의 사랑하는 후배 이용마, 박성호 기자도 찬란한 청춘을 해고자의 신분으로 허비하고 있다. 노조 정영하 위원장과 강지웅 사무국장, 권성민 PD도 해고자다. 1심 2심에서 모두 복직 판결이 났지만 사측은 대법원으로 다시 끌고 갔다.

　우리는 흔히 선진국의 문턱에 들어섰다고 스스로 평가하기에 주저함이 없다. 그러나 경제적으로는 선진국 문턱에 들어섰을지 몰라도 정신적으로는 한참 뒤처져 있다고 본다. 선진국의 국민이 되려면 세계인으로서의 교양과 약자에 대한 배려심 그리고 불의에 대한 항거라는 덕목을 지녀야 한다. 특히 언론 집단의 구성원들은 세상을 선도해야 하는 사회의 지식인이다. 지식인의 덕목은 생각하고 실천하는 데 있다. 또 유불리를 따지지 않고 옳고 그름의 질문을 던질 줄 알아야 한다. 소위 지식인들이라면 물신을 숭배할 게 아니라 정신을 숭배해야 한다. 파업 참여자들과 해고자들은 이런 신념의 소유자들이었다.

　이런 생각이 든다. MBC가 민간 기업이라면 오너의 뜻에 맞지 않아 해고됐다고 생각하면 마음이라도 편하겠다. 그러나 MBC는 모두 공개채용 시험을 봐서 입사한 직원들이다. MBC를 국민의 품으로 돌려놓겠다는 신념하나로 파업에 돌입했다가 인생이 망가지고 있다. 그들 모두가 어엿한 가장이다. 과연 누가 어떤 자격으로 이들을 내쳤는가.

해고자들과 숱한 정직자들에게 죄가 있다면 단 하나다. 시청자들로부터 외면받는 공영방송 MBC를 살려야겠다는 일념 하나였다. 그런데 이것이 죄가 될수 있을까?

국민이 만들어준 이번 여소야대 정국에서 반드시 MBC파업 청문회가 열려야 한다. 국민의당 안철수 공동대표는 2012년 170일의 파업이 끝난 뒤 여의도 MBC를 방문해 농성중인 노조 집행부와의 면담에서 "대통령이 되면 MBC사태를 해결하겠다."고 약속했다. 이제 여소야대 정국의 캐스팅보트를 쥐게된 안대표가 실천해야 한다.

파업이 끝났지만 기자나 PD들은 제자리를 찾지 못한 채 엉뚱한 부서에 배치돼 엉뚱한 일을 하고 있다. 그 빈자리를 이른바 시용으로 들어온 기자들이 차지하고 있다. 파업 이후 MBC뉴스 데스크를 보고 있자면 생전 처음보는 기자들이 등장한다. 낯설다. 그리고 화가 난다. 저 자리에 나의 자랑스런 후배들이 서 있어야 하는데 하는 안타까움에 눈시울이 붉어진다. 그래서 아예 MBC뉴스를 안 본다. 가끔씩 모임에서 보도국 동료들을 만나면 한숨만 나온다. 주요 부서는커녕 보도국과는 전혀 상관도 없는 곳에 배치돼 그저 숨만 쉬고 살고 있다.

대형 자동차 정비공장에서 숙련된 직원들이 파업을 했다고 해서 화풀이로 숙련공은 공장 경비로 돌리고 미숙련공들을 공장의 주요 부서에 배치한다면 고객들에게 좋은 서비스를 제공해 줄 수 있을까? 물론 미숙련공들도 일을 배워서 숙련공이 될 수는 있다. 그러나 둘째가라면 서러워할 정도로 막힘 없던 소통문화는 이제 MBC에서 사라진 듯하다. 파업참

앞으로의 인생이 두렵다 · 그러나 후회하지 않는다

여자와 비참여자들이 양분돼 불통 조직으로 변한 것 같다. 나 스스로도 상암동 MBC신사옥 근처를 몇 차례 다녀봤지만 혹시 파업 비참여자들과 눈을 마주치지 않을까 조바심이 난다. 이같은 조직문화를 방치하는 것은 MBC는 물론 국가적으로도 큰 손실일 수밖에 없다.

다시 말하지만 MBC의 주인은 '국민'이다.

다시 말하지만 MBC의 주인은 '국민'이다. 좋은 콘텐츠를 생산해 국민에게 선사하는 일을 해야하는 직원들이 서로 노선을 달리하고 있는 형국이다. MBC가 정상화되기 위해서 가장 시급한 일은 해고자 복직이다. 두 번째 할 일은 인사의 탕평책이다. 회사의 경영진이 해야할 일이다. 이 두 가지는 지금으로서는 기대난망이다. 정치권이 나서야 한다. MBC파업 청문회를 열고 진상을 밝혀야 한다. 사장을 뽑는 방송문화진흥회의 지배구조를 개선해서 중립적인 인사를 MBC의 선장으로 앉혀야만 MBC라는 국가 주요 자산이 낭비되지 않는다.

리영희 선생의 말이 새삼 떠오른다. "'가장 진실을 잘 알고 있는 국민이 가장 국가를 위할 줄 안다'는 기본원리는 공통으로 통한다. 진실은 비판을 낳는다.

어떤 사회도 어떤 정부도 비판의 여지없이 최선이거나 만능일 수는 없기 때문이다. 그럴수록 민주제도는 진실-비판-개선의 끊임없는 과정을 걸어갈 수 있다."

시간은 정의의 편이다. 이것은 역사가 보여주는 진리다. MBC가 정상화되는 그날 나는 상암동으로 달려갈 것이다. 그리고 사옥 광장에서 후배들과 포옹하고 막걸리 잔을 돌리고 싶다.

사랑하는 MBC후배들이여. 힘들내라. 시간은 정의의 편이다.

사랑하는 MBC후배들이여. 힘들내라.
시간은 정의의 편이다.

MBC 170일 파업에 동참했던 '오라누이'

김상균 국장(PD) 정성후 부장(PD) 정형일 문화부장(보도) 최일구 부국장(보도) 홍혁기 부국장(경영)
송형근 부장(보도) 우경민 부국장(보도) 김상훈 부장(기술)
────
이시용 부국장(경영) 최승호 부장(PD) 김종규 국장(기술) 오상광 부장(PD)
조능희 부장(PD) 홍우석 부장(보도) 박병완 국장(기술)
────
백성흠 부장(미술) 정찬형 국장(PD) 윤병채 부국장(보도) 박태경 부장(보도) 송요훈 부장(보도)
김병훈 국장(보도) 서태경 국장(보도) 임채유 부장(PD)
────
최중억 부장(기술) 박승규 국장(미술) 이채훈 국장(PD) 안성일 국장(보도) 정영하 위원장(노조)
최형종 부장(영상) 전동건 부장(보도) 이정식 부장(PD)

폭설이 내리고 칼바람이 불던 날 구치소에 있는 한 선배를 면회하러
갔다. 구치소의 넓은 대기실에는 면회객들로 넘쳤다. 다들 찌푸린 인상이
고 시름에 잠기고 우울해 보였다. 대부분 가족들일 터였다. 구치소에 수
감된 사람들을 면회하러 온 가족들의 심정을 헤아려봤다. 모두 세상에
공개적으로 말 못할 깊은 사연이 있을 것이다. 속이 새까맣게 타들어 갈
것이다. 기자생활을 하면서 경찰서, 검찰청, 법원을 내 집 드나들 듯이 출
입하면서 사건기사를 숱하게 썼다. 경찰이 어떤 사람을 어떤 혐의로 구속
영장을 신청했다거나 법원이 어떤 사람을 어떤 혐의로 징역 몇 년을 선고
했다는 식이다. 기사는 그렇게 많이 썼어도 나와는 전혀 상관없고 그럴
일도 없을 것이라고만 생각했다.

그런데 살다보니 거짓말처럼 나에게도 이런 일이 생겼다. 연대보증을
선 것이 발목을 잡았다. 수년에 걸쳐 이번엔 거꾸로 내가 경찰서, 검찰청,
법원을 피의자 신분으로 돌아다녀야 했다.

연대보증인도 채무자와 똑같은 책임을 져야 했다. 나는 선친이 물려
준 고향 땅을 채권자에게 근저당설정을 해줬다. 채권자들이 이미 급여와
퇴직금에 가압류를 했기 때문에 MBC에서 나올 때 퇴직금의 절반도 그
들이 가져갔다. 지인들로부터 수천만 원을 빌려 채권자들에게 줬다. 그러
나 이렇게 발버둥을 쳐봐도 채권액은 이자가 합쳐져 내가 남은 평생 도저

히 감당할 수 없을 만큼 천문학적인 금액으로 불어났다. 결국 법원에 회생신청을 해야 했다. 회생이 승인되면 채권자들에게 5년간 열심히 돈을 벌어서 갚을 계획이었다. 그것만이 연대보증인으로서 내가 채권자들에게 할 수 있는 도리이자 최선책이었기 때문이다. 그러나 회생계획안은 채권자들의 부동의로 폐지됐다. 결국 험난한 파산신청 과정을 밟았고 얼마 전 법원은 나에게 면책을 선고했다.

많은 사람들이 은행이나 개인으로부터 돈을 빌린다. 그런데 형편이 안 좋아 갚지 못하는 경우도 발생한다. 이때 돈을 빌렸는데 못 갚는다면 그 채무자는 사기꾼일까? 그렇다면 우리 사회 공동체의 체납자들은 전부 사기꾼이 된다. 최근 방영중인 TV드라마에서 이런 장면이 등장했다. 사채업자에게 돈을 빌린 누군가를 위해 남편이 연대보증을 섰다. 그런데 남편은 죽었고 부인인 젊은 아기 엄마가 남편의 연대보증을 떠맡게 됐다. 물론 연대보증인도 채무자와 똑같은 책임을 져야 한다. 그렇지만 연대보증인은 어디까지나 민사의 문제다. 과연 이 아기 엄마가 형사 책임을 져야하는 사기꾼일까? 드라마 속 사채업자들은 물불을 가리지 않고 아기 엄마의 월세방과 직장을 쫓아다니며 협박하고 행패를 부렸다. 드라마지만 남 얘기 같지가 않았다.

추석 연휴 마지막 날 밤에 고향집에 홀로 사는 팔순의 노모가 부들부들 떠는 목소리로 전화를 했다. 조금 전 한 채권자가 찾아와 떠들다 갔다는 것이다. 당사자인 내가 없는 고향집을 한밤중에 불쑥 찾아왔다고 한다. 노모는 그때까지 내가 연대보증인 채무자라는 사실도 몰랐다.

두려웠다. 무엇보다 어머니에게 큰 불효를 저지른 내가 미웠다. 앞으로 이런 일이 또 일어나면 안 될 것 같았다. 며칠 뒤 고향 땅을 채권자에게 근저당설정해줬다. 제발 노모에게 찾아가지 말라고 부탁했다. 연대보증인으로서 책임을 지며 채권 추심에 따른 정신적 고통을 피하고 싶었기 때문이다. 그러나 채권자는 연대보증인인 나를 특정경제범죄가중처벌 등에 관한 법률 위반(사기)으로 경찰에 고소했다.

한여름 무더위 속에 모자로 얼굴을 가리고 이천경찰서에서 다섯 시간 넘게 경찰관의 날카로운 시선을 받으며 강도 높은 조사를 받았다. 몇 달 뒤 경찰은 '혐의없음과 불기소 의견'으로 사건을 검찰에 송치했다.

어느 날 포털 사이트에 실시간 검색어로 '최일구 검찰 피소'가 떴다. 수많은 기사들이 올라왔다. TV 뉴스, 신문에도 났다. 사건이 검찰에 송치됐으니 검찰 피소는 맞다. 그러나 사법당국이 판단을 하지 않았는 데도 어떤 기사는 나를 아예 사기꾼으로 못박기도 했다. 너무 억울했지만 일파만파 확대될까봐 사실이 아니라는 인터뷰도 할 수 없었다. 다시 공황장애를 겪었다. 숨이 막히고 수전증이 또 엄습했다. 사기꾼 여부를 가리는 것은 여론재판이나 언론 플레이가 아니라 법을 통해서 한다.

몇 주 뒤 검찰은 무혐의 불기소 처분을 내렸다. 연대보증인으로서 짊어졌던 민,형사상의 굴레가 벗겨졌다.

이번엔 검찰에 불려가 역시 다섯 시간 넘게 수사관과 검사로부터 조사를 받아야 했다. 몇 주 뒤 검찰은 무혐의 불기소 처분을 내렸다. 연대보증인으로서 짊어졌던 민,형사상의 굴레가 벗겨졌다.

장장 5년여에 걸친 흑역사다. '최일구 검찰 피소'의 본질적인 이야기다. 5년여에 걸친 그 많고 너절한 이야기들은 본질이 아니고 필설로 표현하기도 어렵고 떠올리기조차 싫다. 취재할 때는 많은 정보를 수집해야 한다. 그러나 기사를 쓸 때는 본질과 팩트에 집중해야 한다. 본질과 팩트보다 흥미성이나 너절한 이야기에 집중하는 보도 행태는 전형적인 황색 저널리즘이다. 소위 '찌라시'에나 유통될 이야기들이 대중의 알권리라는 미명하에 보도되고 그런 일을 당하는 당사자들은 너무나 고통스럽다. 아니면 말고식의 보도는 지양돼야 한다. 가끔 나 말고도 유명인들의 회생, 파산 소식을 접한다. 일반인들이라면 뉴스가 나오지 않겠지만 앵커하면서 유명세를 치른 나였기에 세상에 알려졌다고 본다. 그것이 더 힘들다.

계절이 바뀌고 있다. 꽃샘추위가 봄을 시샘하지만 그래도 봄은 올 것이다. 자연의 법칙이다. 우리 삶에도 겨울이 있으면 봄이 올 것이라고 믿는다. 우리 모두는 이런 믿음을 갖고 살아간다. 그런데 자연에는 이런 법칙이 통하더라도 인생사에는 그런 법칙이 통하지 않는 것 같다. 갈수록 살림살이는 팍팍해지고 있다. 중장년층은 노후대책 마련에 신음한다. 청년층은 단군 이래 최대 스펙을 갖고 있으면서도 취업이 안 돼 한 번뿐인 꽃다운 시절을 만끽해보지도 못하고 어깨를 축 늘어뜨리고 있다. 더욱이 이세돌 9단과 알파고의 대국은 충격적이었다. 기계가 사람을 이겼다는 그

자체보다 앞으로 로봇이 사람들의 일자리를 빼앗는 세상이 온다는 신호탄이라는 점에서 그렇다.

향후 20년이면 현존하는 직업의 47%가 인공지능과 로봇으로 대체된다고 한다. 20년 후면 나는 70대 중반이다. 20년 후 살아있을지 없을지 모른다. 설사 살아있더라도 근근히 연명하고 있을 것이다. 문제는 후세들이다. 로봇이 사람의 일자리를 뺏는 사회가 과연 올 것인가라는 질문에 나는 그렇다고 대답한다. 미래학자도 아니고 로봇공학박사도 아니지만 경험상 그렇다고 본다.

40년 전 중학생때 돈 주고 빌리는 자전거를 타고 여의도를 간 적이 있다. 정부 홍보관이 있었는데 20년 뒤가 되면 마이카 시대가 온다고 홍보했다. 친구들과 나는 코웃음을 쳤다. 자전거도 없는 판국에 우리 각자가 자동차를 한 대씩 굴린다는 게 전혀 현실감이 없었기 때문이다. 그래서 로봇이 우리들의 일자리를 빼앗는 날이 올 것이라고 나는 우려한다. 아니 이미 시작됐다. 기업주는 원가절감을 위해 사람을 내쫓고 기계를 집어넣을 것이다. 대량 실업사태가 불보듯하다. 우울하다. 멀리 볼 것도 없다. 당장 조선, 해운업계의 구조조정이 시작됐다.

갈수록 경제사정이 악화되고 가계부채가 천 300조를 돌파하면서 나 같은 상황에 빠진 사람들이 많을 것이다. 특히 나처럼 연대보증으로 고통받는 사람들도 많을 것이다. 우리 나라에만 있다는 연대보증제도는 사라져야 한다. 연대보증에 도장 찍는 문제로 형제지간의 우애가 벌어지고 가족이 붕괴되는 경우가 종종 있다.

인생 이모작을 해보겠다고 사표 쓰고 직장을 그만뒀다. 막연하게 잘 풀리겠지 하는 심정으로 결심했던 일이다. 그러나 제대로 되는 일이 하나도 없다. 그저 열심히 살아나가겠다는 생각만으로 나 스스로를 달래며 살고 있다. 덕분에 인생 공부도 많이 하고 있지만 말이다.

살다 보니 이런 일 저런 일 겪게 됐다. 살다 보니 '인생 뭐 있니?'다. 절벽 위에 서 있는 나를 밀어 떨어뜨리거나 아니면 뒤에서 잡아당기는 결정을 하는 사람은 바로 나 자신이다. 봄은 왔지만 여전히 겨울이다. 춘래불사춘. 〈인생뭐있니?〉

춘래불사춘. 〈인생뭐있니?〉

인생 뭐 있니?

한국어판 ⓒ 최일구, 2016

지은이 최일구
펴낸이 김천윤
펴낸곳 도서출판 인코그니타
주소 경기도 동두천시 장고갯로 116

도서주문 및 저자특강 문의
전화 070 4236 0852
이메일 incognitapress@gmail.com
ⓒ 2016 최일구
ISBN 979-11-957698-1-0 03810

2016년 5월 18일 (초판 제 1쇄)